CB132343

Uma Breve História dos Tratores em Ucraniano

MARINA LEWYCKA

Uma Breve História dos Tratores em Ucraniano

Tradução
Marina Slade

BERTRAND BRASIL

Copyright © Marina Lewycka, 2005
Os direitos morais do autor estão garantidos.

Titulo original: *A Short History of Tractors in Ukrainian*

Capa: Raul Fernandes

Editoração: DFL

2008
Impresso no Brasil
Printed in Brazil

CIP-Brasil. Catalogação na fonte
Sindicato Nacional dos Editores de Livros – RJ

L651b Lewycka, Marina, 1946-
Uma breve história dos tratores em ucraniano/Marina Lewycka; tradução Marina Slade. – Rio de Janeiro: Bertrand Brasil, 2008.
322p.

Tradução de: A short history of tractors in ukrainian
ISBN 978-85-286-1331-5

1. Romance inglês. I. Slade, Marina. II. Título.

CDD – 823
08-1705 CDU – 821.111-3

Todos os direitos reservados pela:
EDITORA BERTRAND BRASIL LTDA.
Rua Argentina, 171 — 1º andar — São Cristóvão
20921-380 — Rio de Janeiro — RJ
Tel.: (0xx21) 2585-2070 — Fax: (0xx21) 2585-2087

Não é permitida a reprodução total ou parcial desta obra, por quaisquer meios, sem a prévia autorização por escrito da Editora.

Atendemos pelo Reembolso Postal.

Para Dave e Sonia

Agradecimentos

Muitas pessoas contribuíram para a realização deste livro. Gostaria de agradecer, em primeiro lugar, à minha família e aos meus amigos pela paciência, encorajamento e boas sugestões. Meu muito obrigada, especialmente, a Sarah White, Tessa Perkins e Lesley Glaister, a Chris e Alison Tyldesley, sem os quais o meu gato teria morrido abandonado, pela ajuda em história e gramática, e a Eveline e Patrick Lessware, em cuja encantadora casa foram escritos os quatro últimos capítulos. Sou muito grata a Bill Hamilton pela amabilidade e pelos sólidos conselhos, e a Livi Michael, Jane Rogers, Juliet Annan e Scott Moyers por seus muitos e prestimosos comentários sobre o texto. Obrigada, também, a todos da Viking, Penguin e A. M. Heath pelo prazer que foi trabalhar com eles. Por fim, devo agradecimentos aos muitos escritores, por vezes anônimos, cujos *sites* na internet a respeito da história do trator e da aeronáutica foram uma fonte de inspiração para mim. Uma lista daqueles aos quais sou particularmente devedora foi incluída no final do livro.

1

Dois telefonemas e um funeral

Dois anos depois que minha mãe morreu, meu pai se apaixonou por uma ucraniana divorciada, loura e glamourosa. Ele tinha 84 anos, e ela, 36. Ela explodiu em nossas vidas como uma granada rosa e fofa, agitando as águas sombrias, trazendo à tona um lamaçal de memórias deixadas de lado, dando um pontapé no traseiro dos fantasmas da família.

Tudo começou com um telefonema.

A voz do meu pai, trêmula de excitação, vibra na linha.

— Boas notícias, Nadezhda. Vou me casar!

Lembro do sangue me subindo à cabeça. Por favor, que seja só uma brincadeira! Ah, ele ficou maluco! Ah, seu velho tonto! Mas não falo nada disso.

— Ah, mas isto é ótimo, papai — digo.

— É, pois é. Ela veio com o filho da Ucrânia. De Ternopil, na Ucrânia.

Ucrânia: ele suspira, respirando na lembrança o cheiro do feno ceifado e das cerejeiras em flor. Mas eu capto uma baforada diferente, síntese da Nova Rússia.

O nome dela é Valentina, ele diz. Mas parece mais uma Vênus.

— A Vênus de Botticelli surgindo das ondas. Cabelo dourado. Olhos encantadores. Seios estupendos. Quando a vir, você vai entender.

A mulher adulta em mim é indulgente. Que maravilha — este último e tardio florescer do amor. A filha em mim está furiosa. Traidor! Animal velho e lascivo! Nossa mãe morta apenas há dois anos. Estou zangada e curiosa. Mal posso esperar para vê-la — esta mulher que está usurpando o lugar de minha mãe.

— Ela parece ser *linda*. Quando vai me apresentar?

— Depois do casamento, você vai conhecê-la.

— Você não acha melhor que eu a conheça antes?

— Para que você quer conhecê-la? Não é você quem vai se casar com ela. (Ele sabe que alguma coisa não está muito certa, mas acha que dá para prosseguir impunemente).

— Mas, papai, você pensou bem nisso tudo? De repente me parece demais. Quer dizer, ela deve ser muito mais nova que você.

Modulei minha voz com muito cuidado para esconder qualquer sinal de desaprovação, como um adulto com experiência de mundo que tem de lidar com um adolescente devastado pela paixão.

— Trinta e seis. Ela tem 36, e eu, 84. E daí?

Há rispidez em sua voz. Ele já previa a pergunta.

— Bem, é uma senhora diferença de idade...

— Nadezhda, nunca pensei que você fosse tão burguesa.

— Não, não — ele me põe na defensiva. — É só que... podem surgir problemas.

Não haverá problema nenhum, diz papai. Ele já pensou em todos os problemas. Faz três meses que a conhece. Ela tem um tio em Selby e veio visitá-lo com um visto de turista. Ela quer construir uma nova vida para si e para o filho no Ocidente, uma vida boa, com um ótimo emprego, bastante dinheiro, um bom carro — de jeito nenhum um Lada ou um Skoda —, uma educação de qualidade para o filho — nada menos que Oxford ou Cambridge. Por falar nisso, ela é uma mulher culta. É formada em farmácia. Vai arranjar com facilidade um emprego bem remunerado por aqui logo que aprender inglês, e está limpando a casa e cuidando dele. Ela senta no colo do meu pai e deixa que ele lhe acaricie os seios. São felizes juntos.

Será que ouvi direito? Ela senta no colo dele e ele acaricia seus estupendos seios de Botticelli?

— Bem... — mantenho a mesma voz, mas a raiva me queima o peito — a vida é cheia de surpresas. Espero que dê certo. Mas, olhe, papai — (hora de ser insensível) —, posso imaginar por que você quer se casar com ela. Mas, já se perguntou por que ela quer casar com *você*?

— *Tak tak*! Sim, sim, eu sei. Passaporte. Visto. Permissão para trabalhar. E daí? — corta, com a voz rouca.

Ele tinha planejado tudo. Ela cuidaria dele à medida que fosse ficando mais velho e frágil. Ele lhe daria um teto, partilharia com ela sua modesta pensão até ela encontrar um emprego bem remunerado. O filho — que, diga-se de passagem, é um menino extraordinariamente bem dotado — um gênio — toca piano — receberia uma educação inglesa. Juntos, à noite, discutiriam arte, literatura e filosofia. Ela é uma mulher preparada e não uma camponesa tagarela. A propósito, já conseguiu extrair dela seus pontos de vista sobre Nietzsche e Schopenhauer, concordantes com os dele em todos os aspectos. E, da mesma forma que ele, ela admira a arte construtivista e detesta o neoclassicismo. Têm muito em comum. Uma base sólida para o casamento.

— Mas, papai, você não acha que seria melhor pra ela casar com alguém mais ou menos da mesma idade...? As autoridades vão perceber que é um casamento de conveniência. Eles não são idiotas.

— Hum.

— Ela pode ser mandada de volta do mesmo jeito.

— Hum.

Ele não havia pensado nisso. Desanima um pouco, mas não desiste de seus planos. Veja bem, explica, ele é sua última esperança, sua única chance de escapar da perseguição, da pobreza, da prostituição. A vida na Ucrânia é dura demais para alguém de temperamento tão delicado quanto o dela. Ele tem lido os jornais, e as notícias são terríveis. Não há pão, papel higiênico, açúcar, esgotos, honradez na vida pública, e eletricidade, só de vez em quando. Como poderia ele condenar uma mulher maravilhosa a isso? Com que cara ia continuar o seu caminho no lado oposto da estrada?

— Você precisa entender, Nadezhda, só eu posso salvá-la.

É verdade. Ele tentou. Fez o máximo possível. Antes de se fixar no plano de ele mesmo se casar com ela, procurou à sua volta maridos mais adequados. Já havia consultado os Stepanenko, um casal de velhos ucranianos cujo filho único ainda mora com eles. Consultou também o sr. Greenway, um viúvo que mora na cidade e que tem um filho solteiro que o visita de tempos em tempos. (Um tipo sensível, diga-se de passagem. Engenheiro. Tipo nada comum. Daria um bom marido para Valentina.) Ambos recusaram: têm a mente muito bitolada. Ele lhes disse isso com todas as letras. Agora os Stepanenko e o sr. Greenway não querem mais falar com ele.

A comunidade ucraniana em Peterborough a rejeitou. São também muito tacanhos. Não se impressionam com os pontos de vista dela sobre Nietzsche e Schopenhauer. Estão atrelados ao passado. Nacionalismo ucraniano, soldados banderivtsi. Ela é uma mulher moderna, liberada. Eles espalham comentários infames sobre ela. Dizem que vendeu a cabra e a vaca da mãe para comprar maquiagem para pintar o rosto e atrair os homens ocidentais. Falam besteira. Sua mãe tinha galinhas e porcos — nunca teve cabra ou vaca. Isso é só para mostrar como esses fofoqueiros são tolos.

Ele tosse e pigarreia do outro lado da linha. Desentendeu-se com todos os amigos por conta daquilo. Se necessário, repudiará as próprias filhas. Ficará sozinho contra o mundo — somente com a linda mulher ao seu lado. As palavras mal conseguem dar conta da excitação com a Grande Idéia.

— Mas, papai...

— E tem mais uma coisa, Nadia. Não conte nada para Vera.

Isso tem pouca chance de acontecer. Há dois anos que não falo com minha irmã, desde a briga que tivemos depois do funeral de nossa mãe.

— Mas, papai...

— Nadezhda, você precisa entender que, em alguns aspectos, o homem é governado por impulsos diferentes dos da mulher.

— Papai, por favor, me poupe do seu determinismo biológico.

Dane-se! Ele que quebre a cara.

* * *

Talvez isso tenha começado antes do telefonema. Quem sabe começou há dois anos, no mesmo quarto onde ele está agora, onde minha mãe morria enquanto ele caminhava pela casa, transfigurado pelo sofrimento.

As janelas estavam abertas, e a brisa que entrava pelas cortinas de linho semicerradas trazia o aroma de lavanda do jardim. Havia canto de pássaros, vozes de pessoas que passavam na rua e da filha do vizinho namorando no portão. Dentro do quarto desbotado e limpo, minha mãe passava as horas fazendo força para respirar enquanto sua vida se esvaía, e eu lhe dava morfina de colher.

Lá estão os acessórios da morte com sua aparência emborrachada — as luvas de látex da enfermeira, o lençol impermeável sobre a cama, os chinelos de sola crepe, um pacote de supositórios de glicerina brilhando como projéteis dourados, a cômoda com sua cobertura funcional e suas pernas de pontas de borracha, agora cheias de um líquido esverdeado e granuloso.

— Você lembra...? — recito, vezes seguidas, as histórias dela e de nossa infância.

Seus olhos piscam, sombrios. Num momento de lucidez, as mãos entre as minhas, ela diz: "Cuide do pobre Kolya".

Ele estava junto dela, à noite, quando ela morreu. Lembro-me do rugido de sua dor. "Eu também! Eu também! Me leve também!" A voz rouca, estrangulada; os membros rígidos, como que afetados por uma convulsão.

De manhã, depois que levaram o corpo, ele se sentou no quarto dos fundos com uma expressão de assombro no rosto. Depois de algum tempo, disse:

— Você sabe, Nadezhda, que, além da demonstração matemática de Pitágoras, existe também uma demonstração geométrica? Veja como é bonita!

Numa folha de papel, ia desenhando linhas e ângulos ligados a pequenos símbolos e murmurava qualquer coisa sobre eles à medida que desenvolvia a equação.

Completamente fora dos trilhos, pensei. Pobre Kolya.

* * *

Durante as semanas que antecederam a sua morte, apoiada sobre os travesseiros da cama do hospital, minha mãe se preocupava. Conectada por fios a um monitor que registrava seus penosos batimentos cardíacos, ela resmungava na enfermaria, com a privacidade resguardada apenas por uma cortina mal cerrada, em meio aos ruídos intrusos de respiração ofegante, tosse e ronco dos velhos. Ela se retraía sob os dedos curtos e impessoais do jovem enfermeiro que vinha prender os fios sobre seus seios encolhidos, que, sem maiores cuidados, apareciam por baixo da camisola de hospital. Não passava de uma mulher velha e doente. Quem havia de se importar com o que pensava?

Deixar a vida é mais difícil do que se pensa, dizia. Tanta coisa para cuidar antes que se possa partir em paz! Kolya — quem vai olhar por ele? Suas filhas é que não vão — moças espertas, mas briguentas. O que será delas? Encontrarão a felicidade? Será que aqueles homens que arranjaram — charmosos, mas bons-para-coisa-nenhuma — cuidarão para que nada lhes falte? E as três netas — tão lindas e ainda sem marido. Tanta coisa para cuidar, e suas forças indo embora.

Minha mãe fez o testamento no hospital, comigo e com minha irmã Vera, porque nenhuma de nós confiava na outra. Ela o escreveu com sua caligrafia tremida, e duas enfermeiras foram testemunhas. Estava fraca então, ela que por tantos anos fora tão forte. Estava velha e doente, mas suas economias, a sua herança, pulsavam cheias de vida no banco da cooperativa.

De uma coisa mamãe tinha certeza — sua herança não devia ficar para papai.

— Pobre Nikolai, ele não tem juízo. É cheio de esquemas malucos. É melhor vocês duas dividirem meio a meio.

Falava uma língua caseira peculiar — ucraniano entremeado de palavras como "batedeira elétrica", "cinta-liga," "jardineiro", pronunciadas com um sotaque bem carregado.

Quando ficou claro que não havia mais nada que pudessem fazer por ela no hospital, foi despachada para morrer em casa, quando chegasse a sua hora. Minha irmã passou lá grande parte do seu último mês. Eu a visitava nos fins de semana. Em algum momento durante esse último mês, quando eu não estava lá, minha irmã acrescentou uma cláusula adicional que dividia o dinheiro em partes iguais entre as três netas, a minha filha Anna e suas duas filhas Alice e Alexandra, em vez de entre mim e ela. Minha mãe a assinou, e dois vizinhos testemunharam.

— Não se preocupe — eu disse para a minha mãe antes de sua morte —, tudo vai ficar bem. Ficaremos tristes, sentiremos a sua falta, mas ficaremos bem.

Mas não ficamos bem.

* * *

Ela foi enterrada no cemitério da igreja da vila, num terreno novo junto ao campo aberto. Seu túmulo era o último de uma fileira de túmulos novos e despojados.

As três netas, Alice, Alexandra e Anna, altas e louras, jogaram rosas dentro do túmulo, e, depois, punhados de terra. Nikolai, curvado pela artrite, a pele cinzenta, o olhar vazio, numa tristeza sem lágrimas, estava pendurado no braço do meu marido. As filhas, Vera e Nadezhda, Fé e Esperança, minha irmã e eu, preparadas para travar a batalha sobre o testamento de nossa mãe.

Enquanto os convidados do enterro vão chegando na casa para se servir de bebidas geladas e se embriagar de samohonka ucraniano, minha irmã e eu nos enfrentamos na cozinha. Ela está vestindo um *tailleur* de seda preta tricotada, de alguma lojinha discreta de roupas de segunda mão em Kensington. Usa sapatos com pequenas fivelas douradas, uma bolsa Gucci com um pequeno fecho dourado, e, em volta do pescoço, uma elegante corrente de ouro. Eu estou vestindo um arranjo de roupas pretas que encontrei na Oxfam. Vera me examina de cima a baixo com um olhar crítico.

— Sim, estilo camponês, dá para ver.

Tenho 47 anos, sou professora universitária, mas o tom de voz de minha irmã me reduz instantaneamente a uma menina de quatro anos com o nariz escorrendo.

— Nada de errado com os camponeses. Minha mãe era camponesa — a menina de quatro anos responde.

— Diríamos que sim — diz a Grande Irmã. Ela acende um cigarro. A fumaça sobe em espirais elegantes.

Ela se curva para a frente para guardar o isqueiro dentro da bolsa Gucci, e eu reparo que, na corrente de ouro em volta do pescoço, está pendurado um pequeno medalhão, metido por dentro da lapela do seu *tailleur*. Ele parece antiquado e exótico se comparado ao traje de última moda de Vera, como se não se integrasse ao conjunto. Eu a encaro. Meus olhos ficam cheios de lágrimas.

— Você está usando o medalhão da mamãe.

É o único tesouro que minha mãe trouxe da Ucrânia, pequeno o bastante para ser escondido na bainha de um vestido. Era um presente que seu pai dera para sua mãe no dia do casamento deles. Dentro do medalhão, as fotografias dos dois trocam um sorriso desbotado.

Vera retribui o meu olhar.

— Ela me deu. — (Não acredito. Mamãe sabia que eu era louca por aquele medalhão, que o desejava mais que qualquer outra coisa. Vera deve tê-lo roubado. Não pode haver outra explicação.) — E, então, exatamente o que você queria falar sobre o testamento?

— Eu quero apenas que as coisas sejam feitas com justiça — gemi. — O que tem de errado nisso?

— Nadezhda, já chega você usar as roupas da Oxfam. Não precisa ir buscar suas idéias lá também.

— Você pegou o medalhão. Você pressionou mamãe pra assinar aquela cláusula adicional. Dividir o dinheiro em partes iguais entre as três netas em vez de entre as duas filhas. Dessa maneira, você e sua família levam o dobro. Gananciosa.

— Sinceramente, Nadezhda. Fico chocada de você pensar assim. — As sobrancelhas tratadas da Grande Irmã tremem.

— Nem de perto tão chocada quanto eu fiquei quando descobri tudo — choraminga Nariz Escorrendo.

— Você não estava lá. Estava, minha irmãzinha? Estava fora, realizando o seu maravilhoso trabalho. Salvando o mundo. Seguindo a sua carreira. Deixando toda a responsabilidade nas minhas costas. Como você sempre faz.

— Você atormentou os últimos dias dela com as histórias do seu divórcio, da crueldade do seu marido. Fumando sem parar na cabeceira dela enquanto ela morria.

A Grande Irmã sacode a cinza do cigarro e suspira, teatral.

— Veja só, o problema da sua geração, Nadezhda, é que vocês apenas deslizaram sobre a superfície da vida. Paz. Amor. Trabalhadores no poder. Tudo isso é um idealismo sem sentido. Você pode manter o luxo da irresponsabilidade porque nunca viu o lado subterrâneo e sombrio da vida.

Por que será que o jeito de falar arrastado, classe alta, de minha irmã me enfurece tanto? Porque sei que é falso. Lembro da cama de solteiro que a gente dividia e do banheiro do outro lado do quintal e dos pedaços de jornal rasgado para limpar o bumbum. Ela não me engana. Mas eu também tenho minhas maneiras de alfinetá-la.

— Ah, é o lado subterrâneo e escuro que está incomodando você? Por que não procura algum tipo de aconselhamento? — sugiro dissimuladamente, no meu tom mais profissional, mais sejamos-sensatas, no meu tom veja-como-sou-amadurecida, o que uso com papai.

— Por favor, Nadezhda, não fale comigo nesse tom de assistente social.

— Procure uma psicoterapia. Precisa encarar esse lado escuro, trazê-lo à luz antes que ele engula você. (Sei que isso a deixará furiosa.)

— Aconselhamento. Psicoterapia. Vamos todos falar dos nossos problemas. Vamos nos abraçar uns aos outros e nos sentir melhor. Vamos ajudar os menos favorecidos. Vamos dar todo o nosso dinheiro para as criancinhas que passam fome.

Ela morde ferozmente um salgadinho. Uma azeitona salta para o chão.

— Vera, você acaba de sofrer uma perda e enfrentar o divórcio. Não admira que se sinta sob pressão. Você precisa de ajuda.

— É tudo uma ilusão. No fundo, as pessoas são duras e mesquinhas e só querem se dar bem. Você não pode imaginar como eu desprezo os assistentes sociais.

— Posso imaginar, sim. E, Vera, eu não sou assistente social.

Meu pai está enfurecido também. Ele culpa os médicos, minha irmã, os Zadchuk, o homem que corta o mato alto atrás da casa, de terem causado a morte dela. Por vezes culpa a si mesmo. Anda pela casa murmurando se isso não tivesse acontecido, se aquilo não tivesse acontecido, minha Millochka ainda estaria viva. Nossa pequena família no exílio, que o amor de nossa mãe e a sopa de beterraba conservavam unida, começa a desmoronar.

Sozinho na casa vazia, meu pai vive de comida enlatada, comida sobre jornais dobrados, como se, punindo a si mesmo, pudesse trazê-la de volta. Ele não quer vir morar conosco.

Às vezes vou visitá-la. Gosto de me sentar no cemitério da igreja onde minha mãe está sepultada. Na lápide, lê-se:

Ludmilla Mayevska
Nascida na Ucrânia em 1912
Esposa querida de Nikolai
Mãe de Vera e Nadezhda
Avó de Alice, Alexandra e Anna

O homem que preparou a lápide teve trabalho para colocar tantas palavras nela. Há uma cerejeira florida e embaixo dela um banco de madeira de frente para um quadrado de grama aparada mais ou menos voltado para os túmulos recentes, e uma cerca de espinheiro que o separa de um campo de trigo que vai dar em outros campos de trigo, plantações de batata, campos de canola e assim por diante até o horizonte. Minha mãe veio das estepes e se sente à vontade nesses horizontes abertos. A bandeira da Ucrânia são dois retângulos coloridos, um azul sobre outro amarelo — o amarelo simbolizando os campos de milho, e o azul, o céu. Essa paisagem vasta, plana, baixa e sem características distintivas a fazia lembrar a terra natal. Só o céu é que apenas de vez em quando é tão azul.

Sinto falta de minha mãe, mas estou começando a me entender com a minha tristeza. Tenho um marido e uma filha e uma vida em outro lugar.

Meu pai vagueia pela casa onde viviam juntos. É uma casa moderna, pequena e feia: as paredes externas com acabamento de seixos e uma garagem de placas de concreto ao lado. Em volta da casa, três lados são ocupados pelo jardim, onde minha mãe cultivava rosas, lavandas, lilases, aquilégias, papoulas, amores-perfeitos, clematites (Jackmanii e Ville de Lyon), bocas-de-leão, botões-de-ouro, alelis, gatárias, miosótis, peônias, aubrécias, tritônias, campânulas, estevas, alecrins, íris, lírios e glicínias formando um caminho púrpura, tudo como que recortado e tirado de um jardim botânico.

Há duas macieiras, duas pereiras, três ameixeiras, uma cerejeira e um marmeleiro, cujos frutos amarelos e cheirosos ganharam prêmios no festival da vila pelos últimos vinte anos. Nos fundos, depois do jardim e do gramado, há três leiras de hortaliças onde minha mãe plantava batata, cebola, feijão-da-espanha, fava, ervilha, milho verde, abobrinha, cenoura, alho, aspargo, alface, espinafre, repolho e couve-de-bruxelas. Entre as verduras e legumes, o endro e a salsinha crescem selvagens, espontaneamente. De um dos lados, um trecho de frutas miúdas com pés de framboesa, morango, amora silvestre, groselha vermelha e preta e uma cerejeira está cercado por uma armação de tela que meu pai fez para afastar os pássaros gordos e vorazes. Mas parte dos morangos e das framboesas se espalhou para fora da tela e se propagou junto às flores.

Há uma estufa onde uma parreira de uvas rosadas cresce exuberante por sobre canteiros repletos de tomate e pimenta-caiena. Atrás da estufa tem um depósito de água, dois barracões para plantio, camadas de composto orgânico e um monte de esterco que é motivo de inveja na cidade. É um estrume de vaca rico, farelento, bem decomposto, presente de um outro jardineiro ucraniano. "Chocolate preto", minha mãe o chamava. "Vamos, queridinhas", costumava sussurrar para as abobrinhas, "comam um pouco de chocolate preto". Elas o devoravam e cresciam e cresciam.

Toda vez que meu pai vai ao jardim, vê o vulto de minha mãe, agachado entre as abobrinhas, se esticando para amarrar o feijão-da-espanha, um borrão por trás do vidro da estufa. Às vezes, a voz dela o chama de quarto em quarto pela casa vazia. E toda vez que ele lembra que, afinal de contas, ela não está mais lá, a ferida reabre.

* * *

O segundo telefonema veio alguns dias depois do primeiro.

— Diga-me uma coisa, Nadezhda, você acha possível um homem de 84 anos ter um filho?

Vê como ele sempre vai direto ao ponto? Nada de conversinhas amenas. Nenhum "Como vai você? Como vão Mike e Anna?" Nenhum comentário sobre o tempo. Nada trivial o segura quando está dominado pela Grande Idéia.

— Bem, eu não tenho certeza...

Por que está perguntando isso para mim? Como posso saber? Não *quero* saber. Não quero esse pontapé de emoção que me lança em meus dias de nariz escorrendo, no tempo em que meu pai ainda era o meu herói e eu me sentia vulnerável à sua desaprovação.

— E, se for, Nadezhda — matraqueia, antes que eu possa organizar as minhas defesas —, quais são as chances que você acha que existem dele ser mentalmente deficiente?

— Bem, sobre isso, papai — (pausa para respirar e manter a voz alegre e sensata) —, está razoavelmente comprovado que quanto mais velha é uma mulher, maiores são as suas chances de ter um bebê com síndrome de Down. É um tipo de incapacidade pra aprender — costumava-se chamar de mongolismo.

— Hum. — (Ele não gosta do que ouve.) — Hum. Mas, talvez, valha a pena correr o risco. Veja bem, eu acho que se ela for mãe de um cidadão britânico, além de esposa de um cidadão britânico, eles certamente não terão condições de deportá-la...

— Pai, você não está pensando em se meter...

— Porque a justiça britânica é a melhor do mundo. É tanto um destino histórico quanto um fardo, pode-se dizer...

Ele sempre fala comigo em inglês, um inglês de sotaque excêntrico e carregado de artigos, mas funcional. Inglês de engenheiro. Minha mãe falava comigo em ucraniano, com suas gradações infinitas de diminutivos carinhosos. Língua materna.

— Pai, pare um pouco e pense por um minuto. É isso realmente o que você quer?

— Hum. O que eu quero? Claro que gerar essa criança não seria uma coisa imediata. Tecnicamente, é possível...

A idéia de meu pai fazendo sexo com aquela mulher deixa meu estômago revirado.

— O obstáculo é... a suspensão hidráulica, que não está em pleno funcionamento. Mas, talvez com Valentina...

Ele se detém demais para o meu gosto em sua cena de procriação. Examinando sob diferentes ângulos. Testando mentalmente, como se isso fosse assim. — ... o que você acha?

— Pai, não sei o que pensar.

Só queria que ele parasse de falar.

— Sim, com Valentina pode haver uma possibilidade...

Seu tom de voz se torna sonhador. Está pensando como criará essa criança — certamente um garoto. Ele o ensinará a demonstrar Pitágoras a partir dos primeiros princípios e a apreciar a arte construtivista. Conversará sobre tratores com ele. Uma grande tristeza do meu pai é só ter tido filhas. Criaturas intelectualmente inferiores e, em vez de faceiras e femininas como as mulheres devem ser, barulhentas, cheias de vontade e malcriadas. Que desgosto para um homem! Ele nunca tentou esconder o seu desapontamento.

— Eu acho, papai, que antes de você se envolver nisso, devia fazer uma consulta sobre os aspectos legais. A coisa pode não funcionar como você pensa. Quer que eu converse com um advogado?

— *Tak tak* (Sim sim). É melhor você falar com um advogado de Cambridge. Há todo tipo de estrangeiros por aí. Devem saber alguma coisa sobre imigração.

Ele faz uma abordagem taxonômica das pessoas. Não tem um conceito de racismo.

— Está bem, papai. Vou tentar achar um advogado especializado em imigração. Não faça nada até que eu lhe dê um retorno.

* * *

O advogado é um jovem com prática no centro mais populoso e pobre da cidade e que conhece o seu trabalho. Ele escreve:

Se o seu pai pretende se casar, então terá que dar entrada numa petição ao Ministério do Interior para que sua mulher permaneça no país. Para que isso seja concedido, ele precisa demonstrar o seguinte:

1. Que o principal objetivo do casamento não é assegurar a entrada ou a permanência dela no Reino Unido.
2. Que eles se conheciam.
3. Que eles pretendem viver permanentemente juntos, como marido e mulher.
4. Que eles têm condições de morar e de se sustentar sem solicitar ajuda aos serviços públicos.

O maior problema é que o Ministério do Interior (ou uma embaixada, se ela peticionar depois de deixar o Reino Unido) possivelmente presumirá, por causa da diferença de idade e de o casamento ter acontecido pouco antes de ela ter de deixar o Reino Unido, que o principal objetivo do mesmo é a imigração.

Encaminho a carta ao meu pai.

O advogado também explica que as chances de sucesso aumentariam consideravelmente se o casamento viesse a durar cinco anos, ou se uma criança viesse a nascer desse casamento. Essa parte eu não conto ao meu pai.

2

A pequena herança de minha mãe

Minha mãe tinha uma despensa debaixo da escada, abastecida do chão até o teto com latas de conserva de peixe, carne, tomates, frutas, legumes e pudins, pacotes de açúcar (cristal, refinado, de confeiteiro e demerara), farinha de trigo (normal, com fermento e integral), arroz (doce e agulhinha), massa (macarrão, parafuso e *vermicelli*), lentilhas, trigo sarraceno, ervilha em grão, farinha de aveia, garrafas de óleo (vegetal e de girassol), garrafas de azeite (de oliva), picles (de tomate, pepino e beterraba), caixas de cereais (principalmente de trigo fragmentado), pacotes de biscoitos (principalmente *wafers* de chocolate) e barras de chocolate. No chão, em garrafas e garrafões, havia litros e mais litros de um licor grosso, cor de malva, feito de ameixas, açúcar mascavo e cravo-da-índia, do qual ela garantia que um copo deixava o alcoólatra mais resistente (e havia muitos assim na colônia ucraniana) em estado de coma por até três horas.

Lá em cima, debaixo das camas, em caixas de tampa corrediça, eram guardados potes de conservas (principalmente de ameixa) e de geléia feita em casa (ameixa, morango, framboesa, groselha preta e marmelo, em todas as combinações). Nos barracões de plantio, ficavam empilhadas caixas de papelão com a última colheita de maçãs, *bramleys*, *beauty of Bath* e *grieves*, embrulhadas em jornais uma por uma, exalando seu perfume de fruta. Na primavera seguinte, as cascas estariam como se fossem de cera, e a fruta por dentro, enrugada, mas ainda seriam boas para fazer tortas de maçã e blinis. (As que caíam e amassavam eram catadas, cortadas e logo cozidas). Redes com cenouras e batatas, ainda conservando uma capa de terra barrenta, e amarrados de cebola e de alho ficavam pendurados na escuridão fria do barracão.

Quando meus pais compraram um *freezer*, em 1979, as ervilhas, os feijões, os aspargos e as frutas miúdas foram logo empilhados em baldes plásticos de sorvete, todos rotulados, datados e arrumados em ordem. Até mesmo o endro e a salsinha eram enrolados em trouxinhas de plástico e estocados para uso, de modo que não havia mais escassez em nenhuma estação do ano.

Quando eu mexia com ela sobre essas provisões, suficientes para alimentar um exército, ela me respondia com o dedo em riste:

— É para o caso do seu Tony Benn chegar um dia ao poder.

Minha mãe havia conhecido a ideologia e também a fome. Tinha 21 anos quando Stalin descobriu que podia usar a fome como arma política contra os kulaks, os proprietários de terra ucranianos. Ela aprendeu — e esse conhecimento nunca a abandonou em seus cinqüenta anos de vida na Inglaterra, e, através dela, infiltrou-se nos corações das filhas —, ela aprendeu como coisa certa que, por trás das pilhas das prateleiras e dos balcões de estoques abundantes da Tesco e da Cooperativa, a fome ainda rondava, com seu corpo esquelético e seus olhos esburacados, esperando para agarrar a gente num momento de distração. Esperando para agarrar a gente e atirar num trem, ou numa carroça, ou no meio daquela multidão de refugiados correndo, e despachar para uma outra viagem cujo destino é sempre a morte.

A única maneira de derrotar a fome é economizar e acumular, de modo que haja sempre alguma coisa reservada, alguma coisinha com que suborná-la. Minha mãe desenvolveu a paixão pela parcimônia, a habilidade para a economia. Ela podia andar quase um quilômetro pela High Street para economizar um centavo num pacote de açúcar. Nunca comprava o que ela mesma pudesse fazer. Eu e minha irmã passávamos vergonha com vestidos feitos em casa de retalhos emendados. Éramos forçadas a encarar as receitas tradicionais e o pão feito em casa, quando morríamos de vontade de comer *junk food* e pão branco em fatias. O que ela não podia fazer, tinha que ser comprado de segunda mão. Sapatos, casacos, objetos para casa — outra pessoa sempre tinha sido dona deles antes, os havia escolhido, usado e descartado. Se fosse preciso comprá-los novos, tinham que ser os mais baratos, de preferência com o preço reduzido ou barganhado. Frutas maduras demais, latas amassadas, estampados fora de moda, no estilo do ano anterior. Não tinha importância — não somos orgulhosos, não somos do tipo desmiolado que esbanja dinheiro com a aparência, dizia minha mãe, quando todas as pessoas instruídas sabem que o que conta realmente é o que está dentro.

Meu pai vivia num mundo diferente. Ele saía para trabalhar todos os dias como desenhista numa fábrica de tratores em Doncaster. Ganhava o seu salário e comprava as coisas que os outros homens do trabalho compravam — roupas novas (que problema tinha aquela camisa? Eu podia ter consertado), uma câmera (quem precisa de uma câmera?), um toca-discos e discos de vinil (que extravagância!), livros (com tantos livros bons na biblioteca pública), ferramentas (para fazer ele mesmo coisas malucas dentro de casa), mobília (podia comprar as mesmas coisas mais barato na Cooperativa), uma nova motocicleta (dirige como um louco). Toda semana ele dava a minha mãe uma quantia fixa, nada pequena, para as despesas da casa, e gastava o resto.

E foi assim que, depois de cinqüenta anos economizando, fazendo conservas, pão e outras coisas, minha mãe havia acumulado um modesto pé-de-meia de vários milhares de libras do dinheiro que meu pai lhe dava todas as semanas. Era esse o soco no olho da fome, o sentimento confiante e confortável à noite, o presente de segurança para as filhas, caso a fome algum dia se apresentasse a nós. Mas o que deveria ter sido um presente se tornou uma maldição, pois, para nossa vergonha, minha irmã e eu brigamos a propósito de como aquela pequena herança devia ser dividida.

Depois de nosso estranhamento no funeral, minha irmã e eu nos bombardeamos mutuamente com cartas cheias de ódio e destilamos veneno através dos fios do telefone. Uma vez que isso começou, não havia como parar.

* * *

Uma vez ela me ligou tarde da noite, quando Anna já estava dormindo e Mike não se encontrava em casa. Ela queria que eu assinasse com ela um documento para liberar dinheiro para uma de suas filhas que estava comprando um apartamento. Deixei o telefone tocar nove vezes antes de atendê-lo porque sabia que era ela. Deixe tocar! Deixe tocar!, dizia uma voz sensata dentro da minha cabeça. Mas, por fim, atendi, e todas as coisas que ferem e que nunca nos havíamos dito antes foram saindo aos borbotões. E, uma vez ditas, não podiam ser desditas.

— Você a pressionou e a enganou pra que assinasse aquela cláusula, Vera. Você roubou o medalhão. — (Era eu mesma quem falava essas coisas horríveis para a minha irmã?) — Mamãe nos amava igualmente. Ela queria que a gente dividisse o que deixou.

— Você está sendo ridícula — cortava sua voz gélida —, ela só podia dar o medalhão para uma de nós duas. E deu para mim. Porque eu estava lá quando ela precisou de mim. Eu estava sempre lá quando ela precisava de mim. E você — a favorita, a queridinha —, você a deixou de lado no final. — (Ai! Como ela tem coragem de dizer isso pra mim, a sua irmãzinha pequena?) — Como eu tinha certeza que você faria.

Nós duas éramos seguidoras da escola de diplomacia a-melhor-defesa-é-o-ataque.

— Minha mãe me amava. Ela se sentia intimidada por você, Vera. Sim, todos nós nos sentíamos intimidados por você; por seu sarcasmo, seu temperamento. Você mandou em mim por muitos anos. Mas não pode mais mandar.

Dizer isso devia me fazer sentir amadurecida, mas não fazia. Eu me sentia com quatro anos de idade novamente.

— Você simplesmente desapareceu de cena, como fez por toda a sua vida, Nadezhda. Brincando de política, jogando seus joguinhos patéticos, bancando a esperta e consertando o mundo, enquanto as outras pessoas enfrentam o trabalho duro de verdade. Você descansou e deixou tudo nas minhas costas.

— Você é que simplesmente irrompeu e assumiu o controle.

— Alguém tinha que assumir a responsabilidade e, obviamente, não seria você. Você não tinha tempo para mamãe. Ah, não, você estava ocupada demais com a sua carreira fabulosa.

(Ai! Ela tocou na ferida. A culpa de não ter largado tudo e corrido para a cabeceira de mamãe me consome. Ela me pôs na defensiva agora, mas imediatamente volto ao ataque.)

— Veja só quem fala, logo você que nunca trabalhou um só dia na vida! Sempre viveu do dinheiro do maridinho. — (Poft! Lá vai um golpe baixo.) — *Eu* sempre tive que trabalhar pra viver. Tenho responsabilidades, compromissos. *Mamãe* compreendia. *Ela* sabia o que era trabalhar duro.

— Sabia o que era trabalho de verdade, não esse humanitarismo piegas, essa perda de tempo sem sentido. Seria mais útil cultivar legumes.

— Você não entende o que é trabalho, não é, Vera? Sempre teve o grande Dick com sua conta de despesas reembolsáveis, sua opção de compra de ações, seus bônus anuais, suas transações espertas e suas maneiras de sonegar imposto. E então, quando deu tudo errado, você tentou depená-lo até o último centavo. Mamãe sempre disse que entendia por que ele se divorciou de você. Você era muito mesquinha com ele. — (Ah, dessa vez eu marquei ponto.) — Sua própria mãe foi quem falou isso.

— Ela não sabia a que eu tinha que me sujeitar.

— Ela sabia a que *ele* tinha que se sujeitar.

O telefone bufava e cuspia com a nossa raiva.

— O seu problema, Nadezhda, é que a sua cabeça está tão cheia de absurdos que você não conhece o mundo real.

— Tenho 47 anos, Vera, pelo amor de Deus! Eu conheço o mundo. Apenas o vejo de uma maneira diferente.

— Ter 47 anos não quer dizer nada. Você ainda é uma criancinha. Sempre será. Você sempre teve tudo de mão beijada.

— Eu retribuí também. Eu trabalhei. Eu tentei tornar as coisas melhores para as pessoas. Muito mais do que você. — A garotinha chorona de quatro anos volta à cena.

— Oh, meu Deus! Tentou tornar as coisas melhores para as pessoas! Como você é nobre!

— Olhe só pra você, Vera; você fez tudo pra se dar bem e pouco se importou com os outros.

— Eu tive que aprender a lutar por mim mesma. Por mim e pelas minhas meninas. É fácil bancar a superior quando não se sabe o que é privação. Quando você está presa numa armadilha, tem que achar um jeito de se livrar.

(Oh, não, lá vem ela de novo com essa lengalenga toda sobre os velhos tempos de guerra! Por que não esquece isso?)

— Que armadilha? Que privação? Isso foi há cinqüenta anos! E olhe só pra você agora! Amarga e enrugada como uma cobra com icterícia. — (Agora retomo o tom de assistente social.) — Você precisa aprender a deixar o passado pra trás.

— Não me venha com esses absurdos hippies da nova era. Vamos conversar apenas sobre as coisas práticas.

— Prefiro dar o dinheiro pra Oxfam, Vera, do que deixar você levar a melhor na base da extorsão.

— Oxfam. É patético!

E, então, a herança de mamãe permaneceu no banco, e, depois disso, minha irmã e eu ficamos sem nos falar por dois anos, até que uma inimiga comum nos reaproximou.

3

Um envelope pardo e gordo

— E então, papai, você recebeu a carta do advogado?

— Hum. Recebi sim.

Ele obviamente não estava com vontade de conversar.

— E o que você achou?

— Ahn, bem... — Ele tosse. Sua voz parece tensa. Não gosta de falar ao telefone. — Bem, eu mostrei para a Valentina.

— E o que foi que ela disse?

— O que ela disse? Bem... — Mais tosse. — Ela disse que é impossível que a lei separe um homem de sua mulher.

— Mas você não leu a carta do advogado?

— Sim. Não. Mas, mesmo assim, é isso o que ela diz. É o que ela acha.

— Mas o que ela acha está errado, papai. Errado.

— Hum.

— E você? O que você me diz? — Faço força para controlar meu tom de voz.

— Bem, o que posso dizer? — Em sua voz há um leve e involuntário retraimento, como se ele tivesse se rendido a forças além do seu controle.

— Bem, você podia dizer que já não pensa que casar seja uma idéia assim tão boa. Não podia?

Meu estômago se contrai de pavor. Percebo que ele realmente vai seguir em frente com aquele casamento, e que vou ter que conviver com isso.

— Ah. Sim. Não.

— O que você quer dizer com esse sim, não? — Seguro a irritação dentro da garganta, faço o possível para manter a voz doce.

— Eu não posso responder isso. Não posso dizer nada.

— Pai, pelo amor de Deus...

— Veja bem, Nadezhda, nós vamos casar e pronto. Não tem por que ficar falando nisso.

Estou com um pressentimento de que algo terrível está acontecendo, mas vejo que meu pai está vivo e animado pela primeira vez desde que minha mãe morreu.

Não era a primeira vez que ele alimentava fantasias de resgatar ucranianos desvalidos. Uma vez ele arquitetou um plano para localizar membros da família que não via há meio século e trazê-los para Peterborough. Escreveu cartas para prefeituras e correios de vilas por toda a Ucrânia. Chegaram dezenas de respostas de "parentes" duvidosos querendo aceitar a oferta dele. Mamãe deu um basta naquilo.

Agora vejo que a energia dele está toda redirecionada para essa mulher e seu filho — eles vão se tornar a sua família substituta. Ele vai poder falar com eles em sua própria língua. Uma língua tão bela que qualquer pessoa pode ser um poeta. Uma paisagem tal que faria qualquer um artista. Casas de madeira pintadas de azul, campos de trigo dourado, florestas de bétulas prateadas, rios largos e lentos a deslizar. Em vez de voltar para casa na Ucrânia, a Ucrânia virá para ele em sua casa.

Eu já fui à Ucrânia. Vi os blocos de casas de concreto e os peixes mortos nos rios.

— Papai, a Ucrânia não é mais como você se lembra dela. Está diferente agora. O povo está diferente. Eles não cantam mais, só canções sobre vodca. Estão interessados somente em comprar. Produtos ocidentais. Moda. Eletrônicos. Marcas americanas.

— Hum. Isso é o que você diz. Talvez seja verdade. Mas se eu puder salvar um ser humano adorável...

Ele está fora do ar novamente.

Existe um problema, entretanto. Seu visto de turista expira em três semanas, explica meu pai.

— E ela ainda precisa obter do marido os papéis do divórcio.

— Quer dizer que ela é casada com outra pessoa?

— Seu marido está na Ucrânia. É um tipo muito inteligente, diga-se de passagem. Diretor de uma politécnica. Eu tenho me correspondido com ele; até falei com ele ao telefone. Ele disse que Valentina será uma ótima esposa. — Seu tom é melodioso e presunçoso. O brevemente ex-marido vai passar os papéis do divórcio por fax para a embaixada da Ucrânia em Londres. Enquanto isso, meu pai vai cuidar dos preparativos para o casamento.

— Mas, se o visto dela expira em três semanas, parece que vocês deixaram o casamento pra muito tarde. — (Espero.)

— Bem, se ela tiver que ir embora, nos casaremos quando ela retornar. Estamos *totalmente* decididos quanto a isso.

Noto que o "eu" se transformou em "nós". Percebo que esse plano foi se desenvolvendo por um tempo relativamente longo, e que me foi permitido saber dele somente em seus últimos estágios. Se ela tiver de ir embora para a Ucrânia, ele lhe escreverá uma carta e ela voltará como sua noiva.

— Mas, papai — eu digo. — Você leu a carta do advogado. Eles podem não deixar que ela retorne. Não tem uma outra pessoa, alguém um pouquinho mais novo, com quem ela possa se casar?

Sim, essa mulher de muitos recursos tem um casamento alternativo, diz meu pai. Através de uma agência de serviços domésticos, ela conheceu um jovem que ficou totalmente paralítico devido a um acidente de carro. Ele, diga-se de passagem (explica meu pai), é um jovem muito correto e de boa família. Era professor. Ela cuidou dele — dava banho, comida na boca, levava ao banheiro. Se for rejeitada como noiva do meu pai, ela dará um jeito de ser convidada a voltar e, como permuta, cuidar do rapaz. Esse tipo de trabalho ainda é permitido pelos regulamentos da imigração. Durante o ano que lhe é permitido ficar por esse regime de troca, ele se apaixonará por ela, e ela se casará com ele. Logo, seu futuro nesse país estará garantido. Mas isso seria uma pena de escravidão perpétua para a pobre Valentina, porque ele seria totalmente dependente dela, vinte e quatro horas por dia, enquanto as necessidades do meu pai são poucas (diz o próprio). Meu pai sabe disso porque ela o convidou para ir à casa onde trabalha e mostrou-lhe o rapaz. "Está vendo como ele é?", ela perguntou ao meu pai. "Como posso me casar com isso?" (só que, é claro, ela falou em ucraniano). Não, meu pai deseja poupá-la dessa vida de escravidão. Fará o sacrifício e ele mesmo se casará com ela.

A ansiedade me despedaça. A curiosidade me consome. E, então, ponho de lado dois anos de mágoa e telefono para minha irmã.

* * *

Vera é inflexível onde eu sou confusamente liberal. É decidida onde sou hesitante.

— Oh, meu Deus, Nadezhda. Por que você não me contou antes? Temos que deter essa mulher.

— Mas, se ela o faz feliz...

— Não seja tão ridícula. É claro que ela não vai fazer nosso pai feliz. Dá para ver o que ela quer. Francamente, Nadezhda, por que é que você sempre fica do lado dos criminosos?

— Mas, Vera...

— Você precisa procurar e intimar essa mulher a desistir disso.

Eu telefono para o meu pai.

— Pai, que tal eu dar uma chegada aí pra conhecer a Valentina?

— Não, não. Isso é *absolutamente* impossível.

— Por que é impossível?

Ele hesita. Não consegue pensar rápido numa desculpa.

— Ela não fala inglês.

— Mas, eu posso falar com ela em ucraniano.

— Ela é muito tímida.

— Ela não me parece nada tímida. Podemos discutir Schopenhauer e Nietzsche. (Ha ha ha.)

— Ela está trabalhando.

— Mas, eu posso me encontrar com ela mais tarde. Depois que ela terminar o trabalho.

— Não, não é essa a questão. Nadezhda, é melhor a gente não falar sobre isso. Até logo.

Ele põe o fone no gancho. Está escondendo alguma coisa.

Alguns dias depois, eu ligo para ele de novo.

— Oi, pai. Sou eu, Nadezhda. — (Ele sabe que sou eu, mas quero parecer bem amigável.)

— Ah. Sei, sei.

— Pai, Mike tem uns dias livres neste fim de semana. Estamos querendo ir até aí ver você. — Meu pai adora o meu marido. Com ele pode conversar sobre tratores e aviões.

— Hum. *Tak*. Ótimo. Quando vocês vêm?

— No domingo. Vamos aí almoçar no domingo, mais ou menos à uma da tarde.

— Está bem. Vou avisar à Valentina.

Chegamos bem antes da uma, esperando pegá-la ainda lá, mas ela já havia saído. A casa parece um tanto descuidada, sem vida. Quando minha mãe morava lá, havia sempre flores frescas, uma toalha de mesa limpa, o aroma de uma comida gostosa. Agora não há flores, só xícaras sujas, pilhas de papéis, livros, coisas que não foram guardadas. A mesa marrom-escura, de fórmica, sem toalha, tem jornal espalhado por cima e, sobre ele, migalhas de pão velho e cascas de maçã esperando para serem jogadas fora. Há um cheiro no ar de gordura rançosa.

Meu pai, entretanto, está muito bem-disposto. Tem um ar intenso, animado. Seu cabelo, agora fino e prateado, está crescido e esfiapado atrás. Sua pele tem uma cor boa e parece mais firme, um pouco sardenta, com certeza por estar indo muito lá fora, no jardim. Seus olhos estão brilhantes. Ele nos oferece o almoço — peixe enlatado, tomates enlatados, pão preto e, em seguida, maçãs Toshiba. Estas últimas são uma receita especial dele — maçãs apanhadas no jardim, descascadas, cortadas, colocadas num pirex e cozidas no microondas (um Toshiba), até se tornarem uma coisa sólida e pegajosa. Orgulhoso de sua invenção, ele nos oferece mais e mais, e mais um tanto para levarmos para casa.

Fico preocupada — será que é saudável ficar comendo tanta comida enlatada? Eu examino o conteúdo da geladeira e da despensa dele. Tem leite, queijo, cereais, pão e uma grande quantidade de latas. Nem frutas, nem legumes e verduras frescas, fora as maçãs Toshiba e umas bananas muito sarapintadas. Mas ele parece bem. Começo a fazer uma lista de compras.

— Você devia comer mais frutas, legumes e verduras frescos, papai — digo. Ele admite couve-flor e cenoura. Não come mais ervilha e feijão congelados — provocam tosse nele.

— Valentina cozinha pra você?

— Algumas vezes. — É evasivo.

Agarro um pano e começo a atacar a sujeira. Todas as superfícies estão cobertas de poeira e de manchas escuras e pegajosas onde coisas ficaram largadas. Há livros por toda a parte: história, biografias, cosmologia, alguns comprados por ele e outros da biblioteca pública. Sobre a mesa do quarto da frente encontro várias folhas de papel preenchidas com sua caligrafia fina, emaranhada, pontuda, com muitos adendos e cortes. Preciso me esforçar muito para ler ucraniano escrito à mão, mas percebo, pela maneira como as linhas estão dispostas, que é poesia. Meu pai publicou seu primeiro poema aos 14 anos. Era um elogio a uma nova hidrelétrica construída no rio Dnieper, em 1927. Quando ele estava estudando engenharia em Kiev, pertencia a um círculo secreto de poetas ucranianos que havia sido proibido como parte do movimento para impor o russo como a língua franca da União Soviética. Fico contente de ele ainda fazer poesia. Sinto-me até um pouco orgulhosa. Arrumo os papéis numa pilha e limpo a mesa.

No cômodo ao lado, Mike está afundado na poltrona com os olhos semicerrados e um copo de vinho de ameixa na mão, mantendo valentemente no rosto uma expressão atenta enquanto a voz do meu pai prossegue murmurando.

— É uma tragédia terrível o que aconteceu com esse belo país. Os males gêmeos do fascismo e do comunismo devoraram o seu coração.

Na parede acima da lareira, ele havia pendurado um mapa da Europa. A Rússia e a Alemanha foram contornadas com linhas fortes, com tanta violência que o papel se rasgara. Desenhos toscos da suástica, de uma águia imperial e da foice e do martelo estão cobertos de rabiscos raivosos. A voz do meu pai se alteia e estremece à medida que se aproxima do clímax.

— Se eu puder salvar ao menos um ser humano — um único ser humano — desse terror, você não acha que é isso o que moralmente deve ser feito?

Mike murmura algo diplomático.

— Veja bem, Mikail — sua voz se investe de um tom de confidência de homem para homem —, um filho tem só uma mãe, mas um homem pode ter muitas amantes. É perfeitamente normal. Você não concorda?

Eu me espichei para ouvir a resposta de Mike, mas pude captar apenas um vago sussurro.

— Eu entendo que Vera e Nadia não estejam satisfeitas. Elas perderam a mãe. Mas vão aceitar a Valentina quando virem que pessoa maravilhosa ela é. — (Será que vamos mesmo?) — Claro que a minha primeira mulher, Ludmilla, era bonita quando jovem e eu a conheci. Eu a salvei também, sabe? Ela estava sendo atacada por uns garotos que queriam roubar os seus patins, e eu intervim a seu favor. Daquele dia em diante nós nos tornamos muito amigos. Sim, proteger a mulher é um instinto natural do homem. — (Ah, faça-me o *favor*!) — Agora, com a Valentina, me deparo com outra linda mulher que pede o meu auxílio. Como posso passar ao largo, pelo outro lado da estrada?

Ele começa a catalogar os horrores dos quais a está salvando. A conversa na comunidade ucraniana é a de que não há comida nas lojas. Os únicos alimentos são os que as pessoas cultivam em seus lotes de terra — como nos velhos tempos, dizem. O hrivna está abaixo do chão e continua caindo todos os dias. Há um surto de cólera em Kharkiv. A difteria varre Donbass. Em Zhitomir assaltaram uma mulher em plena luz do dia e deceparam seus dedos para tirar os anéis de ouro. Em Chernigov, as árvores das florestas em volta de Chernobyl foram abatidas e transformadas em mobília doméstica radioativa que foi vendida por todo o país, de maneira que as pessoas estão recebendo irradiação em suas próprias casas. Catorze mineiros morreram numa explosão subterrânea em Donetsk. Um homem foi preso na estação de trem de Odessa e descobriram que ele carregava urânio na mala. Em Lviv, uma jovem que afirmava ser a segunda encarnação de Cristo convenceu as pessoas de que o mundo ia acabar em seis meses. Pior que o colapso externo da lei e da ordem é o colapso de todo e qualquer princípio racional e moral. Algumas pessoas correm para a velha igreja, mas a maioria corre para as novas igrejas fantasiosas que estão trazendo do Ocidente, ou para adivinhos, milenaristas, visionários atrás de dinheiro fácil, autoflagelladores. Ninguém sabe em que acreditar ou em quem confiar.

— Se eu puder salvar ao menos um ser humano...

— Ah, pelo amor de Deus! — Arremesso sobre ele o pano de limpeza molhado. Que aterrissa no seu colo. — Papai, será que você não criou laços ideológicos aqui? A Valentina e o marido eram membros do partido. Eles eram prósperos e poderosos. Eles estavam bem durante o comunismo. Não é do comunismo que ela está fugindo, é do capitalismo. Você não é a favor do capitalismo?

— Hum. — Ele levanta o pano e, distraidamente, limpa a testa com ele. — Hum.

Eu me dou conta de que essa coisa com a Valentina realmente não tem nada a ver com ideologia.

— E então, quando teremos a chance de conhecê-la?

— Ela deve vir aqui quando terminar o seu turno, por volta das cinco horas — diz meu pai. — Tenho uma coisa para lhe dar. — Ele aponta para um envelope pardo e gordo que parece recheado de papéis.

— Bom, então acho que vou dar uma saidinha pra fazer as suas compras. Assim, vamos todos poder tomar chá juntos quando ela voltar. — Tom de voz animado, sensato. Tom de voz inglês. Que me distancia de toda a dor e loucura.

No caminho de volta do supermercado, eu paro do lado de fora da clínica onde Valentina trabalha. É a mesma clínica onde minha mãe ficou por um breve tempo antes de morrer, e por isso eu conheço a topografia do lugar. Estaciono na rua e, em vez de entrar pela porta da frente, me encaminho para um dos lados e olho pela janela da cozinha. Uma mulher gorda, de meia-idade, está mexendo alguma coisa no fogão. Será ela? Junto à cozinha fica a sala de jantar, onde alguns internos mais idosos estão se reunindo para o chá. Alguns adolescentes entediados, de jaleco, os empurram em suas cadeiras de rodas. Há outras pessoas com bandejas de comida, mas estão longe demais e não dá para vê-las. Agora algumas pessoas estão saindo pela porta da frente e caminhando em direção ao ponto de ônibus. Trabalham lá ou são visitantes? O que estou procurando, afinal? Estou procurando alguém que se assemelhe à descrição do meu pai — uma loura bonita com um busto enorme. Não há ninguém parecido aqui.

Quando chego em casa, meu pai está muito aflito. Ela havia telefonado para avisar que não virá. Vai direto para casa. Amanhã viaja de volta para a Ucrânia. Ele precisa vê-la antes que se vá. Tem que lhe entregar um presente.

O envelope não está lacrado e, de onde estou sentada, dá para ver que ele contém várias folhas de papel cobertas com a mesma caligrafia intrincada e algumas cédulas de dinheiro. Não dá para saber quantas. Sinto a raiva crescer dentro de mim. Vejo sangue diante dos meus olhos.

— Papai, por que você está dando dinheiro pra ela? A sua pensão já é tão pequena pra você viver.

— Nadezhda, você não tem *absolutamente* nada a ver com isso. Por que você se incomoda tanto com o que eu faço com o meu dinheiro? Está com medo de que não sobre nada para você, não é?

— Não percebe que ela está enganando você? Acho que eu devia era ir à polícia.

Ele prende a respiração. Tem medo de polícia, da assembléia local, até do carteiro uniformizado que bate na porta da frente todos os dias. Eu o assustei.

— Nadezhda, como você consegue ser tão má? Como fui criar um monstro de coração tão duro? Vá embora da minha casa. Eu não quero nunca mais ver você. Você não é mais minha filha! — Ele começa de repente a tossir. Suas pupilas estão dilatadas. Seus lábios, salpicados de saliva.

— Deixe de ser tão melodramático, papai. Você já disse isso pra mim antes — lembra? Quando eu era estudante e você achava que eu era da ala ultra-esquerdista.

— Até mesmo Lenin escreveu que o comunismo de ultra-esquerda é uma desordem. — (Tosse duas vezes.) — Uma desordem infantil.

— Você disse que eu era trotskista. Disse: "Saia da minha casa. Não quero nunca mais ver você." Mas veja, eu ainda estou aqui. Ainda lidando com as suas incoerências.

— Você *era* trotskista. Todos vocês, estudantes revolucionários. Com suas bandeiras e seus estandartes bobos. Vocês sabem o que Trotski fez? Vocês sabem quantas pessoas ele matou? E de que maneira? Sabem? Trotski era um monstro, pior que Lenin. Pior que a Vera.

— Papai, mesmo que eu fosse trotskista, o que, diga-se de passagem, eu não era, isso não é coisa que se diga a uma filha.

Isso foi há mais de trinta anos e eu ainda lembro do choque da ferida — eu, que sempre acreditara até então que o amor dos meus pais era incondicional. Mas, na realidade, não tinha a ver com política; tinha a ver com vontade — a sua vontade contra a minha: seu direito de mandar em mim, sendo meu pai.

Mike intervém.

— Vamos, Nikolai. Tenho certeza de que você não queria dizer isso. E você, Nadezhda, não há necessidade de desencavar desentendimentos do passado. Sentem-se, vocês dois, e vamos conversar sobre isso.

Ele é bom nesse tipo de coisa.

Meu pai se senta. Ele está tremendo, e tem os dentes trincados. Lembro dessa expressão da infância, e tenho vontade de socá-lo ou de fugir.

— Nikolai, acho que Nadezhda tem razão num ponto. Uma coisa é ajudá-la a vir para a Inglaterra, outra coisa é ela estar te pedindo dinheiro.

— É para a passagem. Para poder voltar, ela precisa de dinheiro para a passagem.

— Mas se ela realmente gosta de você, vem ver você antes de ir embora, não vem? Ela vai querer se despedir — diz Mike.

Não digo nada. Quero ficar fora disso. Que esse velho bobo vá pro inferno.

— Hum. Pode ser que sim.

Meu pai parece perturbado. Ótimo. Que fique perturbado.

— O que eu quero dizer é que é compreensível que você se sinta atraído por ela, Nikolai — diz Mike. (Mas o que é isso? Compreensível? Vamos conversar sobre isso mais tarde.) — Mas eu acho um tanto suspeito que ela não queira conhecer ninguém da sua família, se realmente está pensando em se casar com você.

— Hum. — Meu pai não discute com Mike do jeito que faz comigo. Mike é homem e deve ser tratado com respeito.

— E o dinheiro que ela está ganhando em todos os seus empregos? Deve ser suficiente para a passagem.

— Ela tem dívidas a pagar. Se eu não lhe der o dinheiro da passagem, talvez ela não volte nunca mais. — Há uma expressão de perda total em seu rosto. — E uns poemas que eu fiz para ela. Quero que ela leia. — Eu percebo, e, neste momento, Mike também percebe, que ele está completamente apaixonado. O tolo idiota.

— Bem, onde é que ela mora em Peterborough? — pergunta Mike. — Talvez a gente possa ir lá na casa dela. — Agora ele está tão preocupado quanto eu. E, quem sabe, intrigado.

Nós nos amontoamos, todos os três, dentro do carro. Meu pai vestiu seu melhor paletó e enfiou o envelope pardo no bolso superior interno, junto ao coração. Ele nos conduz a uma rua estreita com casas geminadas de tijolo vermelho, próxima ao centro da cidade. Paramos na frente de uma casa com um portão do tipo cancela e um caminho de asfalto, em mau estado, até a porta. Num segundo meu pai está fora do carro, seguindo apressado pelo caminho, segurando o envelope na sua frente.

Olho-o imparcialmente por um instante e me choca ver como está velho, curvado e com o andar arrastado. Mas seus olhos estão acesos. Ele toca a campainha. Ninguém responde. Ele toca de novo. E de novo. E de novo. Um toque mais longo, outro mais longo ainda. Depois de muito tempo, ouve-se o ranger de uma janela de guilhotina sendo aberta. Meu pai olha ansioso para cima. Ergue o envelope. Suas mãos tremem. Todos nós prendemos a respiração, esperando ver uma bela loura com um busto enorme, mas, em vez disso, um homem põe a cabeça para fora da janela. Ele deve ter uns 40 anos, tem uma penugem castanha na cabeça e está de camisa branca, aberta ao pescoço.

— Dá o fora, está ouvindo? Dá o fora logo!

Meu pai fica sem fala. Ele estende o envelope com as mãos trêmulas.

O homem do cabelo castanho ignora o envelope.

— Você não acha que já causou bastante problema? Primeiro a carta do advogado, depois fica chateando ela no trabalho, agora vem até aqui em casa. Você já perturbou demais. Agora cai fora e deixa ela sossegada! — Ele fecha a janela com um estrondo.

Meu pai fica no mesmo lugar, parece encolhido e amarrotado. Mike põe o braço em volta do ombro dele e o conduz até o carro. Quando chegamos em casa, ele mal consegue falar.

Mike diz:

— Eu acho que você escapou de boa, Nikolai. Por que você não põe o dinheiro de volta no banco amanhã e esquece que ela existe?

Meu pai assente com um olhar distante.

— Você me considera muito, muito tolo?

— Não, não — diz Mike. — Qualquer homem pode perder a cabeça por causa de uma mulher bonita. — Ele procura o meu olhar e dá um sorriso de desculpas.

Meu pai se apruma um pouco. Sua masculinidade está intacta.

— Bem, não quero mais nada com ela. Você tem razão.

Está ficando tarde agora. Nós nos despedimos e nos preparamos para o longo caminho de volta a Cambridge. Quando estamos saindo, o telefone toca, e meu pai começa a falar em ucraniano. Não dá para escutar o que está dizendo, mas algo em seu tom me deixa desconfiada — qualquer coisa gentil, demorada. Penso que devia parar, escutar, intervir, mas estou cansada e quero voltar para a minha casa.

— Você sabe quanto dinheiro tinha naquele envelope? — pergunta Mike.

Estamos viajando através da penumbra, a meio caminho de casa, ruminando os acontecimentos do dia.

— Eu vi que era um maço razoável de notas. Diria que talvez umas cem libras.

— Só que eu notei que a nota de cima era de cinqüenta. Quando se vai ao banco sacar dinheiro, geralmente eles não dão notas de cinqüenta. A não ser que se pegue muito dinheiro. — Ele franze a testa, concentrando-se nas curvas da estrada. — Acho que talvez a gente deva procurar descobrir. — Pára bruscamente junto a uma cabine vermelha de telefone, numa vila. Vejo-o procurando moedas, discando, falando, colocando moedas no telefone, falando um pouco mais. E, então, ele volta para o carro.

— Mil e oitocentas libras.

— O quê?

— No envelope. Mil e oitocentas libras. Pobre velho.

— Pobre velho tolo. Devem ser todas as suas economias.

— Parece que Valentina ligou para ele e tentou convencê-lo a depositar o dinheiro na conta dela.

— Ela não se interessou em ler as poesias? — (Ha ha ha.)

— Ele disse que vai colocar o dinheiro de volta no banco amanhã.

Continuamos a nossa viagem. É domingo de noite, e há poucos carros além do nosso na estrada.

Agora a noite caiu, e estranhas faixas de luz cruzam o céu a partir de onde o sol se pôs por trás das nuvens. As janelas estão abertas e os cheiros do campo fustigam os nossos rostos — pilriteiro, cerefólio selvagem, forragem.

São mais ou menos dez da noite quando chegamos em casa. Mike liga para o meu pai de novo. Eu fico ouvindo na extensão.

— Estou ligando só para avisar que chegamos bem, Nikolai. Tem certeza de que vai poder ir ao banco amanhã? Não me agrada a idéia desse dinheiro todo guardado em casa. Tem algum lugar seguro onde você possa colocá-lo?

— Sim... não... — Meu pai está agitado. — E se eu desse para ela de uma vez?

— Nikolai, eu não acho que seja uma boa idéia. Acho que você deve levar o dinheiro ao banco, como tinha dito que ia fazer.

— Mas, e se for tarde demais? E se eu já tiver dado para ela?

— Quando foi que você deu o dinheiro para ela?

— Amanhã. — Ele está confuso, atropelando as palavras. — Amanhã. Hoje. Que importa?

— Agüente firme, Nikolai. Agüente firme.

Mike veste o casaco e pega as chaves do carro. Aparenta um enorme cansaço. Nas primeiras horas da manhã, ele retorna com o envelope e guarda as mil e oitocentas libras na gaveta, debaixo das meias, para levá-las ao banco naquele mesmo dia. Não sei o que aconteceu com os poemas.

4

Um coelho e uma galinha

Não tenho certeza de quando Valentina convenceu meu pai a lhe dar o dinheiro, mas acabou ficando com ele.

Sei que tenho que contar isso para Vera, mas algo me faz recuar. Toda vez que telefono para o meu pai ou para a minha irmã, é como se atravessasse uma ponte do mundo onde sou uma adulta com responsabilidades e noção da minha capacidade para o mundo críptico da infância, onde estou à mercê dos propósitos de outras pessoas que não posso controlar nem entender. A Grande Irmã é a monarca absoluta desse mundo crepuscular. Ela reina sem escrúpulos nem piedade.

— Deus meu, que idiota que ele é! — exclama, quando eu lhe conto sobre Valentina e o envelope de dinheiro. — Temos que detê-lo. — A Grande Irmã está sempre certa.

— Mas, Vera, eu acho que ele está sendo sério no que diz respeito a isso — isto é, a ela. E se ela o faz feliz...

— Sinceramente, Nadezhda, você é tão crédula. A gente lê sobre essas pessoas todos os dias nos jornais. Imigrantes, refugiados, imigrantes econômicos. Chame-os do que você quiser. São sempre as pessoas mais determinadas e implacáveis que conseguem chegar até aqui, e então, quando descobrem que não é fácil conseguir um bom emprego, elas se voltam para o crime. Você não vê o que vai acontecer se ela vier para ficar? Temos que evitar, de qualquer maneira, que ela volte da Ucrânia.

— Mas ele está tão determinado. Não tenho certeza de que vamos *poder* evitar isso...

Estou imobilizada entre duas convicções — a dele e a dela. Foi assim a minha vida toda.

Minha irmã telefona para o Ministério do Interior. Eles a orientam a escrever. Se meu pai descobre, não vai perdoá-la nunca, como nunca a perdoou por nada antes, então ela escreve anonimamente:

Ela entrou aqui com um visto de turista. Este é o seu segundo visto de turista. Ela trabalhou ilegalmente. Seu filho está matriculado numa escola inglesa. Três semanas antes de seu visto expirar, ela veio com a idéia de casamento. Sua intenção é se casar com o sr. Mayevskyj para obter visto e permissão de trabalho.

Depois ela telefona para a embaixada britânica em Kiev. Um jovem com voz entediada e sotaque aristocrata lhe diz que o visto de Valentina já foi concedido. Não há nada em seu pedido que indique que ele devia ter sido recusado. Mas quanto a...? Vera enumera as questões levantadas na carta. O rapaz lhe responde com o equivalente telefônico a um dar de ombros.

— Logo, como pode ver, só me resta confiar em você, Nadezhda — diz a Grande Irmã.

Trago o assunto à tona algumas semanas depois, enquanto almoçamos, Mike, meu pai e eu, na casa de meu pai. Presunto enlatado, batatas e cenouras cozidas. Sua dieta diária. Está orgulhoso de tê-la preparado para nós.

— Você tem tido notícias da Valentina, pai? — (Tom amigável, de conversação.)

— Tenho. Ela escreveu. Está muito bem.

— Onde ela está? Voltou pro marido?

— É. Ela está lá agora. Ele é uma pessoa muito educada, diga-se de passagem. Diretor de uma politécnica.

— E quais são os planos dela? Ela pensa em voltar pra Inglaterra? — Tom animado, mantendo certa distância.

— Hum. Talvez. Eu não sei.

Ele sabe sim. Mas não vai dizer.

— E quem era o homem de cabelos castanhos, o homem da janela que foi tão mal-educado com você?

— Ah, aquele é o Bob Turner. Um cara muito correto, diga-se de passagem. Engenheiro civil.

Meu pai explica que Bob Turner é amigo de um tio que Valentina tem em Selby. Ele tem uma casa em Selby, onde vive com a mulher, e uma casa em Peterborough, que era de sua mãe, onde tinha deixado Valentina e Stanislav ficarem.

— E qual você acha que é o relacionamento dele com a Valentina? — Para mim parece óbvio, mas tento utilizar uma espécie de diálogo platônico para levá-lo a enxergar a verdade.

— Ah, é verdade. Havia um relacionamento. Chegou a existir, inclusive, alguma possibilidade de que ele se casasse com ela, mas a mulher dele não lhe daria o divórcio. Lógico que esse relacionamento agora está terminado.

— Lógico que não está terminado, papai. Não vê que estão fazendo você de bobo? — Percebo que minha voz está ficando estridente. Mas ele não está ouvindo. Uma expressão distante tomou conta dos seus olhos. Ele se transformou num adolescente de 84 anos, sintonizado na sua música particular.

— Ele pagou a minha naturalização, diga-se de passagem — ele sussurra —, de maneira que, quando eu me casar com ela, já serei um cidadão britânico.

Quando ele se casar com ela.

— Mas, papai, pergunte a si mesmo: por quê? Por que Bob Turner pagou pra você se naturalizar?

— Por quê? — Um sorrisinho de vaidade. — E por que não?

Meu diálogo platônico não me levou muito longe, então eu tento uma outra abordagem. Invoco o espírito da Grande Irmã.

— Pai, você falou com a Vera sobre esse negócio com Bob Turner? Acho que ela ia ficar *muito* zangada.

— E por que eu contaria a ela? Ela não tem absolutamente nada a ver com isso. — Seus olhos recuperam o foco. Seu maxilar se contorce. Está amedrontado.

— Vera está preocupada com você. Nós duas prometemos a mamãe que cuidaríamos de você.

— Ela, cuidar de mim? Só se for para me levar ao túmulo.

Ele começa a tossir violentamente. Partículas de cenoura cozida voam pela sala e aterrissam nas paredes. Eu vou buscar um copo de água para ele.

No reino sombrio da infância, onde minha irmã era rainha, meu pai era um exilado pretendente ao trono. Muitos anos atrás, tinha havido uma guerra entre eles. Isso tinha acontecido há tanto tempo que eu já não sei por que eles entraram em choque pela primeira vez, e eles provavelmente também já se esqueceram. Meu pai fez uma retirada estratégica para os domínios de sua garagem, suas construções de alumínio, borracha e madeira, sua tosse e suas Grandes Idéias. De tempos em tempos, ele recrudescia em violentos ataques flamejantes dirigidos à minha irmã e, depois que ela saiu de casa, a mim.

— Pai, por que você fala tão mal da Vera? Por que vocês dois sempre discutem? Por que você... ?

Eu hesito em usar a palavra "odeia". É forte demais, irrevogável demais. Meu pai começa a tossir novamente.

— Você conhece a Vera... Ela tem um temperamento terrível. Você devia ter visto a maneira como ela ficou importunando a Ludmilla — você tem que dar tudo para as netas, você tem que fazer uma cláusula adicional. O tempo todo, até quando sua mãe já estava morrendo. Ela é interesseira demais. E agora ela quer que eu faça o meu testamento da mesma forma, dividindo tudo em três partes, para as netas. Mas eu disse não. O que é que você acha?

— Eu acho que você deve dividir meio a meio — digo. Não vou entrar no jogo dele.

Ah! Então, a Grande Irmã continua planejando a herança — embora reste apenas a casa e o pecúlio de pensionista do meu pai para dividir. Não sei se devo acreditar nele. Não sei em que acreditar. Eu tenho a sensação de que algo terrível aconteceu no passado e ninguém vai me contar porque, embora eu já tenha passado dos quarenta, ainda sou um bebê: pequena demais para entender. Acredito no que ele diz a respeito de como ela obteve a cláusula adicional. Mas agora ele está jogando um jogo diferente, tentando me atrair para o seu lado contra a minha irmã.

— O que você me diz de eu deixar tudo para você e para o Michael quando morrer? — ele pergunta, repentinamente lúcido.

— Eu continuo achando que você deve dividir meio a meio.

— Se você quer que seja assim. — Ele suspira, contrariado. Estou me recusando a jogar.

Estou secretamente satisfeita de ser a favorecida, mas fico cautelosa. Ele é imprevisível demais. Um dia, muito tempo atrás, eu fui a queridinha do papai, motoqueira em treinamento, aprendiz de engenheiro. Tento lembrar do que eu gostava nele.

Houve um tempo em que meu pai me sentava na garupa de sua motocicleta — "Cuidado, Kolyusha!", mamãe gritava — e partíamos roncando por caminhos longos, retos e pantanosos. A primeira motocicleta que ele teve foi uma Francis Barnett de 250 cilindradas, que ele reconstituiu juntando as peças, depois de ter limpado e restaurado cada uma delas a mão. Depois foi uma Vincent de 350 cilindradas, preta e reluzente, e a seguir uma Norton de 500 cilindradas. Eu costumava recitar os nomes como um mantra. Lembro como eu corria para a janela quando ouvia a vibração profunda do motor, lá longe na estrada, e então ele chegava como uma lufada de vento, com seus óculos e seu velho capacete russo de couro, de piloto, e perguntava:

— Quem quer dar uma volta?

— Eu! Eu! Me leva!

Mas isso foi antes de ele descobrir que eu não tinha nenhuma aptidão para engenharia.

* * *

Depois do almoço meu pai vai tirar uma soneca, e eu pego a tesoura de podar e vou até o jardim colher umas rosas para colocar no túmulo de minha mãe. Choveu, e a terra cheira a raízes e crescimento — um crescimento selvagem e desordenado. A roseira vermelha que cresce sobre a cerca que nos separa dos vizinhos está sufocada de trepadeiras, e a urtiga está brotando onde antes o endro e a salsinha cresciam espontaneamente. Os arbustos de lavanda que minha mãe plantou pelo caminho estão altos, ralos e esgalhados. Sementes de papoulas e aquilégias, marrons e barulhentas, empurram as salgueirinhas nos canteiros, ávidas do chocolate preto com que ela as alimentava. Ah, ela suspirava, há sempre trabalho para se fazer num jardim. Sempre alguma coisa crescendo e alguma coisa para ser cortada. Um cristão não tem um minuto de descanso.

O cemitério também é um lugar onde vida e morte andam lado a lado. Um gato malhado marcou ali seu território e patrulha a sebe que separa o cemitério dos campos de milho. Um casal de tordos cata minhocas na terra de um túmulo recém-mexido. Apareceram mais cinco túmulos depois do dela; mais cinco pessoas morreram na cidade depois que ela morreu. Leio os epitáfios. Mamãe... muito querida... partiu tristemente dessa vida... descansando com Jesus... pela eternidade... Uma toupeira esteve ocupada trabalhando com os coveiros, cavando e empilhando montes de terra aqui e ali. Há um morro de toupeira bem em cima do túmulo da minha mãe. Gosto de pensar na toupeira negra e macia aconchegada junto dela lá por baixo, no escuro. No funeral, o vigário disse que ela estava no céu, mas ela sabia que ia lá para baixo da terra, para ser comida pelas minhocas. (Nunca faça mal a uma minhoca, Nadezhda, ela é amiga do jardineiro.)

Minha mãe entendia da vida e da morte. Uma vez trouxe um coelho morto do mercado, e o esfolou e limpou sobre a mesa da cozinha. Tirou fora as vísceras vermelhas e sangrentas, enfiou um canudo na traquéia e soprou para dentro dos pulmões. Com os olhos arregalados, eu vi os pulmões subindo e descendo.

— Está vendo, Nadezhda? É assim que a gente respira. A gente respira e vive.

Outra vez ela trouxe uma galinha viva para casa. Levou-a para a parte de trás do quintal, prendeu-a entre as pernas enquanto ela lutava para se soltar e torceu-lhe o pescoço com um movimento rápido e ágil. A galinha estremeceu e depois ficou quieta.

— Está vendo, Nadezhda? É assim que a gente morre.

Tanto o coelho quanto a galinha foram assados numa travessa, com alho, chalotas e ervas do jardim, e então, quando a carne já tinha sido toda comida, os ossos foram aproveitados na sopa. Nada era desperdiçado.

* * *

No cemitério, eu me sento debaixo da cerejeira silvestre e vou organizando minhas memórias, mas quanto mais me esforço para lembrar, mais confusa fico, sem saber o que são lembranças e o que são histórias. Quando eu era pequena, minha mãe costumava me contar histórias de família — mas somente as que tinham final feliz. Minha irmã também me contava histórias: as dela eram muito estereotipadas, com gente boa (mamãe, os cossacos) e gente má (papai, os comunistas). As histórias de Vera sempre tinham um começo, um fim e uma moral. De vez em quando meu pai me contava histórias também, mas as histórias dele tinham uma estrutura complicada, um significado ambíguo e uma conclusão insatisfatória. Preferia as histórias da minha mãe e da minha irmã.

Eu também tenho uma história para contar. Era uma vez a nossa família — meu pai e minha mãe, minha irmã e eu —, não era uma família feliz, mas também não era infeliz, era somente uma família que ia vivendo junto enquanto as crianças crescem e os pais ficam velhos. Eu me lembro de um tempo em que minha irmã e eu nos amávamos. Quem sabe houve até um tempo em que meu pai e minha irmã se amaram — mas desse tempo eu não consigo lembrar. Todos nós amávamos a minha mãe e ela amava a todos. Eu era a garotinha de tranças segurando um gato tigrado cuja foto fica na prateleira sobre a lareira. Falávamos uma língua diferente da de nossos vizinhos e comíamos uma comida diferente também, trabalhávamos duro e não atravessávamos o caminho de ninguém, e éramos sempre bons para que a polícia secreta não viesse nos procurar no meio da noite.

Às vezes, quando era criança, eu me sentava no escuro, no topo da escada, de pijamas, escutando, me espichando para ouvir o que meus pais conversavam no quarto lá embaixo. Sobre o que estariam falando? Eu captava apenas frases, fragmentos, mas percebia urgência em suas vozes. Ou entrava num quarto e notava a maneira como o tom de suas vozes mudava de repente, seus rostos se iluminavam com sorrisos temporários.

Será que falavam daquele outro tempo, daquele outro país? Será que falavam do que aconteceu entre a época da infância deles e a da minha — algo tão assustador que eu nunca deveria saber?

Minha irmã era dez anos mais velha que eu e tinha um pé no mundo adulto. Ela sabia de coisas que eu desconhecia, coisas que eram sussurradas, mas sobre as quais nunca se falava. Ela sabia de segredos tão terríveis dos mais velhos que o simples conhecimento deles tinha deixado cicatrizes no seu coração.

Agora, com a morte de minha mãe, a Grande Irmã se tornou a guardiã do arquivo da família, a fiandeira de histórias, a protetora da narrativa que define quem nós somos. Esse papel, sobre todos os outros, é o que eu mais invejo, é aquele do qual eu mais me ressinto. É tempo, penso eu, de descobrir a história toda e contá-la do meu jeito.

5

Uma breve história dos tratores em ucraniano

O que sei sobre minha mãe? Ludmilla (Milla, Millochka) Mitrofanova nasceu em 1912, em Novaya Aleksandria, uma pequena cidade/guarnição militar, localizada onde hoje em dia é a Polônia, mas naquele tempo era o flanco ocidental do Império Russo. Seu pai, Mitrofan Ocheretko, foi oficial da cavalaria, herói de guerra e fora-da-lei. Sua mãe, Sonia, tinha 19 anos quando Ludmilla nasceu, foi aprendiz de professora e sobrevivente.

Os Ocheretko não eram nobres, mas eram camponeses ricos da região de Poltava, na Ucrânia, que viviam na periferia de um *khutor* (assentamento) e cultivavam cerca de 30 hectares na margem esquerda do rio Sula. Eram cossacos que trabalhavam pesado, bebiam pesado e que tinham amealhado, de alguma maneira, riqueza suficiente para pagar o suborno necessário para obter um contrato lucrativo de fornecimento de cavalos para o exército do czar. Isso, por sua vez, permitiu que economizassem o suficiente para pagar uma soma consideravelmente maior que garantiu ao filho mais velho, Mitrofan, um lugar na academia militar.

Mitrofan Ocheretko parece ter sido um soldado brilhante: destemido e prudente, ele amava a vida, mas respeitava a morte. Diferente dos oficiais oriundos da nobreza, que dificilmente consideram os camponeses como seres humanos, Ocheretko se preocupava com os soldados e era cuidadoso com as vidas deles, correndo risco somente por algum ganho. Da lama e carnificina da Grande Guerra, ele emergiu coberto de glória. Seu grande momento ocorreu em 1916, na frente oriental, quando foi baleado na coxa, no lago Naroch, ao se arrastar por um mangue para resgatar o sobrinho do czar que tinha ficado preso em conseqüência do degelo da primavera, que transformou as margens do lago em quilômetros de lama revolta. Ocheretko puxou o aristocrata até um lugar seguro e o carregou nos braços em meio a uma saraivada da artilharia.

Foi condecorado com a Cruz de São Jorge por sua bravura. O próprio czar pregou-a em seu peito, e a czarina passou a mão sobre a cabeça da pequena Ludmilla. Dois anos mais tarde, o czar e a czarina estavam mortos, e Ocheretko se tornou um fora-da-lei, um fugitivo.

Depois da revolução de 1917, Ocheretko não se juntou nem ao Exército Branco Russo nem ao Exército Vermelho Soviético. Em vez disso, levou Sonia e as três crianças — Ludmilla, minha mãe, tinha agora uma irmã e um irmão mais novos — de volta para Poltava, deixou-os lá num chalé de madeira aos pedaços no *khutor* e partiu para combater no Exército Republicano Nacional Ucraniano. Precisavam aproveitar o momento: agora, com a Rússia dividida, podia ser a ocasião da Ucrânia se desvencilhar do jugo imperial.

Ludmilla quase não viu o pai durante aqueles anos. Às vezes, ele chegava no meio da noite, exausto e faminto, e pela manhã já havia partido novamente. "Não digam a ninguém que o papai esteve aqui", sua mãe sussurrava para as crianças.

A Guerra Civil desenvolveu-se numa sucessão de massacres sangrentos e represálias tão cruentas que era como se a própria alma humana houvesse sucumbido. Nenhuma cidade, nem mesmo a menor das vilas, nenhuma casa, nada foi poupado. Os livros de história contam sobre novas e engenhosas maneiras de infligir dor retardando a morte. O dom da imaginação, pervertido pelo prazer de ver sangue, inventou torturas jamais sonhadas antes, e antigos vizinhos tornaram-se inimigos para quem um simples tiro era misericórdia demais. Mas meus pais nunca falaram comigo sobre tais horrores: eu era o seu precioso bebê dos tempos de paz.

Quando minha mãe descrevia os primeiros anos de sua infância, era como se tivesse sido sempre um sonho — longos verões de sol quente em que eles corriam descalços pelos campos e se banhavam nus no rio Sula, ou levavam os bois para pastos distantes e ficavam ao ar livre, da madrugada até o anoitecer. Sem sapatos, sem calças, sem ninguém para mandar neles. E a erva, alta o bastante para os esconder, era de um verde bem vivo, salpicado de flores vermelhas e amarelas. E o céu azul-azul, e campos de milho como um lençol de ouro esticado até onde os olhos podiam alcançar. Às vezes, bem distante, eles ouviam tiros e viam espirais de fumaça a se erguerem de uma casa pegando fogo.

* * *

Meu pai se posicionou na frente do mapa da Ucrânia, e está apresentando uma intensa palestra de duas horas para sua audiência cativa de um homem só (Mike) sobre a história, a política, a cultura, a economia, a agricultura e a indústria de aviação da Ucrânia. Seu aluno está confortavelmente acomodado na poltrona, de frente para o mapa, mas seus olhos estão focalizados num ponto para além da cabeça do palestrante. Suas bochechas estão muito rosadas. Na mão, ele aninha um copo do vinho caseiro de ameixa de minha mãe.

— Esquecem sempre que a Guerra Civil foi bem mais que uma simples questão de brancos contra vermelhos. Pelo menos quatro exércitos estrangeiros lutavam pelo controle da Ucrânia: o Exército Vermelho dos soviéticos, o Exército Imperial Russo Branco, o exército polonês, intensificando uma invasão oportunista, e o exército alemão, sustentando o regime-marionete de Skoropadski.

Estou na cozinha cortando legumes para a sopa, prestando uma certa atenção.

— Os ucranianos eram comandados por antigos líderes cossacos, ou agrupados sob a bandeira anarquista de Makhno. Seu objetivo, ao mesmo tempo simples e impossível, era libertar a Ucrânia de todas as forças de ocupação.

O segredo da incrível sopa da minha mãe era muito sal (os dois tinham pressão alta), uma boa porção de manteiga (eles não se preocupavam com o colesterol), legumes e verduras, alho e ervas frescas do quintal. Eu não posso fazer uma sopa assim.

— O avô de Nadezhda, Mitrofan Ocheretko, juntou-se a um grupo sob a liderança de Atman Tiutiunik, de quem ele se tornou subcomandante. Eles lutavam numa aliança frouxa com o "diretório ucraniano" de Simon Petlura. Ocheretko, aliás, era um tipo muito marcante, com um enorme bigode e os olhos negros como carvão. Eu vi uma fotografia dele, embora, claro, nunca o tenha conhecido.

Enquanto a sopa fervia, mamãe ia despejando dentro dela colheres de chá de *halushki* — uma pasta feita de ovo cru e semolina, batidos com sal e ervas — que cresciam fofas como bolinhos e desmanchavam na língua.

— No final da Guerra Civil, Ocheretko fugiu para a Turquia. Mas o irmão de Sonia, Pavel — que, aliás, era um tipo muito marcante, engenheiro ferroviário que construiu a primeira estrada de ferro de Kiev até Odessa —, era amigo de Lenin. Por causa disso, algumas cartas foram escritas e Mitrofan Ocheretko foi anistiado, reabilitado e conseguiu um emprego de professor de esgrima na academia militar de Kiev. E foi lá em Kiev que Ludmilla e eu nos vimos pela primeira vez.

Sua voz estava totalmente embargada.

— Papai, Mike, venham, o almoço está pronto.

* * *

O período entre a volta de Valentina para a Ucrânia e o retorno dela à Inglaterra foi de grande crescimento pessoal e atividade intelectual para o meu pai. Ele recomeçou a produzir poemas, que deixava por todos os lugares da casa em pedaços de papel, escritos com a mesma caligrafia difícil, em cirílico. Decifrei a palavra "amor" uma ou duas vezes, mas não consegui me animar a lê-los.

Toda semana ele escrevia para Valentina na Ucrânia e, no intervalo entre as cartas, telefonava e falava, às vezes com ela e às vezes com o tipo inteligente, marido dela. Eu sei que os telefonemas eram longos porque vi a conta de telefone.

No entanto, com minha irmã e eu, ele era muito desconfiado. Não queria que disséssemos a ele o que devia fazer. Ele já havia decidido tudo.

Vera foi visitá-lo em setembro. Ela descreveu a visita.

— A casa está imunda. Ele usa os jornais como prato. Ele só come maçãs. Tentei convencê-lo a procurar um esquema de moradia para gente idosa, mas ele disse que você o dissuadiu disso. Não consigo imaginar o que você pensa que pode ganhar com isso, Nadezhda. Suponho que a sua preocupação seja de que a casa venha a ser vendida e você não herde a sua parte. Sinceramente! Essa sua obsessão está indo longe demais. A casa é muito grande para ele agora. Tentei conseguir alguém para ajudá-lo na casa, mas ele não aceita. Quanto a esse outro negócio sórdido — procurei descobrir o que está acontecendo com a prostituta, mas ele não quer falar de maneira nenhuma. Ele simplesmente muda de assunto. Não sei o que está se passando com ele. Ele está se comportando de um jeito muito estranho. Nós realmente devíamos procurar um médico para atestar que ele não está bem da cabeça, você não acha? Ele parece estar vivendo num mundo só dele.

Afastei o telefone do ouvido e deixei que ela continuasse tagarelando.

No dia seguinte ele me telefonou para descrever a visita da Grande Irmã.

— Quando eu vi o carro estacionando aqui em frente e a vi saltando e andando em direção a casa, você não pode imaginar, Nadezhda, sem querer eu borrei as calças. — Ele disse isso como se seus intestinos não fizessem parte dele, mas fossem uma força distinta da natureza. — Veja bem, a Vera, ela é uma autocrata terrível. Tirana. Feito Stalin. Está sempre me importunando. Você precisa fazer isso, você precisa fazer aquilo. Por que eu tenho que fazer sempre o que me mandam? Será que eu não posso decidir alguma coisa pela minha cabeça? Agora ela vem dizer que eu tenho que ir viver num condomínio para idosos. É muito caro para mim. É melhor eu ficar por aqui. Viver aqui. Morrer aqui. Você diga a ela o que eu falei. Diga a ela que eu não quero mais que ela me visite. Você e Mike podem me visitar.

Em nossa visita seguinte, Mike e eu encontramos a casa e o jardim bem do jeito como minha irmã havia descrito. Um tênue véu de poeira cobrindo toda a pintura branca da parede e se pendurando nas teias de aranha do teto. A sala de visitas está cheia de maçãs que o vento derrubou e ele catou do chão e colocou em caixas rasas e papelões sobre a mesa, cadeiras, aparador e até mesmo em cima do armário, e que enchem a casa com seu cheiro de fruta madura demais. Moscas-das-frutas pairam sobre as maçãs *grieves* e *beauty of Bath* que, sendo mais tenras, já começaram a ficar marrons e a espumar em pontos de mofo que meu pai não tem visão para notar. Ele senta numa ponta da mesa, com sua faquinha, descascando, fatiando e selecionando as maçãs em porções tamanho Toshiba. Reparo como a aparência dele está bem melhor.

— Olá! Olá! — ele nos recebe, caloroso. — Bem, nada de novo a relatar. Excelentes maçãs! Vejam! — Ele nos oferece um prato da mistura pegajosa cozida no Toshiba. — Hoje a gente precisa passar na biblioteca. Encomendei alguns livros. Estou muito interessado nesse negócio de uma *Weltanschauung* [visão do mundo] de engenharia como uma ideologia incorporada ao *design* de novas máquinas.

Mike parece impressionado. Ergo os olhos para o teto. Meu pai segue em frente, abrindo sulcos em brilhantes idéias obscuras.

— Veja bem, como o próprio Marx disse, as relações de produção estão intrinsecamente relacionadas com o maquinário da produção. Tomemos como exemplo o trator. No século XIX, os primeiros tratores foram feitos por artesãos em suas oficinas. Hoje em dia, eles são produzidos em linhas de montagem, e, no final de cada uma destas, tem um homem com um cronômetro. Ele mede o processo — (ele alonga a segunda sílaba — "pro-*cees*-so"). — Para ter mais eficiência, o trabalhador precisa trabalhar mais. Agora tomemos um homem que ara o campo. Ele está sozinho na cabine do arado. Ele mexe nas alavancas e o trator ara. Ele segue a inclinação do terreno, ele leva em conta o solo e o clima. Ele se acredita o senhor do pro-*cees*-so. Mas, no final do campo, tem um homem com um cronômetro. Ele observa o motorista do trator, toma nota do percurso e das voltas que ele faz. Então, determinado tempo é atribuído para a aradura de um campo e o salário do homem é fixado de acordo com essa estimativa. Agora, veja você, nesta era de controle numérico computadorizado, até mesmo o homem com o cronômetro na mão é redundante, e o próprio cronômetro pode ser incorporado ao equipamento do painel.

Ele vibra a faquinha com uma energia maníaca. Caracóis de casca de maçã escorregam da mesa para o carpete, onde são pisados e viram um mingau perfumado.

* * *

— É o surto de testosterona — diz Mike enquanto seguimos meu pai pelas ruas movimentadas de sábado de manhã em Peterborough. — Veja, as costas estão aprumadas, a artrite melhorou. Mal conseguimos acompanhá-lo.

É verdade. Meu pai corre na frente, dispara e se movimenta por entre a multidão com um só objetivo em vista. Ele se dirige à biblioteca pública para pegar seus livros. Ele caminha numa espécie de deslizar rápido, a parte de cima do corpo inclinada para a frente a partir dos quadris, as mãos ao lado, a cabeça na dianteira, o queixo empinado, sem desviar o olhar.

— Ah, vocês homens são todos iguais. Vocês acham que sexo é cura para tudo.

— Sexo cura uma porção de coisas.

— É engraçado, quando eu conto esse negócio do meu pai com a Valentina para as minhas amigas mulheres, elas ficam chocadas. Acham que ele é um velho vulnerável que está sendo explorado. Mas todos os homens com quem eu falo — sem exceção, Mike — (levanto meu dedo) — reagem com esses sorrisos maliciosos e espertos, essas risadinhas de admiração. Ah, mas que danadinho que ele é! Que façanha, agarrar uma pombinha tão mais nova! Sorte a dele. Que se divirta um pouco.

— Você tem que admitir que fez bem a ele.

— Eu não admito coisa nenhuma.

(É bem menos satisfatório discutir com Mike que com Vera ou com papai. Ele é sempre tão irritantemente razoável!)

— Você tem certeza de que não está sendo um pouco puritana?

— Claro que não estou! — (E daí se estiver?) — É que se trata do meu pai. Eu só quero que ele seja adulto.

— Ele está sendo adulto, à maneira dele.

— Não, não está, está sendo um garoto. Um garoto de 84 anos. Os dois estão se comportando como garotos. Que bela dupla! Pelo amor de Deus! — Eu tinha aumentado o tom de voz e já estava aos berros.

— Mas, você não percebe como esse novo relacionamento está fazendo bem para ele? Está insuflando vida nova nele. Isso prova que nunca se é velho demais para o amor.

— Você quer dizer para o sexo.

— Bom, talvez isso também. Seu pai está querendo viver o sonho de todo homem — dormir nos braços de uma mulher mais jovem e bonita.

— Sonho de *todo* homem?

Naquela noite, Mike e eu dormimos em camas separadas.

* * *

Meu pai retirou na biblioteca várias biografias de engenheiros do século XIX: John Fowler, David Greig, Charles Burrell, os irmãos Fisken. Encorajado pelo marido de Valentina, o tipo inteligente diretor da politécnica, ele começou a pesquisar e a escrever sua grande obra: *Uma breve história dos tratores em ucraniano*.

O primeiro trator foi inventado por um certo John Fowler, um quaker, tipo inteligente e abstêmio. Nem vodca, nem cerveja, nem vinho, nem mesmo chá tocava seus lábios, e, por essa razão, seu cérebro era extraordinariamente lúcido. Algumas pessoas o descreveriam como um gênio.

Fowler era um bom homem que viu no trator um meio de emancipar as massas trabalhadoras de sua vida de labuta insensata e trazê-las à apreciação da vida espiritual. Ele trabalhou dia e noite para aperfeiçoar seus planos.

Ele escreve em ucraniano e depois, com muito esforço, traduz para o inglês (ele estudou inglês e alemão no colégio) para que Mike possa ler. Fico surpresa com a qualidade de seu inglês escrito, embora algumas vezes tenha de ajudá-lo com a tradução.

O primeiro trator, inventado por Fowler, não era exatamente um trator, uma vez que não puxava um arado. Entretanto, era uma máquina de uma engenhosidade surpreendente. O trator de Fowler consistia em duas máquinas posicionadas em lados opostos do campo e conectadas por um cabo com alças, e ao cabo eram fixadas as lâminas de um arado. À medida que as máquinas eram ligadas, o cabo puxava o arado para cima e para baixo no campo, para cima e para baixo. Para cima e para baixo.

A voz do meu pai zumbe, alta e depois baixa, parecendo um abelhão de colheita satisfeito. O quarto está quente e cheio de cheiros de colheita. Fora da janela a luz púrpura do entardecer se espalha sobre os campos. Um trator se movimenta devagar para cima e para baixo, revolvendo os resíduos da safra na terra.

6

Fotografias de casamento

Apesar dos esforços de Vera e meus, Valentina e seu filho Stanislav voltaram para a Inglaterra em 1º de março. Entraram por Ramsgate, com vistos de turista por seis meses. Ninguém na embaixada britânica de Kiev se opôs ao visto deles; ninguém em Ramsgate fez um exame mais detalhado de seus passaportes. Uma vez de volta a Peterborough, eles foram morar com Bob Turner. Valentina arranjou um emprego num hotel perto da catedral e imediatamente levou adiante os planos de casar com meu pai. Tudo isso eu consegui juntar em horas de conversa pelo telefone.

Meu pai tem tentado manter minha irmã e eu no escuro a respeito de seus planos. Quando fazemos uma pergunta direta, ele muda de assunto, mas não é um mentiroso convincente e é fácil pegá-lo. Ele esquece o que disse para cada uma de nós e acredita que ainda estamos sem nos falar. Mas começamos a trocar nossas informações.

— É evidente que ele acabou mandando as mil e oitocentas libras pra ela. Transferiu o dinheiro pra conta bancária dela e ela o retirou. E ele estava enviando pra ela quantias regularmente durante o tempo todo em que ela esteve fora.

— Francamente, é demais! — a voz da Grande Irmã atinge uma nota altamente dramática. — Ele devia gastar a maior parte da pensão com essas remessas.

— E ele mandou dinheiro pras passagens de avião dela e do Stanislav de Lviv para Ramsgate. E depois ela lhe disse que precisava de um dinheiro extra para um visto de trânsito austríaco.

— Não há dúvida, mamãe estava absolutamente certa — diz Vera. — Ele não tem bom senso.

— Quando acabar o dinheiro, ele vai ter que parar com isso.

— Talvez. Talvez esteja apenas começando.

Meu pai não só resgatou essa linda ucraniana desvalida, como também está disposto a encorajar os talentos de seu extraordinariamente bem-dotado filho.

Stanislav, que tem 14 anos, foi levado a um psicólogo particular, que, por um preço módico, pago por meu pai, testou o seu QI e lhe deu um certificado no qual o declara um gênio. Com base nesse certificado, ofereceram ao garoto (que, diga-se de passagem, também é um músico muito talentoso e toca piano) uma vaga numa escola de muito prestígio em Peterborough (sem dúvida, ele é inteligente demais para o curso médio público, apropriado somente para filhos de trabalhadores rurais).

Minha irmã, que pagou um bom dinheiro para que suas extraordinariamente bem-dotadas filhas estudassem numa escola de elite, está indignada. Eu, que tive minha filha extraordinariamente bem-dotada estudando na escola pública local, estou indignada também. Nossa raiva espuma profusamente no vaivém das linhas telefônicas. Finalmente temos algo em comum.

E tem outra coisa. Como Romeu e Julieta descobriram às próprias custas, casamento não diz respeito apenas às duas pessoas que se apaixonam, mas também às famílias. Vera e eu não queremos Valentina na nossa família.

— Vamos encarar os fatos — diz Vera. — Não queremos que alguém tão *comum* (não fui eu quem disse isso!) use o nosso nome.

— Que é isso, Vera? Nossa família não tem nada de extraordinário. Somos uma família comum, como tantas outras.

Eu começava a desafiar a Grande Irmã, que se havia autonomeado guardiã da história da família. Isso não a agrada.

— Descendemos de sólidos burgueses, Nadehzda. Não de *arrivistas*...

— Mas os Ocheretko eram o quê? Camponeses ricos...

— Fazendeiros.

— ... que se tornaram negociantes de cavalos.

— *Criadores* de cavalos.

— Cossacos, de qualquer jeito. Um tanto selvagens, pode-se dizer.

— Pitorescos.

— E os Mayevskyj eram professores.

— Nosso avô Mayevskyj foi ministro da Educação.

— Só por seis meses. E de um país que, na verdade, não existiu.

— Claro que a Ucrânia Livre existiu. Francamente, Nadia, por que você tem que ter uma visão tão *pessimista* de tudo? Você se julga uma espécie de assistente da história?

— Não, mas... — (Lógico que é exatamente isso que eu acho.)

— Quando eu era bem pequena... — sua voz se suaviza. Eu a ouço à cata de um cigarro. — Quando eu era bem pequena, Baba Sonia me contava a história do casamento dela. É *assim* que um casamento deve ser, e não essa farsa lamentável para a qual o nosso pai está sendo arrastado.

— Mas repare só nas datas, Vera. A noiva estava grávida de quatro meses.

— Eles estavam apaixonados.

O que é isso? A Grande Irmã é uma romântica enrustida?

* * *

A mãe de minha mãe, Sonia Blazhko, tinha 18 anos quando se casou com Mitrofan Ocheretko na catedral de cúpulas douradas de São Miguel, em Kiev. Ela usava um vestido branco e um véu, e um belo medalhão de ouro pendurado no pescoço. Sobre os longos cabelos castanhos trazia uma coroa de flores brancas. Apesar da constituição esbelta, sua gravidez já devia ser visível. O irmão mais velho, Pavel Blazhko, engenheiro ferroviário, depois amigo de Lenin, levou-a ao altar, pois seu pai estava muito fraco para permanecer de pé durante toda a cerimônia. A irmã mais velha, Shura, recém-formada em medicina, foi dama de honra. As duas irmãs mais novas, ainda na escola, atiraram pétalas de rosas sobre ela e se desmancharam em lágrimas quando ela beijou o noivo.

Os homens da família Ocheretko pisaram na igreja com botas de montaria, camisas bordadas e calças largas e bizarras. As mulheres usavam saias esvoaçantes, botas com pequenos saltos e fitas coloridas nos cabelos. Juntos, eles formavam um grupo hostil na parte de trás da igreja e se retiraram abruptamente no final, sem cumprimentar o padre.

Os Blazhko desprezavam a família do noivo, consideravam-nos rudes, pouco mais que marginais, pois bebiam muito e nunca penteavam os cabelos. Os Ocheretko achavam os Blazhko uns frescos da cidade, traidores da sua terra. Sonia e Mitrofan não se importavam com o que os pais pensavam. Eles haviam consumado o seu amor e o fruto já estava a caminho.

* * *

— Foi posta abaixo em 1935, claro.

— O quê?

— A catedral de São Miguel das Cúpulas Douradas.

— Quem a derrubou?

— Os comunistas, lógico.

Ah! Então existe um outro texto nas entrelinhas dessa história romântica.

— Papai e Valentina estão apaixonados, Vera.

— Como você pode afirmar uma coisa tão absurda, Nadia? Você não vai crescer nunca? Veja bem, o que ela quer é um passaporte e uma permissão de trabalho, e o dinheirinho que ele ainda tem. Isso está bastante claro. E ele está apenas hipnotizado pelos peitos dela. Ele não fala de outra coisa.

— Ele fala muito de tratores.

— De tratores e de peitos, já que você insiste.

(Por que será que ela o odeia tanto assim?)

— E quanto ao nosso pai e à nossa mãe, você acha que eles estavam apaixonados quando se casaram? Você não acha que foi, de uma certa maneira, um casamento de conveniência?

— Foi diferente. Os tempos eram diferentes — diz Vera. — Em épocas como aquela as pessoas faziam o que era preciso para sobreviver. Coitada da mamãe — depois de tudo o que ela viveu, acabar com o papai. Que destino cruel!

* * *

Em 1930, quando minha mãe tinha 18 anos, seu pai foi preso. O fato se deu muitos anos antes de os expurgos atingirem seu clímax terrível, mas aconteceu da maneira clássica do terror — uma batida na porta no meio da noite, as crianças gritando, a minha avó Sonia Ocheretko, de camisola, com os cabelos soltos caindo atrás nas costas, suplicando aos oficiais.

— Não se preocupe, não se preocupe! — meu avô gritava por sobre o ombro enquanto o arrastavam, só com as roupas do corpo. — Pela manhã estarei de volta. — Nunca mais o viram. Ele foi levado para a prisão militar de Kiev, onde foi acusado de treinar em segredo combatentes ucranianos nacionalistas. Era verdadeira a acusação? Não saberemos nunca. Ele nunca foi levado a julgamento.

Todos os dias, durante seis meses, Ludmilla, seu irmão e sua irmã acompanharam a mãe à prisão para levar um prato de comida. Eles o entregavam ao guarda no portão, rezando para que ao menos parte dela chegasse até o pai. Um dia o guarda disse: "A partir de amanhã não precisam mais vir. Ele não vai precisar mais de comida."

Eles tiveram sorte. Nos últimos anos de expurgo, não apenas os acusados, mas suas famílias, amigos, sócios, qualquer um passível de suspeita de cumplicidade no crime, era levado e punido. Ocheretko foi executado, mas sua família foi poupada. Ainda assim, não era mais seguro para eles permanecerem em Kiev. Ludmilla foi expulsa do curso de veterinária que fazia na universidade — agora ela era filha de um inimigo do povo. Seu irmão e sua irmã tiveram que deixar a escola que freqüentavam. Eles se mudaram novamente para o *khutor* e tentaram arranjar um jeito de sobreviver.

E não foi fácil. Embora as terras da região de Poltava fossem das mais férteis de toda a então União Soviética, os camponeses passavam fome. No outono de 1932, o exército confiscou toda a colheita. Até mesmo as sementes de milho para o plantio do ano seguinte foram levadas.

Minha mãe disse que o propósito da fome era quebrantar o espírito do povo e forçá-lo a aceitar a coletivização. Stalin acreditava que a mentalidade dos camponeses, que era estreita, mesquinha e supersticiosa, podia ser substituída por um espírito nobre, solidário e proletário. ("Um desgraçado de um absurdo", dizia minha mãe. "O único espírito era o de preservar a própria vida. Comer. Comer. Amanhã pode não ter mais nada.")

Os camponeses comeram as vacas, as galinhas e as cabras; depois os gatos e os cachorros; depois os ratos e os camundongos; e depois não restou mais nada para comer a não ser capim. De sete a dez milhões de pessoas morreram na Ucrânia em 1932 e 1933, durante a fome criada pelo homem.

Sonia Ocheretko foi uma sobrevivente. Fez sopa aguada de capim e azedinha silvestre colhida no campo. Cavou à procura de raízes-fortes e alcachofras tuberosas, e encontrou algumas batatas no jardim. Quando tudo isso acabou, fizeram armadilhas para pegar os ratos que viviam no sapê do telhado e os comeram, depois comeram o próprio sapê, e mastigaram o couro dos arreios para abrandar as dores da fome. Quando estavam famintos demais para dormir, costumavam cantar:

> "Existe um morro alto, e atrás dele um campo,
> Um campo verde, tão fértil,
> Que você ia pensar que estava no paraíso."

No povoado vizinho, uma mulher tinha comido o seu bebê. Ela havia enlouquecido e perambulava pelas ruelas gritando: "Mas ela morreu primeiro. Ela estava morta. Que mal fazia comer? Tão gorducha! Para que desperdiçar? Eu não a matei. Não. Não. Não. Ela morreu primeiro."

Eles foram salvos porque seu *khutor* era muito afastado — se alguém por acaso lembrou deles, provavelmente pensou que já estavam mortos. Em 1933, de alguma maneira obtiveram uma permissão para viajar e fizeram uma longa viagem até Luhansk, que em breve seria rebatizada como Voroshilovgrad e onde morava Shura, a irmã de Sonia.

Shura era médica e seis anos mais velha que Sonia. Tinha um senso de humor cáustico, os cabelos pintados de vermelho, um gosto extravagante para chapéus, uma risada estrepitosa (ela fumava cigarros feitos à mão, de tabaco cultivado em casa) e um marido idoso — membro do partido e amigo do marechal Voroshilov — que podia mexer seus pauzinhos. Eles moravam nos limites da cidade, numa casa de madeira no estilo antigo com sancas esculpidas, venezianas pintadas de azul e girassóis e pés de tabaco no jardim. Shura não tinha filhos e paparicava os de Sonia. Quando Sonia conseguiu um emprego de professora e se mudou para um pequeno apartamento na cidade, levou as duas crianças menores, e Ludmilla ficou com tia Shura. O marido de tia Shura conseguiu para ela um emprego na fábrica de locomotivas de Luhansk, onde ela seria treinada como operadora de guindaste. Ludmilla ficou relutante. Guindastes não a interessavam nem um pouco.

— Vá sim, vá sim — insistiu tia Shura. — Você se tornará uma proletária.

No começo, o domínio daquelas máquinas poderosas que levantavam e giravam ao seu comando era emocionante. Depois virou rotina. E depois mortalmente enfadonho. Ela sonhava novamente em ser veterinária. Os animais tinham cheiro de vida e eram quentes ao toque, mais interessantes de manusear e submeter que uma simples máquina operada por manivelas ("Que coisa mais sem graça que é um guindaste ou um trator quando comparados com um cavalo, Nadia!"). Cirurgiões veterinários naquela época trabalhavam somente com animais de grande porte, animais de valor — vacas, touros, cavalos ("Imagine só, Nadia, esses ingleses são capazes de gastar cem libras para salvar a vida de um gato ou de um cachorro que a gente pega na rua sem pagar nada. Que tolos de coração mole!")

Ela escreveu para a universidade em Kiev e lhe mandaram uma porção de formulários para preencher, solicitando informações detalhadas sobre a ocupação dela, de seus pais e de seus avós — a classe social deles. Agora, somente quem pertencesse à classe trabalhadora podia cursar a universidade. Ela enviou os formulários com o coração pesado e não ficou surpresa de não receber resposta. Ela estava com 23 anos, e sua vida parecia ter chegado a um impasse. E foi então que recebeu uma carta daquele estranho rapaz que fora seu colega de escola.

* * *

Os casamentos, assim como os funerais, são a arena perfeita para o drama familiar: rituais, trajes simbólicos e todas as oportunidades para o esnobismo em suas variadas manifestações. Segundo Vera, a família do meu pai desaprovou os Ocheretko. "A garota, Ludmilla, era bem bonita, disse Baba Nadia, mas muito selvagem; e era uma infelicidade, para não dizer coisa pior, que o pai dela fosse um 'inimigo do povo'."

Baba Sonia, por sua vez, achou a família do meu pai pretensiosa e excêntrica. Os Mayevskyj faziam parte da pequena intelectualidade ucraniana. Meu avô Mayevskyj, pai de Nikolai, era um homem muito alto, de cabelos brancos e fartos e óculos pequenos de meias lentes. No breve florescer da independência ucraniana, em 1918, ele chegou a ser ministro da Educação por seis meses. Depois que Stalin subiu ao poder e todas as idéias de autonomia ucraniana foram esmagadas, ele se tornou diretor da escola ucraniana de línguas em Kiev, que funcionava por subscrição voluntária e sob constante pressão das autoridades.

Foi nessa escola que meu pai e minha mãe se conheceram. Eles eram da mesma turma. Nikolai era sempre o primeiro a levantar a mão, estava sempre entre os primeiros da classe. Ludmilla o considerava um sabe-tudo insuportável.

Nikolai Mayevskyj e Ludmilla Ocheretko se casaram no cartório de Luhansk no outono de 1936. Tinham 24 anos de idade. Não houve cúpulas douradas, sinos ou flores. A cerimônia foi ministrada por uma gorda funcionária do partido, vestida com um conjunto verde-garrafa e uma blusa branca não muito limpa. A noiva não estava grávida e ninguém chorou, mesmo havendo muito mais motivos para se chorar.

* * *

Será que eles se amavam?

— Não — afirma Vera —, ela se casou com ele porque precisava de uma saída.

— Sim — diz meu pai —, ela foi a mulher mais amorosa que eu já conheci, e a mais cheia de vida. Vocês precisavam ver seus olhos negros quando ela estava com raiva. No rinque de patinação ela deslizava como uma rainha. Era uma maravilha vê-la montada num cavalo.

Amassem um ao outro ou não, o fato é que permaneceram juntos por sessenta anos.

— E então, pai, o que você lembra da Ludmilla? Como era ela quando você a conheceu? (Estou tentando uma espécie de terapia da reminiscência; de alguma forma espero que, ocupando a mente dele com as imagens da minha mãe, as da intrusa se obscureçam.) — Foi amor à primeira vista? Ela era bonita?

— Ah, sim, realmente. Muito bonita, em todos os sentidos. Mas, lógico que não tão bonita quanto a Valentina.

E ele fica lá, um sorrisinho secreto no rosto, fios esparsos de cabelo prateado sobre a gola puída, os óculos emendados com fita adesiva marrom balançando na ponta do nariz de um jeito que não me deixa ver seus olhos, as mãos inchadas pela artrite segurando a caneca de chá. Tenho vontade de arrancá-la e jogar o chá no rosto dele. Mas percebo que ele não faz idéia, não faz idéia de maneira nenhuma, do efeito que suas palavras têm sobre mim.

— Você a amava? (Quero saber se a amava *mais.*)

— Ah, o amor! Que coisa incrível é o amor! Não dá para entender. Nesse ponto a ciência tem que se render à poesia.

* * *

Meu pai não nos convida para o casamento, mas deixa escapar a data.

— Não precisa me visitar por agora. Está tudo bem. Você pode vir depois de 1º de junho — diz.

— Temos quatro semanas para impedi-lo — diz minha irmã.

Mas eu hesito. A felicidade e a nova vitalidade dele me tocam. E também estou levando em conta a opinião de Mike.

— Quem sabe vai dar tudo certo? Talvez ela vá cuidar dele e tornar seus últimos anos felizes. É melhor do que ir para um lar de idosos.

— Pelo amor de Deus, Nadia. Você não acredita que esse tipo de mulher vai estar por perto quando ele estiver mais velho, babando e com incontinência! Ela vai pegar o que puder e dar o fora.

— Mas, vamos encarar os fatos, nem eu nem você vamos cuidar dele quando ficar velho assim, não é verdade? (Melhor trazer essas coisas à luz, mesmo que a crueza delas machuque.)

— Eu fiz o que pude pela mamãe. Com relação ao meu pai, tenho um sentimento de obrigação e nada mais.

— Ele não é tão fácil de amar. — Tento não parecer acusadora, mas é assim que ela interpreta.

— Amor não tem nada a ver com isso. Cumprirei o meu dever, Nadezhda. E espero sinceramente que você cumpra o seu. Mesmo que isso signifique salvá-lo de fazer de si mesmo um completo idiota.

— A verdade é que não posso tomar conta dele o tempo todo, Vera. A gente não ia parar de brigar. Eu ia ficar maluca. Mas, quero que ele fique bem — que seja feliz. Se Valentina o faz feliz....

— Não se trata de felicidade, Nadezhda. Não dá para você perceber? Acho que, com essas suas idéias esquerdistas, você daria boas-vindas a qualquer um que fosse chegando e roubando quem trabalhou duro.

— Esquerdismo não entra nisso. O que conta é o que é melhor pra ele. (Tom de voz presunçoso. Estão vendo? Não sou fascista como a minha irmã.)

— Claro que é o que conta. Claro que é. Alguma vez eu sugeri alguma coisa diferente?

* * *

Minha irmã telefona novamente para o Ministério do Interior. Eles a orientam a escrever. Ela escreve de novo, anônima. Ela telefona para o cartório onde o casamento será registrado. A funcionária a ouve com simpatia.

— Mas, veja bem, se ele estiver determinado a ir em frente com o casamento, não há absolutamente nada que eu possa fazer — responde.

— Mas, e o divórcio do marido na Ucrânia? Foi feito de uma hora pra outra e no último minuto. E, depois que já estavam divorciados, ela voltou pra ficar com ele.

— Vou checar os papéis, mas se tudo estiver em ordem...

— E a tradução? Ela teve que mandar fazer na última hora, num escritório em Londres. Eles podem ter confundido uma sentença absoluta com uma não-absoluta. — Minha irmã é *expert* em divórcio.

— Pode deixar que eu vou examinar tudo com cuidado. Mas eu não leio ucraniano. Tenho que levar em conta o que está lá. Ele é adulto.

— Ele não está se comportando como tal.

— Bem...

Ela parecia uma típica assistente social burocrata, conta minha irmã. Ela faria o possível, mas logicamente tinha que se manter dentro das normas.

Tínhamos vôos de imaginação nos quais surgíamos no casamento, furtivamente, no meio da cerimônia, quando o casal estava no altar.

— Vou vestir o meu conjunto preto — diz Vera. — Aquele que usei no enterro da mamãe. E, naquela hora em que o padre diz *"... e quem tiver alguma coisa contra esse casamento, que se manifeste agora ou se cale para sempre"*, nós gritamos lá de trás... — (Eu sempre tive vontade de fazer isso.)

— Mas, e o que vamos alegar? — pergunto à minha irmã.

Estamos ambas empacadas.

* * *

Meu pai e Valentina casaram-se no dia 1º de junho na Igreja da Imaculada Conceição, porque Valentina é católica. Meu pai é ateu, mas é tolerante com ela. (É natural que a mulher seja irracional, ele diz.)

Ele lhe deu quinhentas libras para o vestido de noiva: de seda de poliéster creme, justo na cintura e nos quadris, um decote profundo com acabamento em renda franzida através do qual era possível entrever os seios botticellianos modestamente acondicionados. (Eu vi as fotografias do casamento.) Eu bem posso imaginar como meu pai se agitava para lá e para cá para garantir que o fotógrafo que contratou pegasse o melhor ângulo. Ele queria exibi-la, o seu troféu, para todos aqueles fofoqueiros céticos que a desprezaram. Ela precisava da foto para os funcionários da imigração.

O padre era um jovem irlandês, conta o meu pai, que parecia um adolescente, com espinhas e cabelo espetado. O que ele fez com esse casal fortuitamente unido ao abençoar-lhes a união? Será que sabia que a noiva era divorciada? Será que sentiu ao menos uma pontada de inquietação? Os Zadchuck, os únicos amigos ucranianos dela, também são católicos da Ucrânia ocidental. Todos os outros ucranianos na cerimônia, amigos de minha mãe convidados por meu pai, são ortodoxos do Leste. Suponho que a juventude e a acne do padre confirmaram todas as desconfianças que tinham sobre o catolicismo.

O tio dela de Selby aparece na foto de grupo, e Stanislav, e alguns amigos do trabalho. Eles têm aquele ar convencido e forçado de quem sustenta uma farsa. Bob Turner não está na fotografia.

Depois do casamento, pessoas que há cerca de dois anos se acomodaram na sala da frente depois do enterro da mamãe voltam agora à nossa casa para brindar ao casal com vodca, mordiscar tira-gostos comprados prontos na Tesco e conversar sobre... Eu não sei, não estava lá. Mas posso bem imaginar a fofoca, o escândalo. Metade da idade dele. Olhem só o busto — como ela o sacode na fuça dos homens. Rosto maquiado. O velho está bancando o idiota. Que vergonha!

7

Lata-velha

Já se passaram três semanas do casamento e eu ainda não conheço a minha nova madrasta.

— E então, quando podemos ir até aí conhecer a felizarda da sua noiva? — pergunto ao meu pai.

— Ainda não. Ainda não.

— Quando, então?

— Ainda não.

— Por que ainda não?

— Porque ela não está aqui ainda.

— Não está aí? Onde ela está?

— Não interessa onde ela está. Ela não está aqui.

Velho teimoso. Não vai me contar nada. Mas eu acabo descobrindo. Eu o confundo.

— Que espécie de esposa é essa? Nem ao menos mora com o marido?

— Ela virá em breve. Em três semanas. Quando terminarem as aulas de Stanislav.

— Que diferença faz ter terminado ou não o ano letivo? Se ela gostasse de você já estaria aí.

— Mas a casa dela fica bem perto da escola. É mais prático para Stanislav.

— Hall Street? Onde Bob Turner mora? Então ela ainda está com Bob Turner?

— Sim. Não. Mas o relacionamento deles é totalmente platônico agora. Ela me assegurou. — Ele pronuncia "assegurou" com quatro sílabas: "as-se-gu-rou".

Idiota. Passado para trás. Não vale a pena discutir com ele agora.

Agosto já vai pela metade, quente, quando vamos visitá-lo. Os campos estão apinhados de colheitadeiras que se arrastam para cima e para baixo parecendo grandes baratas. Em alguns campos a colheita já terminou, e enormes fardos de feno, redondos, embrulhados em plástico preto, foram deixados ao acaso entre os restos da plantação como pedaços de uma máquina gigante quebrada — não há nada de pitoresco nessas colheitas de Cambridgeshire. Os podadores mecânicos já estiveram em ação, cortando as rosas-de-cão e as amoreiras silvestres que se amontoam sobre as cercas vivas. Em breve será hora de queimar o que restou dos pés de milho, e os campos de batata e vagem serão aspergidos com desfolhantes químicos.

O quintal da minha mãe, no entanto, ainda é um refúgio para pássaros e insetos. As árvores estão pesadas de frutos — que ainda não estão maduros e dão dor de barriga — e vespas e moscas já estão se saciando com as que o vento derrubou, enquanto pardais gulosos se banqueteiam com os mosquitos, melros ciscam à cata de lagartas, e abelhões gordos, zumbidores, se atiram dentro dos lábios abertos das dedaleiras. A janela da sala de jantar do andar de baixo, que dá para o jardim, está aberta, e meu pai está sentado lá, de óculos e com um livro sobre os joelhos. Sobre a mesa há toalha em vez de jornal e um vaso com flores de plástico.

— Oi, papai — eu me curvo e o beijo no rosto. A barba está por fazer.

— Oi, Dyid — cumprimenta Anna.

— Oi, Nikolai — diz Mike.

— Ah, que bom que vocês vieram. Nadia. Anushka. Michael.

Abraços para todos os lados. A aparência dele é boa.

— E então, Dyid, como vai indo o seu livro? — pergunta Anna. Ela adora o avô, acha que ele é um gênio. E, para poupá-la, não comento suas peculiaridades, seu desagradável despertar sexual, seus lapsos de higiene.

— Vai bem, vai bem. Em breve vou chegar a uma parte muito interessante. O desenvolvimento da corrente ininterrupta, ou caterpílar, ou lagarta. Um momento importante na história da humanidade.

— Posso colocar a chaleira no fogo, pai?

— Então me conta sobre o caterpílar — pede Anna, sem ironia.

— Está bem. Como você sabe, nos tempos pré-históricos, grandes pedras eram deslocadas sobre cilindros de madeira feitos de troncos de árvores. Veja. — Ele alinha sobre a mesa uma fileira de lápis 2H bem apontados e coloca um livro sobre eles. — Alguns homens empurram a pedra enquanto os outros, depois que a pedra tiver passado sobre um tronco, têm que tirá-lo de trás da pedra e ir correndo colocá-lo na frente dela. Na corrente caterpílar, esse movimento dos cilindros é feito por meio de correntes e de um sistema articulado.

Papai, Anna e Mike se revezam empurrando o livro sobre os lápis e mudando os lápis de trás para a frente, cada vez mais depressa.

Eu vou para a cozinha, preparo o chá, coloco as xícaras na bandeja, despejo leite na leiteira e vou procurar os biscoitos. E então, onde estará ela? Estará em casa? Será que ainda está se escondendo de nós? E aí eu a vejo — uma mulher grande e loura atravessando o jardim em nossa direção, rebolando sobre chinelos de salto alto que deixam os dedos à mostra. Seu jeito de andar é preguiçoso, desdenhoso, como se para ela fosse um incômodo ter de se mexer para nos cumprimentar. Uma minissaia jeans bem acima dos joelhos; um *top* rosa, sem mangas, esticado sobre os seios voluptuosos que balançam para cima e para baixo conforme ela anda. Eu fico olhando, pasma. Aquele volume de carne sensual, macio, cheio de curvas. Exuberância beirando a gordura. Quando ela chega mais perto, noto que os seus cabelos, que serpenteiam, em estilo Brigitte Bardot, num rabo-de-cavalo despenteado que cai sobre os ombros nus, são oxigenados, com alguns centímetros de castanho nas raízes. Um rosto largo e bonito. Malares salientes. Narinas tremulantes. Olhos afastados, de um castanho dourado como calda de açúcar queimado, e contornados *à la* Cleópatra, com linhas pretas que se prolongam nos cantos. A boca, que se encolhe num biquinho quase de desdém, está desenhada com batom rosa-pêssego claro por fora do contorno dos lábios, como que para exagerar o seu volume.

Piranha. Prostituta. Cadela barata. Essa mulher que tomou o lugar da minha mãe. Eu estendo a minha mão e mostro os dentes num sorriso.

— Olá, Valentina. Que prazer conhecê-la finalmente.

Sua mão, na minha, é fria, mole, solta. As unhas longas estão pintadas com esmalte rosa-pêssego perolado para combinar com os lábios. Eu me vejo através de seus olhos — pequena, magra, morena, sem busto. Não uma mulher de verdade. Ela sorri para Mike, um sorriso lento e malicioso.

— Vocês gostam de vodca?

— Eu fiz um bule de chá — respondo.

Os olhos do meu pai estão fixos nela enquanto ela se movimenta pela sala.

Quando eu tinha 16 anos, meu pai me proibiu de usar maquiagem. Ele me fez subir e lavar o rosto antes de sair.

— Nadia, pense bem, se todas as mulheres usassem pintura no rosto não haveria mais seleção natural. O resultado inevitável seria que as espécies ficariam cada vez mais feias. Você não gostaria que isso acontecesse, não é?

Intelectual desse jeito. Por que ele não podia ser normal como os outros pais e simplesmente dizer que não gostava que eu me pintasse? Agora, vejam só como ele baba com essa piranha russa maquiada. Ou quem sabe esteja enxergando tão mal que não dá para ele ver que ela usa maquiagem. Com certeza acha que ela nasceu com lábios pêssego perolado e traços negros de Cleópatra no canto dos olhos.

Agora uma outra figura aparece na porta, um garoto na adolescência. Pendendo um pouco para o gorducho, rosto sardento e infantil, dente da frente quebrado, cabelos castanhos e ondulados, óculos redondos.

— Você deve ser o Stanislav — deixo escapar.

— Sim, sou eu. — Sorriso charmoso de dente quebrado.

— Mas que bom conhecer você! Já me falaram muito a seu respeito! Vamos todos ao chá.

Anna o observa de cima a baixo, mas seu rosto não deixa transparecer nada. Ele é mais novo que ela e, portanto, desprovido de interesse.

Pouco à vontade, nos sentamos em volta da mesa. Stanislav é o único que parece relaxado. Ele fala da escola, do seu professor favorito, do menos favorito dos professores, do seu time de futebol favorito, da sua banda favorita, do relógio esporte à prova d'água que ele perdeu no lago Balaton, do seu novo tênis Nike, da sua comida favorita, que é massa, da sua preocupação de que os outros garotos mexam com ele se ele engordar, da festa a que foi no sábado, do cachorrinho novo de seu amigo Gary. Sua voz é segura, tem inflexões agradáveis, seu sotaque é encantador. Ele está totalmente à vontade. Ninguém mais diz nada. O peso de todas as coisas não ditas paira sobre nós como as nuvens de uma tempestade. Lá fora, gotas de chuva esparsas começam a cair e ouvem-se trovoadas à distância. Meu pai fecha a janela. Stanislav continua falando.

Depois do chá, recolho as xícaras e levo para a pia para lavar, mas Valentina me afasta com um gesto. Ela estica umas luvas de borracha sobre os dedos gorduchos de pontas pêssego perolado, veste um avental de babados e dissolve o sabão em pó na bacia.

— Eu faço isso — diz ela. — Pode deixar.

— Nós vamos até o cemitério — meu pai anuncia.

— Eu vou com vocês — diz Stanislav.

— Não, Stanislav, por favor, fique e ajude a sua mãe.

Senão, em seguida ele nos falaria sobre os seus cemitérios favoritos.

Quando voltamos do cemitério, tomamos outra xícara de chá e chega a hora do jantar. Valentina vai cozinhar para nós, diz meu pai; ela cozinha muito bem. Sentamos em volta da mesa para esperar. Stanislav conta sobre um jogo de futebol em que marcou dois gols. Mike, Anna e eu sorrimos por educação. Meu pai resplandece de orgulho. Enquanto isso, Valentina coloca seu avental de babados e vai para a cozinha. Ela esquenta seis pratos de comida pronta congelada, fatias de carne assada ao molho de batatas e ervilhas, e coloca tudo sobre a mesa com um meneio.

Comemos em silêncio. Pode-se ouvir o arranhar das facas sobre os pratos enquanto manejamos a carne fibrosa e requentada. Até mesmo Stanislav se cala por alguns minutos. Quando chega às ervilhas, meu pai começa a tossir. As fibras agarram na sua garganta. Eu sirvo água para ele.

— Está delicioso — diz Mike, olhando à volta em busca de apoio. Todos nós murmuramos, concordando com ele.

Valentina brilha, triunfante.

— Minha cozinha é moderna, não é cozinha camponesa.

Depois do jantar tem sorvete de baunilha com calda de framboesa do *freezer*.

— O meu favorito — anuncia Stanislav com uma risadinha.

Ele lista para nós os sabores de sorvete na ordem de sua preferência.

Meu pai estava revirando uma gaveta e agora se aproxima com um punhado de papéis. É o último capítulo do seu livro, que eu o ajudei a traduzir. Ele quer lê-lo para Mike, e para Valentina e Stanislav.

— Vocês vão aprender alguma coisa da história de nossa amada pátria.

Mas Stanislav lembra de repente que tem dever de casa para acabar, Anna tinha ido até a cidade comprar leite e Valentina está ocupada no telefone do quarto ao lado, e então só Mike e eu nos sentamos com ele na sala de estar de amplas janelas.

> *Na história da Ucrânia, o trator desempenhou um papel contraditório. Em tempos passados, a Ucrânia foi um país de camponeses fazendeiros. Para um país assim desenvolver toda a potencialidade de sua agricultura, a mecanização*

é absolutamente essencial. Mas o método pelo qual se introduziu essa mecanização foi, na verdade, terrível.

Sua voz se tornou pesada, carregada de todas as palavras não ditas e não escritas que estão condensadas nas palavras que ele está lendo.

Depois da Revolução de 1917, a Rússia começou a se tornar um país industrial com um crescente proletariado urbano. Esse proletariado seria recrutado entre os camponeses. Mas, se os camponeses deixassem o campo, como alimentar a população urbana?

A resposta de Stalin para esse dilema foi decretar que o campo também deveria ser industrializado. Então, em lugar das pequenas propriedades camponesas, toda a terra seria coletivizada em grandes fazendas, organizadas segundo os princípios industriais. O nome disso era Kolkhoz, *que significa agricultura coletiva. Em nenhum lugar o princípio de* Kolkhoz *foi aplicado com tanto rigor quanto na Ucrânia. Onde os fazendeiros camponeses costumavam usar cavalos e bois para trabalhar a terra, o* kolkhoz *era arado com cavalo de ferro, que era como os primeiros tratores foram chamados. Toscamente construídos, não confiáveis, com rodas de ferro batido sem pneus, ainda assim esses primeiros tratores podiam fazer o trabalho de vinte homens.*

O aparecimento do trator também tinha uma importância simbólica, porque permitia arar as terras limítrofes que separavam as faixas individuais de cada camponês, criando assim um grande kolkhoz. *Assim, ele prenunciava o fim de toda a classe dos* kulaks, *camponeses que possuíam terra própria e que eram vistos por Stalin como inimigos da revolução. O cavalo de ferro destruía o padrão tradicional de vida nos vilarejos, mas a indústria de tratores na Ucrânia florescia. Entretanto, o sistema de* kolkhoz *não era tão eficiente, e isso em grande parte devia-se à resistência dos camponeses que, ou se recusavam a participar do* kolkhoz, *ou continuavam a cultivar ao mesmo tempo seus próprios lotes.*

A resposta de Stalin foi impiedosa. A fome foi o instrumento que ele usou. Em 1932, toda a colheita da Ucrânia foi confiscada e transportada para Moscou e Leningrado para alimentar o proletariado nas fábricas — de que outra maneira se sustentaria a revolução? Manteiga e cereais da Ucrânia foram postos à venda em Paris e Berlim, e pessoas bem-intencionadas do Ocidente se maravilhavam ante o milagre da produtividade soviética. Mas nas aldeias da Ucrânia as pessoas passavam fome.

Essa é a grande tragédia não registrada de nossa história, que somente agora está vindo à luz...

Ele pára e junta os papéis em silêncio. Os óculos estão enganchados na ponta do nariz, as lentes são tão grossas que mal posso ver seus olhos, mas imagino captar um brilho de lágrimas. No silêncio que se segue, ouço Valentina ainda batendo papo no telefone do quarto ao lado, e uma fraca batida de música vindo do quarto de Stanislav. À distância, o relógio da igreja da cidadezinha bate sete horas.

— Muito bom, Nikolai — aplaude Mike. — Stalin tem muitas contas a prestar.

— Muito bom, papai. — Meus aplausos são mais relutantes que os de Mike. Todo esse nacionalismo ucraniano me incomoda — soa fora de época e irrelevante. Camponeses nos campos, canções folclóricas nas colheitas, o solo pátrio: o que tudo isso tem a ver comigo? Eu sou uma mulher pós-moderna. Entendo de estruturalismo. Tenho um marido que cozinha polenta. Mas, então, por que é que sinto esse tranco emocional inesperado?

A porta de trás bate. É Anna que chega de volta. Valentina termina sua conversa telefônica e vem se juntar aos aplausos, batendo palmas delicadamente com as pontas peroladas dos dedos. Ela sorri com satisfação, como se fosse pessoalmente responsável por aquela obra-prima literária, e o beija no nariz. "*Holubchik*!" Pombinho. Meu pai fica radiante.

Chega, então, a hora de voltarmos para casa. Apertamos as mãos uns dos outros e fazemos uma encenação não convincente de beijinhos no rosto. A visita é considerada um sucesso.

* * *

— E então, como é ela? — pergunta minha irmã no telefone.

Descrevo a minissaia, o cabelo, a maquiagem. Meu tom é neutro, disciplinado.

— Oh, meu Deus! Eu sabia! — grita Vera.

(E como estou gostando de pichar! O que está acontecendo comigo? Eu costumava me considerar feminista. Agora parece que estou me transformando numa colunista de fofocas.)

Conto para ela das luvas de lavar louça, das unhas rosa-pêssego.

— Sei. Sei. Eu estou vendo tudo. — Sua voz treme de raiva. As mãos da nossa mãe eram escuras e ásperas de cuidar do jardim e da cozinha. — Eu estou vendo que tipo de mulher ela é. Ele se casou com uma prostituta! — (Não fui *eu* quem disse isso!)

— Mas, Vera, você não pode julgar uma pessoa pelo jeito de se vestir. — (Oh! Vejam só como eu sou racional e adulta!) — De qualquer maneira, esse estilo não quer dizer a mesma coisa na Ucrânia — significa a rejeição de um passado camponês, só isso.

— Nadia, como você pode ser tão ingênua?

— Nada disso, Vera. Tivemos uma professora de sociologia nos visitando no ano passado, ela era ucraniana e tinha exatamente essa mesma aparência. E ela ficava chateada porque a maioria das minhas amigas não usava maquiagem e andava de jeans ou de calças de ginástica enquanto ela era louca por roupas de grife. Ela dizia que era uma traição da feminilidade.

— Bem, é.

Minha irmã preferia morrer a ser vista de jeans (a não ser que fosse um jeans de grife, claro) ou de calças de ginástica. Da mesma forma, preferia morrer a ser vista de tamancos de salto alto com os dedos à mostra e minissaia jeans.

Conto sobre a comida pré-cozida e congelada. Nesse ponto pisamos em terreno comum.

— O mais triste é que provavelmente ele não nota a diferença — ela murmura. — Coitada da mamãe.

* * *

A primeira crise do casamento aconteceu logo depois da nossa visita. Valentina está pedindo um carro novo — que não seja apenas um carro velho qualquer. Tem que ser um bom carro. Tem que ser ao menos um Mercedes ou um Jaguar. Um BMW está bom. Ford não, por favor. O carro será usado para levar Stanislav à sua escola de luxo, aonde outras crianças vão de Saabs e Land Rovers. Meu pai foi ver um Ford Fiesta de segunda mão, em bom estado, que dava para ele comprar. Valentina não tolerará um Ford Fiesta. Ela não tolerará nem mesmo um Ford Escort. Os dois têm uma discussão acalorada.

— O que você acha, Nadezhda? — Ele me liga muito agitado.

— Eu acho que um Ford Fiesta está muito bom. — (Eu tenho um Ford Escort.)

— Mas ela não vai tolerar um Ford Fiesta.

— Bem, então, faça o que você quiser. — É o que ele fará de qualquer jeito.

Meu pai tem um pouco de dinheiro no banco. É o seu pecúlio de pensionista, com um período de três anos ainda para render plenamente, mas, que diabo, a moça quer um carro e ele quer ser generoso. Eles se decidem por um Rover velho, grande o suficiente para satisfazer as aspirações de Valentina e velho o bastante para meu pai poder arcar com o custo. Ele retira seu pecúlio de pensionista e dá quase tudo para Valentina comprar o carro. As duzentas libras que sobram, ele dá para minha filha Anna, que havia acabado de concluir com brilhantismo o curso médio, para ajudá-la na ida para a universidade. Eu me senti mal com aquilo, mas não tão mal assim. Disse para mim mesma que se ele não tivesse dado para a universidade da Anna, ele o daria para Valentina comprar um Mercedes.

— É para cobrir a diferença da cláusula adicional — ele diz. — Esse dinheiro não vai para as filhas da Vera, é só da Anna.

Eu me sinto incomodada, porque sei que a Grande Irmã vai criar caso. Mas quero me vingar da cláusula adicional.

— Que ótimo, pai! Ela vai precisar mesmo desse dinheiro quando for pra universidade.

Agora ele está a zero — não sobrou mais dinheiro nenhum.

Anna fica emocionada quando lhe conto sobre o presente do avô.

— Ah! Ele é muito fofo! Será que ele também deu algum dinheiro pra Alice e pra Lexy quando elas foram pra universidade?

— Espero que sim.

Valentina está encantada com o Rover. Ele é elegante, reluzente, cor verde-metálico, motor de três litros, bancos de couro cheirando a cigarro caro, painel de nogueira e 300.000 de quilometragem. Eles andam pela cidade e estacionam ao lado dos Saabs e dos Land Rovers do lado de fora da escola de Stanislav. Valentina tem uma carteira de motorista internacional, tirada em Ternopil e válida por um ano. Ela nunca fez prova para motorista, conta meu pai, pagou pela carteira com bifes de carne de porco do sítio da mãe. Eles vão visitar os Zadchuk e a amiga dela, Charlotte, e o tio em Selby. E, então, o carro pára de andar. Quebrou a embreagem. Meu pai me telefona.

— Nadezhda, por favor, você me empresta cem libras para o conserto? Até eu receber a minha pensão.

— Pai, você devia ter comprado o Ford Fiesta.

Eu mando um cheque para ele.

Então, ele telefona para a minha irmã. E ela me telefona.

— O que está acontecendo com esse carro?

— Não sei.

— Ele pediu cem libras emprestadas para consertar o freio. Perguntei se não dava pra Valentina pagar. Ela está ganhando bem.

— E o que foi que ele disse?

— Ele nem quer ouvir falar nisso. Ele tem medo de pedir a ela. Ele disse que ela precisa mandar dinheiro pra Ucrânia, pra mãe doente. Você pode imaginar. — A voz transparece irritação. — Toda vez que eu a critico ele pula em defesa dela.

— Talvez ele ainda a ame. — (Ainda sou romântica.)

— É, acho que sim. Acho que sim. — Ela dá um suspiro cético. — Os homens são tão idiotas!

— A sra. Zadchuk disse pra ela que é dever do marido pagar as despesas do carro da mulher.

— Dever? Que gracinha! Que esperteza! Ele lhe contou isso?

— Ele perguntou o que eu pensava a respeito. Aparentemente, ser feminista me torna uma autoridade em direitos das esposas. — Não sei ao certo o que a minha irmã pensa sobre o feminismo.

— Nossa mãe nunca gostou dos Zadchuk, não é? — observa Vera.

— Acho que é por orgulho. Ele não consegue pedir dinheiro a uma mulher. Ele acha que o homem deve ser o provedor.

— Ele acabou de pedir a mim e a você, Nadezhda.

— Mas nós não somos propriamente mulheres, não é?

Mike telefona para ele. Eles têm uma longa conversa sobre as vantagens e as desvantagens dos sistemas de freio hidráulico. Eles ficam no telefone por cinqüenta minutos. Mike fica calado a maior parte do tempo, mas de vez em quando diz: "Hum. Hum."

* * *

Um mês depois surge uma outra crise. A irmã de Valentina está vindo da Ucrânia. Ela vem ver com seus próprios olhos a vida boa do Ocidente que Valentina descreveu em suas cartas — a casa moderna e elegante, o carro fabuloso, o marido viúvo e rico. É preciso ir buscá-la de carro no aeroporto de Heathrow. Meu pai diz que o Rover não vai agüentar ir e voltar de Londres. Está vazando óleo do motor e fluido do freio. O motor está fervendo. Um dos bancos arriou. Apareceu ferrugem nos retoques e no polimento feitos pelo vendedor. Stanislav resume o problema:

— *Auto ne prestijeskiy*. — Ele diz isso com um sorrisinho doce, a meio caminho da zombaria.

Valentina se volta contra meu pai.

— Você não é homem bom. Você cheio de dinheiro e pão-duro. Promete dinheiro. Dinheiro fica no banco. Promete carro. Lata-velha.

— Você exigiu um carro de prestígio. *Prestijeskiy auto*. A aparência é de prestígio, mas ele não anda. Ha ha ha.

— Carro lata-velha. Marido lata-velha. Tchuu! — ela cospe.

— Onde você aprendeu essa expressão nova, "lata-velha"? — pergunta meu pai. Ele não está acostumado a receber ordens. Sempre fez tudo do seu jeito, acostumou-se a ser paparicado e persuadido através da bajulação.

— Você engenheiro. Por que não conserta carro? Engenheiro lata-velha.

Meu pai desmonta e monta motores na garagem desde que eu me entendo por gente. Mas agora ele não pode mais entrar debaixo de um carro: sua artrite não deixa.

— Diga à sua irmã para vir de trem — é a resposta do meu pai. — Trem. Avião. Todos esses transportes modernos são melhores. O carro é lata-velha. Claro que é uma lata-velha. Foi você quem quis. Agora é seu.

E tem um outro problema. Fogão lata-velha. O fogão da cozinha, que está lá desde o tempo da minha mãe, está ficando velho. Apenas duas das três bocas ainda acendem, e o *timer* do forno parou de funcionar, embora o forno propriamente dito ainda esteja bom. Nesse fogão, delícias culinárias celestiais foram preparadas por mais de trinta anos, mas isso não vai impressionar a irmã de Valentina. O fogão é elétrico, e todo mundo que não é idiota sabe que a eletricidade não tem o prestígio do gás. O próprio Lenin não admitiu que o comunismo era socialismo mais eletricidade?

Meu pai concorda em comprar um fogão novo. Ele gosta de gastar dinheiro, mas não lhe restou dinheiro nenhum. O fogão terá que ser comprado pelo sistema de leasing. Ele viu uma oferta especial na cooperativa. Valentina põe Nikolai na lata-velha e o leva para a cidade para comprar o fogão de prestígio. Tem que ser a gás. Tem que ser marrom. Mas que azar, o fogão marrom não está incluído na oferta especial. Ele custa duas vezes mais.

— Veja bem, Valentina, é exatamente o mesmo fogão. Os mesmos botões. O mesmo gás. O mesmo tudo.

— Na antiga União Soviética todos os fogões eram brancos. Fogões latas-velhas.

— Mas tudo na cozinha é branco — a máquina de lavar pratos é branca, a geladeira é branca, o *freezer* é branco, os armários são brancos — que sentido faz ter um fogão marrom?

— Você cheio de dinheiro e pão-duro. Você quer me dar fogão lata-velha.

— Minha mulher cozinhou nele por trinta anos. Melhor do que você cozinha.

— Sua mulher baba camponesa. Baba camponesa, cozinha camponesa. Para pessoa civilizada, fogão tem que ser gás, tem que ser marrom. — Ela disse isso devagar e com ênfase, como se repetisse uma lição elementar para um imbecil.

Meu pai assinou o contrato de leasing de um fogão civilizado. Ele jamais contraiu um empréstimo na vida, e a emoção do ilícito o deixa tonto de excitação. Quando mamãe era viva, o dinheiro era guardado numa lata de caramelos escondida sob uma tábua solta do assoalho, debaixo do tapete de linóleo, e só quando se havia juntado bastante dinheiro é que se comprava alguma coisa.

Sempre à vista. Sempre na Cooperativa. Os cupons da Cooperativa eram colecionados dentro de um livro guardado debaixo da tábua do assoalho também. Nos últimos anos, depois que mamãe descobriu que receberia juros se depositasse o dinheiro na Cooperativa de construção, os depósitos da Cooperativa, da mesma forma que o dinheiro, passaram a ser colocados debaixo do assoalho.

Outro problema: a casa está suja. Hoover lata-velha. O veterano Hoover Junior não está mais aspirando direito. Valentina viu a propaganda de um aspirador de pó para gente civilizada. Vê? Não precisa ficar empurrando. Apenas suga, suga e suga. Meu pai assina outro contrato de *leasing*.

Foi meu pai quem me contou, e naturalmente contou a história do seu ponto de vista. Talvez haja uma outra versão dos fatos mais favorável a Valentina. Se houver, eu não quero ouvir. Eu imagino meu pai, curvado e frágil, tremendo de raiva impotente, e meu coração se enche de indignação.

— Pai, veja bem, você tem que se impor. Diga simplesmente que ela não pode ter tudo o que deseja.

— Hum — ele responde. — *Tak*. — Ele diz sim, mas sua voz soa sem convicção. Ele gosta de uma audiência solidária com quem reclamar, mas não vai fazer nada a respeito.

— As expectativas dela não são realistas, pai.

— Mas não se pode culpá-la por isso. Ela acredita em todas as propagandas do Ocidente.

— Mas ela tem que aprender, não é mesmo? — Meu tom de voz é ácido.

— Mais uma coisa, é melhor não falar sobre isso com a Vera.

— Lógico que não. — (Mal posso esperar!)

— Você sabe, Nadezhda, ela não é má pessoa. Tem só algumas idéias incorretas. A culpa não é dela.

— Vamos ver.

— Nadezhda...

— O quê?

— Você não vai contar essas coisas para a Vera.

— Por que não?

— Ela vai rir. Ela vai dizer que me avisou.

— Tenho certeza de que não vai. — (Eu sei que vai.)

— Você sabe como é a Vera, que tipo de pessoa ela é.

Contra a própria vontade, eu me sinto sendo sugada para dentro do drama e de volta à infância. Ele me agarra. Do mesmo jeito que um aspirador de pó de gente civilizada. Suga, suga e suga. E eu sou tragada para o interior do saco de lixo do passado, cheio de memórias aglomeradas e cinzentas, onde tudo é amorfo, obscuro, embolotado, com pedaços indistintos de matéria recoberta de poeira antiga — poeira por todo lado, me afogando, me enterrando viva, enchendo meus pulmões e meus olhos até eu não poder mais ver, respirar, até eu mal poder gritar:

— Papai! Por que você é sempre tão duro com a Vera? O que foi que ela fez?

— Ah, essa Vera. Ela sempre foi autoritária, mesmo quando era bebê. Agarrada na Ludmilla com punhos de aço. Segurando com força. Sugava, sugava e sugava. Que temperamento! Gritando. Berrando.

— Papai, ela era só um bebê. Não podia ser de outro jeito.

— Hum.

Meu coração grita: "Você devia nos amar: nos amar por piores que fôssemos! É o que pais normais fazem!" Mas não consigo dizer isso em alto e bom som. E, de qualquer maneira, como ele podia deixar de ser assim, não é mesmo? Criado como foi pela Baba Nadia, com sopas ralas e castigos severos.

— Nenhum de nós tem culpa de ser como é — digo.

— Hum. Sem dúvida, essa questão do determinismo psicológico (ele se demora em ambas as consoantes: o "p" e o "s") é muito interessante de se discutir. Leibniz, por exemplo, que, aliás, foi o fundador da matemática moderna, acreditava que tudo se determinava no momento da criação.

— Papai...

— *Tak tak*. E fumando o tempo todo. Fumando até mesmo junto ao leito de morte da Ludmilla. Que terrível tirano é o cigarro. — Ele percebe que a minha paciência está se esgotando. — Alguma vez eu lhe contei, Nadia, que quase morri por causa do cigarro?

Isso é uma tática grosseira para mudar de assunto ou ele está ficando completamente destrambelhado?

— Eu nem sabia que você fumava.

Nenhum dos meus pais fumava. E não apenas isso: eles fizeram um escândalo tão grande quando eu comecei a fumar aos 15 anos, que nunca fiquei totalmente dependente do cigarro e desisti dele alguns anos mais tarde, não antes de firmar a minha posição.

— Ah, foi porque eu não fumava que os cigarros salvaram a minha vida e, pela mesma razão, eles quase me custaram a vida. — Ele adapta o seu tom de voz para a narrativa tranqüila. Está no controle agora, dirigindo o seu trator por entre os sulcos desfeitos do passado. — Pois é, naquele campo de trabalho alemão onde fomos parar no final da guerra, o cigarro era uma moeda que todo mundo aceitava. Quando nós trabalhávamos, eles nos pagavam: um tanto de pão, um tanto de gordura, tantos cigarros. E, assim, quem não fumava, podia trocar os cigarros por comida, roupa e até mesmo por artigos de luxo como sabão e cobertores. Por causa dos cigarros, sempre tivemos o que comer e sempre ficamos agasalhados. Foi assim que sobrevivemos durante a guerra. — Ele tem os olhos fixos num ponto atrás da minha cabeça. — Vera, infelizmente, é hoje em dia, sem dúvida, uma fumante. Ela já lhe contou sobre o primeiro contato dela com o cigarro?

— Não, ela nunca me contou nada. O que você quer dizer? — A minha mente estava divagando enquanto ele tagarelava. Agora eu me dou conta de que devia ter prestado atenção. — O que aconteceu entre Vera e os cigarros?

Há um longo silêncio.

— Não consigo me lembrar. — Ele olha de esguelha para fora da janela e começa a tossir. — Eu já lhe contei, Nadia, sobre as caldeiras daqueles navios, como elas eram gigantescas?

— Esqueça as caldeiras, pai. Termine, por favor, o que você estava dizendo sobre os cigarros. O que foi que aconteceu?

— Não me lembro. Não me lembro de jeito nenhum. Já faz muito tempo.

Lógico que ele se lembra, só que não quer contar.

* * *

A irmã de Valentina chega. Um homem da vila foi encontrá-la no aeroporto de Heathrow, meu pai pagou cinqüenta libras para ele ir a Londres buscá-la em seu Ford Fiesta. Ela não tem os cabelos louros como Valentina, os seus são escuros e presos na nuca num penteado complicado de pequenos cachos. Ela usa um casaco de pele verdadeiro, sapatos de couro envernizado, e sua boca é um pequeno arco, vermelho e amuado. Ela lança um olhar frio e pestanejante pela casa, no fogão, no aspirador, no marido, e anuncia que vai ficar com seu tio em Selby.

8

Um sutiã de cetim verde

Outra crise. Dessa vez é a conta de telefone. Mais de setecentas libras, quase tudo de chamadas para a Ucrânia. Meu pai me telefona.

— Você podia fazer o favor de me emprestar quinhentas libras?

— Papai, isso tem que acabar. Por que é que eu tenho que pagar os telefonemas dela para a Ucrânia?

— Não foi só ela. Stanislav também ligou.

— Está bom, de ambos. Eles não podem simplesmente ligar e ficar batendo papo com os amigos. Diga a ela que é ela quem tem que pagar com o próprio salário.

— Hum. Está bem. — Ele coloca o telefone no gancho.

Ele liga para a minha irmã.

Ela me liga.

— Você já está sabendo da conta de telefone? Francamente! Era só o que faltava!

— Eu disse que ele tinha que fazer Valentina pagar. Não vou subsidiar Valentina. — Meu tom é o de uma leitora indignada, em carta de reclamação ao jornal.

— Claro que foi exatamente isso o que eu disse, Nadezhda. — Minha irmã faz a leitora indignada ainda melhor que eu. — E você sabe o que é que ele respondeu? Que ela não pode pagar a conta de telefone porque tem que pagar o carro.

— Mas eu pensei que ele tinha comprado o carro pra ela.

— É um outro carro. Um Lada. Que ela está comprando para levar para Ucrânia.

— Quer dizer que ela tem dois carros?

— É o que parece. Claro que essas pessoas... *são* comunistas. Desculpe, Nadezhda, já sei o que você vai dizer. Mas elas sempre tiveram tudo o que queriam, todo luxo, todo privilégio, e agora que não podem mais espoliar o sistema de lá, querem vir para cá e espoliar o nosso sistema. Bem, me desculpe...

— Não é tão simples assim, Vera.

— Pois é, neste país os comunistas são pessoas inofensivas de barba e sandália. Mas, quando chegam ao poder, emerge deles, de repente, um novo tipo de personalidade nefasta.

— Não, as pessoas no poder são sempre as mesmas, Vera. Umas vezes elas se dizem comunistas, outras capitalistas, outras ainda religiosos devotos — qualquer coisa necessária pra galgar o poder. Os antigos comunistas da Rússia são as mesmas pessoas que possuem todas as indústrias agora. São eles os verdadeiros comerciantes ladrões. Mas os profissionais da classe média, gente como o marido de Valentina, foram duramente atingidos.

— Claro que eu sabia que você ia discordar de mim, Nadezhda, e, sinceramente, não quero discutir isso. Eu sei onde recaem as suas simpatias. Mas, posso ver, objetivamente, que tipo de pessoas eles são.

— Mas, você não os viu ainda.

— Mas, posso perceber pela sua descrição.

Vaca tonta. Não vale a pena discutir com ela. Ainda assim me aborrece ela não pensar duas vezes antes de me atacar, apesar de nossa nova aliança.

Telefono para o meu pai.

— Ah — diz ele —, o Lada. Ela comprou para o irmão. Veja você, o irmão estava morando na Estônia, mas foi expulso porque não passou no exame de estoniano. Ele é russo puro, sabe? Fala russo puro. Não sabe uma palavra de estoniano. Mas, depois da independência, esse novo governo da Estônia quer expulsar todos os russos. Então, o irmão dela tem que sair. Agora, Valentina fala ucraniano e russo. Fala os dois muito bem. Stanislav também. Bom vocabulário. Boa pronúncia.

— Voltando ao Lada.

— Ah, sim, o Lada. O irmão dela tinha um Lada, sabe?, que ficou todo amassado. A cara dele também amassou toda. Uma noite ele foi pescar, pegar peixe num buraco no gelo. Muito frio, sentado durante muito tempo na neve, esperando aparecer algum peixe. Faz muito frio na Estônia. Então, para se esquentar, ele toma vodca. Agora, claro que o álcool não é um combustível de combustão como o querosene ou a gasolina usada nos tratores, mas ele tem certas propriedades caloríficas. Mas a um certo custo. Bem, é esse o custo. Ele bebe demais, derrapa no gelo. Amassa o Lada. Amassa a cara também. Mas eu me pergunto, por que eu deveria ajudar um homem que não só não é ucraniano como também é tão russo que não passou no exame de estoniano? Pode me dizer?

— Então, ela comprou um Lada novo pra ele?

— Novo, não. De segunda mão. Não tão caro, diga-se de passagem. Mil libras. Pois é, neste país o Lada não é considerado um carro chique. — (Ele pronuncia "chic", do jeito francês. Ele se imagina um tanto francófono.) — Carroceria muito pesada para o tamanho do motor. Consumo de combustível ineficiente. Transmissão antiquada. Mas, na Ucrânia, um Lada é bom por causa da facilidade das peças de reposição. Talvez não seja nem para o irmão. Talvez ela vá vender com um bom lucro.

— Ela, então, está dirigindo dois carros?

— Não, o Lada fica na garagem. O Rover é para dirigir.

— Mas, ela não tem dinheiro pra pagar a conta de telefone.

— Ah, o telefone. Isso é um problema. Muita conversa. Marido, irmão, irmã, mãe, tio, tia, amiga, primo. Às vezes ucranianos, mas, na maior parte, russos. — Como se ele não se importasse de pagar a conta se fosse para falar em ucraniano. — Conversa não inteligente. Tagarelice. — Ele não se importaria de pagar se fosse para falar de Nietzsche e Schopenhauer.

— Papai, diga a ela que, se não pagar, o telefone vai ser cortado.

— Hum. Vou dizer. — Ele diz que vai, mas seu tom é de quem não vai.

Não dá. Ele não consegue enfrentá-la. Ou talvez, na verdade, não queira. Ele quer apenas reclamar e obter o nosso apoio.

— Você tem que ser mais firme com ela. — Posso sentir a resistência dele através da linha telefônica, mas engato mais uma. — Ela não compreende. Ela acha que no Ocidente todo mundo é milionário.

— É...

Alguns dias depois, ele telefona mais uma vez. O Rover quebrou novamente. Agora é o sistema de freio hidráulico. Ah, e o carro não passou na vistoria. Meu pai precisa de mais dinheiro emprestado.

— Só até eu receber a minha pensão.

— Está vendo? — esbravejo, comentando com Mike. — Os dois são completamente malucos. Todos dois. Por que eu não nasci numa família normal?

— Imagina só como deve ser chato.

— Ah, eu acho que me daria bem com um pouco de chatice. O que eu não quero é essa coisa toda... não a esta altura da vida.

— Bem, tente não se abalar tanto porque, com certeza, as coisas ainda vão piorar. — Ele pega uma lata de cerveja na geladeira e despeja em dois copos. — Você tem que lhe dar a chance de se divertir um pouco. Não devia interferir.

Depois eu me arrependi de não ter interferido mais, e mais cedo.

É impossível, percebo, controlar as coisas pelo telefone. Hora de nova visita. Dessa vez não avisei o meu pai.

Valentina não está em casa quando chegamos, só Stanislav. Ele está lá em cima no quarto fazendo o dever de casa, curvado sobre os livros. Ele leva a sério o estudo. Bom menino.

— Stanislav — pergunto —, o que está acontecendo com esse carro? Parece que ele está causando muitos problemas.

— Ah, nenhum problema. Está tudo certo com ele agora. Tudo consertado. — Ele sorri o seu cativante sorriso de dente quebrado.

— Mas, Stanislav, não dá pra convencer sua mãe de que um carro menor seria melhor, mais seguro, que um grande monstro reluzente que gasta uma fortuna pra rodar? Meu pai não tem tanto dinheiro assim, sabia?

— Ah, ele está bom agora. É um carro muito bom.

— Mas, vocês não estariam mais bem servidos com um carro mais confiável, como um Ford Fiesta?

— Ah, o Ford Fiesta não é um bom carro. Você sabia que, quando estávamos vindo pra cá, vimos um acidente horrível na estrada com um Ford Fiesta e um Jaguar, e o Ford Fiesta estava completamente esmagado, embaixo do Jaguar? Por aí você vê que um carro grande é muito melhor.

Ele está falando sério?

— Mas, Stanislav, meu pai não tem condições de sustentar um carro grande.

— Ah, acho que ele tem. — Sorriso doce. — Ele tem bastante dinheiro. Ele deu dinheiro pra Anna, não foi? — Seus óculos escorregam pelo nariz. Ele os puxa para cima e olha para mim, fixando nos meus olhos o olhar tranqüilo. Talvez um menino não tão bom assim.

— É, mas... — O que posso dizer? — Foi decisão dele.

— Exatamente.

Passos rápidos sobem as escadas e Valentina irrompe no quarto. Ela briga com Stanislav por estar falando comigo:

— Pare de falar com essa gralha agourenta e sem tetas.

Esqueceu que eu falo ucraniano ou não está nem aí.

— Não faz mal, Valentina — respondo. — É com você que eu quero falar. Vamos até lá embaixo?

Ela desce comigo para a cozinha. Stanislav vem também, mas Valentina o manda para a sala ao lado, onde papai está traçando para Mike um extenso quadro comparativo das características de segurança de diferentes sistemas de freios, evitando teimosamente qualquer referência aos problemas específicos do Rover, enquanto Mike luta para virar o jogo e levar a conversa naquela direção.

— Por que você quer falar? — Valentina se posiciona de frente para mim e um tanto perto demais. Seu batom é um borrão vermelho e raivoso em volta do contorno da boca.

— Eu acho que você sabe por quê, Valentina.

— Sei? Por que eu sei?

Eu havia planejado uma discussão racional, um desdobrar tranqüilo de argumentos lógicos que terminariam numa graciosa admissão de culpa por parte dela, um sorriso, uma aceitação sentida de que as coisas tinham que mudar. Mas tudo o que eu sinto é uma raiva cega, ardente, e os argumentos me fogem. O sangue lateja na minha cabeça.

— Você não tem vergonha? — Eu descambei para uma língua híbrida, metade inglês, metade ucraniano, fluente e agressiva.

— Ver-gonha! Ver-gonha! — ela bufa. — Você vergonha. Eu não vergonha. Por que você não visita o túmulo da sua mãe? Por que não chora, não leva flores? Por que vem fazer confusão aqui?

A imagem de minha mãe jazendo esquecida sob a terra fria enquanto essa usurpadora manda e desmanda na cozinha dela me provoca um novo acesso de fúria.

— Você não ouse falar da minha mãe. Não pronuncie o nome dela com sua boca suja de comida congelada!

— Sua mãe morreu. Agora seu pai casa comigo. Você não gosta. Você faz confusão. Eu entendo. Não sou burra.

Ela fala na língua híbrida também. Rosnamos uma para a outra como dois vira-latas.

— Valentina, por que você fica saindo por aí com dois carros, se meu pai não tem dinheiro suficiente pra fazer o conserto de um só deles? Por que você fica falando no telefone pra Ucrânia e ele tem que me pedir dinheiro pra pagar as contas? Faça o favor de me dizer!

— Ele deu dinheiro para você. Agora você dá dinheiro para ele — provoca a grande boca vermelha.

— Por que meu pai tem que pagar as despesas dos seus carros? As suas contas de telefone? Você tem trabalho. Você ganha dinheiro. Você tem que contribuir com alguma coisa na casa. — Eu me elevei a um estado de indignação, e as palavras vão brotando, umas em inglês, outras em ucraniano, misturadas de algum modo antigo.

— Seu pai não compra nada para mim! — Ela se inclina para a frente e grita tão perto do meu rosto que sinto uma chuva fina de saliva na pele. Sinto o cheiro das axilas e do laquê dela. — Nem carro! Nem jóias! Nem roupas! Nem cremes! Nem roupas de baixo! — Ela levanta com violência a camiseta para exibir aqueles seios exorbitantes, explodindo como ogivas gêmeas para fora de um sutiã-lançador de foguetes de cetim verde com suporte de arame, amarrado com tiras, com detalhes em lycra e acabamento em renda.

— Eu compro tudo! Eu trabalho! Eu compro!

Em se tratando de busto, eu tenho de admitir a minha derrota. Fico sem palavras. No silêncio que se segue, ouço a voz monocórdia do meu pai na sala ao lado. Ele está contando para Mike a história dos lápis no espaço. Eu já escutei essa história muitas vezes. E Mike também.

— Nos primeiros dias da corrida espacial, surgiu um problema interessante dos experimentos sobre ausência de peso. Os americanos descobriram que, para escrever bilhetes e fazer relatórios, a caneta de tinta normal não funcionava sem a ação da gravidade. Os cientistas empreenderam pesquisas intensivas e finalmente desenvolveram uma caneta de tecnologia avançada para funcionar em condições de falta de gravidade. Na Rússia, os cientistas que se depararam com o mesmo problema encontraram uma solução diferente. Foi assim que os russos colocaram os lápis no espaço.

Como meu pai pode estar tão cego a respeito do que está acontecendo com ele?

Eu me viro para Valentina.

— Meu pai é um homem inocente. Idiota, mas inocente. Você gasta todo o seu dinheiro em lingerie de piranha e em maquiagem de piranha! Será que é porque meu pai não é suficiente pra você, hein? Será que é porque você está atrás de um outro homem, ou dois ou três ou quatro, hein? Eu sei o que você é, e em breve meu pai também vai saber. E, aí, nós veremos!

Stanislav exclama:

— Uauu! Eu não sabia que Nadezhda falava tanto ucraniano assim!

Então, a campainha toca. Mike atende. São os Zadchuk. Estão em pé na soleira da porta com um buquê de flores e um bolo caseiro.

— Entrem! Entrem! — convida Mike. — Vocês chegaram bem na hora do chá.

Eles permanecem na entrada, hesitantes. Perceberam o rosto transtornado de Valentina. (Os seios recobrados e recobertos.)

— Entrem — convida Valentina, fazendo biquinho. São seus amigos, apesar de tudo, e ela pode precisar deles.

— Entrem — digo —, vou pôr a chaleira no fogo. — Preciso de um tempo para me recompor, para acalmar o ritmo da minha respiração.

Embora seja outubro, a tarde está amena e ensolarada. Tomamos chá no jardim. Mike e Stanislav trazem cadeiras de armar e uma mesa de camping velha e bamba para baixo da ameixeira.

— Que bom que vocês vieram! — diz meu pai aos Zadchuck, se ajeitando sobre a lona barulhenta. — Que bolo gostoso! Minha Millochka costumava fazer um bolo assim.

Valentina toma o comentário como ofensa.

— O da Tesco é melhor.

A sra. Zadchuk fica ofendida.

— Eu gosto mais de bolo feito em casa.

O sr. Zadchuk se levanta em sua defesa.

— Para que comprar bolo na Tesco, Valentina? Por que você não faz você mesma o bolo? As mulheres devem fazer seus bolos.

Valentina ainda está em pleno modo de erupção por causa de seu embate comigo.

— Eu não tenho tempo para fazer bolo. O dia todo trabalhando por dinheiro. Comprar bolo. Comprar roupas. Comprar carro. Marido não-bom, pão-duro, não dá dinheiro.

Fico com medo de que a camiseta suba novamente, mas ela se satisfaz com um dramático movimento com o busto na direção do meu pai. Alarmado, ele olha para Mike em busca de socorro. Mike, que não sabe ucraniano suficiente para perceber o que se passa, fatalmente retorna ao assunto bolo, e se insinua para a sra. Zadchuk, para que ela o sirva de mais uma boa fatia.

— Umm... Delicioso.

As bochechas cor-de-rosa da sra. Zadchuk se iluminam. Ela dá um tapinha na perna de Mike.

— Você come bem. Eu gosto de homem que come bem. Por que você não come mais, Yuri?

O sr. Zadchuk toma isso como ofensa.

— Bolo demais deixa a pessoa gorda, barriguda. Você está gorda, Margaritka. Um pouquinho gorda.

A sra. Zadchuk toma isso como ofensa.

— Antes gorda que magricela. Veja Nadezhda. É a dama faminta de Bangladesh.

Tomo isso como ofensa. Reagindo à injustiça, encolho o estômago:

— Magro é bom. Magro é sadio. Gente magra vive mais.

Todos se viram para mim com uivos e risadas de deboche.

— Magro é fome! Magro é inanição! Tudo que é magro cai morto! Ha ha!

— Eu gosto de gorda — anuncia meu pai. Ele pousa a mão apaziguadora e murcha sobre o seio de Valentina e dá um leve apertão. O sangue me sobe à cabeça. Dou um pulo e sem querer esbarro no pé da mesa, jogando o bule e o que resta do bolo no chão.

Nosso chá não foi um sucesso.

Depois que os Zadchuk se vão, ainda há louça e alguma roupa suja para lavar — guardanapos, toalha. Valentina veste as luvas de borracha nas mãos de unhas rosa-perolado. Eu a empurro para o lado.

— Eu faço isso — digo. — Não tenho medo de estragar as mãos. Você, obviamente é muito fina pra isso, Valentina. Fina demais pro meu pai, não acha? Embora não tão fina assim quando se trata de gastar o dinheiro dele, não é mesmo?

Ela solta um urro:

— Megera! Gralha! Fora da minha cozinha! Fora da minha casa!

— Essa casa não é sua! É a casa da minha mãe! — urro em resposta.

Meu pai corre para a cozinha.

— Nadezhda, por que você está metendo o nariz onde não é chamada?

— Papai, você é um homem maluco. Primeiro diz que Valentina gasta todo o seu dinheiro. Me empresta cem libras. Me empresta quinhentas libras. Depois diz que eu não devo meter o meu nariz. Ponha a sua cabeça no lugar!

— Eu disse emprestar dinheiro. Não meter o nariz. — O maxilar está contraído. Os punhos cerrados. Está começando a tremer. Eu me lembro de quando esse visual me enchia de terror, mas agora sou mais alta que ele.

— Papai, por que razão eu deveria dar dinheiro pra você gastar com essa mulher gananciosa, desonesta, supermaquiada, com essa... — Puta, puta, puta!, penso. Mas a minha boca feminista se recusa a dizer.

— Vai embora! Vai embora e nunca mais me apareça por aqui! Você não é mais a minha filha Nadezhda! — Ele me fixa com olhos desbotados e dementes.

— Ótimo — digo. — Pra mim está ótimo. Afinal, pra que eu quero um pai feito você? Você que fique com sua mulher peituda e me deixe fora disso.

Junto depressa as minhas coisas e corro para o carro. Poucos minutos depois, vem Mike.

Quando deixamos para trás as cercanias de Peterborough e nos dirigimos para o campo aberto, Mike arrisca, em tom jocoso:

— Que bando de malucos vocês são.

— Cale a boca! — grito — Cale a boca e não se meta nisso! — Logo em seguida, sinto vergonha. Cheguei às raias da loucura. Vamos para casa em silêncio. Mike procura sintonizar estações de rádio com música relaxante.

9

Presentes de Natal

Uma noite bem tarde, não muito depois de nossa visita, Stanislav telefona para a minha irmã. Ele tinha achado o número na agenda de telefones do meu pai.

— Por favor. Você precisa fazer alguma coisa... essas brigas horríveis... gritando o tempo todo... — ele soluça no telefone.

Vera age. Telefona para o Ministério do Interior. Eles a orientam a escrever. Ela liga para mim furiosa.

— Dessa vez vamos fazer isso juntas e nós duas vamos assinar. Eu não vou deixar que ele fique nos jogando uma contra a outra. Não vou deixar você ficar bem com ele porque não toma atitude nenhuma, enquanto eu faço todo o serviço e acabo cortada do testamento dele.

— Talvez eu escreva — respondo. — Vou telefonar primeiro pra ele. Vou ver se consigo descobrir o que está acontecendo. Não quero fazer nada de que venhamos a nos arrepender depois. — Eu me sinto culpada de não ter me mantido vigilante para defendê-lo.

Telefono para o meu pai. Ouço o telefone cair com um estrondo e, em seguida, a respiração ofegante dele ao apanhá-lo no chão.

— Alô? Ah, Nadezhda. Que bom que você ligou.

— O que está acontecendo, papai?

— Bom, as coisas não estão muito bem com Valentina. Alguns problemas. Ela tem se comportado como se não gostasse de mim... me dizendo que eu sou um ser inferior... um inseto que merece ser esmagado... um imbecil que devia ficar trancafiado... um cadáver que precisa ser enterrado... e outras coisas parecidas. — Ele sussurra frases incoerentes e tosse muito. Sua voz sai arrastada, como se o esforço de articular as palavras lhe provocasse dor.

— Ah, pai. — Não sei o que dizer, mas ele percebe reprovação na minha voz.

— Claro que a culpa não é inteiramente dela. Ela tem estado sob uma tensão muito grande devido aos atrasos do Ministério do Interior. E, além disso, o trabalho dela é muito puxado, durante o dia na clínica e à noite no hotel. Ela fica muito cansada e, como está exausta, perde a paciência com facilidade.

Eu me sinto encher de raiva — raiva contra ela e contra ele.

— Mas, papai, qualquer um podia ver que isso ia acabar acontecendo. Qualquer um, menos você.

— Não conte nada para Vera, está bem? Ela vai dizer...

— Pai, Vera já sabe. Stanislav ligou pra ela.

— Stanislav ligou para Vera?

— Ele estava chorando no telefone.

— Isso não é bom. Não é nada bom. Bem, o que quer que aconteça... pelo menos até a decisão do recurso, nós vamos ficar juntos... depois disso, eles vão embora e me deixam em paz.

Mas eu e minha irmã não vamos dar nenhuma chance para o azar. Redijo uma carta para o Departamento de Imigração do Ministério do Interior em Lunar House, Croydon, relatando a história do casamento de Valentina com nosso pai e de seu relacionamento com Bob Turner. Não estou me importando mais de não ser uma liberal correta. Quero que essa mulher seja mandada embora. Descrevo as condições em que vivem — camas separadas — e o fato de o casamento não ter se consumado, porque acredito que a visão do sistema é a de que o sexo penetrativo é o que define o casamento. Fico satisfeita com a objetividade da carta.

> No começo deste ano, a sra. Dubova obteve um segundo visto de seis meses e, em março, chegou aqui via Ramsgate. Mais uma vez ela foi morar na casa do sr. Turner. Em junho, ela e o nosso pai se casaram na igreja da Imaculada Conceição, em Peterborough.
>
> Depois do casamento, a sra. Dubova não foi morar com o nosso pai, continuou na casa do sr. Turner em Hall Street. Quando o período escolar terminou, a sra. Dubova (agora Mayevska) e Stanislav se mudaram para a casa de nosso pai. Entretanto, ela não dorme no mesmo quarto que o nosso pai, e o casamento nunca se consumou.
>
> No começo tudo parecia estar indo bem. Nós acreditávamos que, embora a sra. Dubova (agora Mayevska) talvez não amasse o nosso pai no sentido romântico, ela seria ao menos atenciosa e carinhosa com um homem idoso e frágil em seus últimos anos de vida. Contudo, depois de poucos meses, as coisas começaram a dar errado.

Enquanto escrevo me vem um sentimento de culpa terrível e, ao mesmo tempo, uma doce e secreta sensação de alívio. O beijo de Judas no jardim, a alegria da maldade sem responsabilidade. Meu pai não pode saber nunca, Mike e Anna não podem saber nunca. Valentina vai desconfiar, mas jamais terá certeza.

Solicito ao correspondente sigiloso do Ministério do Interior que guarde nosso anonimato. Assino a carta e a envio para minha irmã pelo correio. Ela a assina e envia pelo correio para o Ministério do Interior. Não recebemos resposta. Minha irmã telefona algumas semanas depois e é informada de que a carta foi anexada ao processo.

Quando torno a telefonar para meu pai para perguntar como estão as coisas, ele é evasivo.

— Está tudo bem. — É tudo o que diz. — Nada fora do normal.

— Nenhuma discussão?

— Nada fora do normal. Marido e mulher. Discutir é normal. Nada muito sério. — Então ele começa a falar de aviação, tudo é uma questão de equilíbrio. A asa longa e fina facilita a elevação, mas ao custo de um peso maior. Da mesma maneira, discussão e mau humor ocasionais são os custos do amor. No design da asa de uma aeronave, o segredo do sucesso é chegar à proporção ideal entre sustentação e arrasto. Com Valentina é a mesma coisa.

— Você quer dizer que ela tem um levantamento reforçado, mas arrasta um bocado. — (Ha ha ha.)

Faz-se um longo silêncio do outro lado da linha enquanto ele tenta decifrar o que eu falei.

— Papai — digo —, chega de aviação. Você não está vendo que eu estou preocupada com você?

— Está tudo bem. Só a minha artrite que está voltando. É esse tempo úmido.

— Você gostaria que eu e Mike fôssemos até aí ver você?

— Não, agora não. Mais à frente, talvez. Daqui a algum tempo.

Com minha irmã ele tem ainda menos consideração.

— Ele não responde a nenhuma pergunta minha. Discorre sobre isso ou aquilo, e fala e fala. Sinceramente acho que ele está perdendo a lucidez — diz ela. — Nós devíamos levá-lo a um médico para atestar sua insanidade. Aí podíamos dizer que ele estava com a mente perturbada quando se casou.

— Ele sempre foi assim. Não está pior do que já era. Você sabe que ele sempre foi um pouco maluco.

— É verdade, claro. Completamente maluco. Mas sinto que, de alguma forma, agora ele está pior. Ele fala com você sobre Valentina?

— Na verdade, não. Ele diz que eles têm seus desentendimentos, mas nada fora do normal. Você lembra das discussões que ele costumava ter com mamãe? Ou as coisas tinham se ajeitado e estava tudo bem entre eles ou ele não queria que a gente soubesse da seriedade da briga. Ele está preocupado que você vá rir dele, Vera.

— Bem, é claro que vou rir dele. O que é que ele esperava? Mas, apesar de tudo, ele é nosso pai. Nós não podemos deixar que essa mulher perigosa faça isso com ele.

— Ele diz que está tudo bem. Mas não é o que ele transmite.

— Talvez ela esteja escutando enquanto ele fala ao telefone. É apenas uma suposição.

O Natal nos oferece a desculpa de que precisávamos para uma visita.

— É Natal, papai. As famílias sempre se reúnem no Natal.

— Vou perguntar o que é que Valentina acha.

— Não, diga a ela apenas que nós vamos aí.

— Tudo bem. Mas nada de presentes. Nenhum presente para mim, e eu não dou nada para vocês.

Essa idéia de "nenhum presente" vem da mãe dele, Baba Nadia. Meu nome é por causa dela. Ela era uma professora de aldeia, mulher enérgica e devota, de cabelos lisos e negros que só ficaram grisalhos depois dos setenta (sinal claro de sua ancestralidade mongol, dizia minha mãe), e seguidora fiel de Tolstoi e de suas idéias excêntricas que cativaram a intelectualidade russa da época: a nobreza espiritual do campesinato, a beleza da autonegação e outros tantos absurdos (dizia minha mãe, que havia sofrido com os discursos da sogra sobre casamento, criação de filhos e a melhor maneira de preparar bolinhos). E apesar disso. E apesar disso, quando eu era criança meu pai fez para mim presentes maravilhosos. Eram aviões-modelo feitos de balsa e acionados por tiras de borracha — toda a rua parava para vê-los voar. Tinha uma garagem, com um box de serviço no chão para o exame dos carros, em madeira e alumínio rebitado, com um mini-elevador operado por uma tira de borracha que levava os carrinhos de brinquedo até o teto e uma rampa em curva por onde se podia descê-los novamente. Num Natal, ele me deu uma fazenda em miniatura, um "*khutor*" como o da família de minha mãe na Ucrânia — uma folha de cartolina pintada de verde cercada por um muro pintado com portão de dobradiça que abria, uma casa de fazenda com porta e janelas que abriam, e um pequeno estábulo de teto inclinado para vacas e porcos moldados em metal. Fico extasiada ao lembrar desses presentes. Faz tanto tempo que não lembrava do que amei um dia no meu pai.

— Mas Valentina e Stanislav, talvez eles gostem de receber presentes — diz ele. — Na verdade, eles são bastante tradicionais, sabe? — Ah, e não os intelectuais leitores de Nietzsche que ele achava que eram.

Eu me divirto escolhendo presentes para Valentina e Stanislav. Para Valentina, embrulho um vidro de perfume especialmente barato e desagradável que ganhei de brinde numa promoção de supermercado. Para Stanislav, escolho um pulôver malva de poliéster que minha filha trouxe de um bazar na escola. Faço embrulhos caprichados, cheios de lacinhos. Compramos chocolates e um livro sobre aviões para o meu pai. Na verdade, embora diga que não, ele gosta de ganhar presentes.

No dia de Natal, à tarde, vamos para a casa do meu pai. É um desses dias cinzentos, de um frio penetrante, que parecem ter desbancado os Natais brancos de neve. A casa está sombria, triste e suja, mas meu pai pendurou cartões de Natal (inclusive alguns que guardou do ano passado) num barbante junto ao teto, para abrilhantar a noite. Não tem comida em casa. Para jantar no dia de Natal, eles comeram fatias de peito de peru com batatas, ervilhas e molho, compradas prontas em pacotes para esquentar no microondas. Não restaram sequer umas sobras. Numa panela sobre o fogão há algumas batatas cozidas frias e cinzentas e restos de um ovo frito.

Lembro de quando o jantar de Natal era uma ave grande e gorda, com a pele salgada e crocante e sumos oleosos porejando dela, cheirando a alho e manjerona, com a enorme barriga recheada de *khasha* de cereais, e chalotas e castanhas assadas em volta, e vinho caseiro que deixava todo mundo meio tonto, e uma toalha branca e flores sobre a mesa, mesmo no inverno, e presentes bobos, e risadas e beijos. Aquela mulher que tomou o lugar da minha mãe roubou o Natal e o substituiu por comida pronta que se esquenta na embalagem e flores de plástico.

— Por que não vamos jantar fora? — propõe Mike.

— Boa idéia — responde meu pai. — Podemos ir ao restaurante indiano.

Meu pai gosta de comida indiana. Existe um restaurante chamado "O Himalaia", na praça do triste shopping de concreto construído na cidade, na década de 60. Por algum tempo, depois que minha mãe morreu, ele viveu da comida que eles entregavam em casa e chegou a conhecer o dono.

— É melhor que o "Meals on Wheels"* — ele costumava dizer —, o sabor é melhor. — Até que um dia ele ingeriu uma *overdose* de *vindaloo*, carne ao *curry*, com conseqüências desagradáveis que tinha prazer em descrever para quem quisesse ouvir. ("Quente quando entra. Quente, quente quando sai.")

Somos as únicas pessoas no restaurante. Mike, Anna e eu, e papai, Valentina e Stanislav. Diminuíram a calefação, e o salão está frio. Há um cheiro de paredes úmidas e especiarias passadas. Escolhemos uma mesa perto da janela, mas não há nada para se ver lá fora a não ser o brilho do gelo sobre o teto dos carros e o clarão da luz da rua na calçada em frente. O restaurante tem as paredes forradas de papel estampado de marrom e abajures de pergaminho com motivos indianos. Canções de Natal em ritmo de jazz, transmitidas por uma estação de rádio da cidade, fazem o fundo musical.

* Comidas sobre rodas. (N. E.)

O dono do restaurante cumprimenta meu pai como a um amigo que há muito tempo perdeu de vista. Meu pai apresenta a mim, ao Mike e à Anna:

— Minha filha, o marido, minha neta.

— E os outros? — O dono do restaurante se refere a Valentina e Stanislav — Quem são?

— Essa senhora e seu filho vieram da Ucrânia — diz papai.

— E quem é ela? Sua esposa? — É óbvio que os comentários correram pela cidade, e agora ele quer a confirmação do escândalo. Ele deseja a porção que lhe cabe de fofoca apimentada.

— Eles são da Ucrânia — repito. — Não consigo dizer: "Sim, é sua esposa". — Gostaríamos de dar uma olhada no menu.

Frustrado, ele vai buscar o menu e o joga sobre a mesa.

— Queremos uma garrafa de vinho — pede Mike, mas o restaurante não tem licença para vender bebidas alcoólicas.

Temos nós mesmos que fazer a nossa animação.

Fazemos os pedidos. Meu pai adora *bhuna* de carneiro. Minha filha é vegetariana. Meu marido gosta de pratos apimentados. Eu, de comida feita no forno. Valentina e Stanislav nunca comeram comida indiana antes. Eles estão cautelosos, condescendentes.

— Eu só quero carne. Muita carne — diz Valentina. Ela escolhe um bife da seleção de pratos ingleses. Stanislav pede frango assado. Escutamos a música pop e as baboseiras do DJ. Olhamos o brilho do gelo no teto dos carros. O dono do restaurante se coloca por trás do bar e nos olha discretamente. Está esperando o quê?

Anna se encosta em Mike e começa a transformar o guardanapo dele numa complicada flor de origami. Ela é a queridinha do papai, como eu fui um dia. Vê-los juntos me deixa triste e feliz ao mesmo tempo.

— Bem — diz Mike —, Natal novamente. Não é bom sair e jantar juntos? Devíamos fazer isso mais vezes.

— Grande idéia — digo. Ele não sabe da carta para o Ministério do Interior.

— Você ganhou algum presente maneiro, Stanislav? — Anna pergunta, com a voz borbulhante de excitação natalina. Ela também não sabe.

Stanislav ganhou meias, sabonetes, um livro sobre aviões e algumas fitas. No ano anterior, ele ganhou um casaco preto com gola de pêlo. Pêlo verdadeiro. Um ano antes ganhou uns patins do seu pai.

— É melhor na Ucrânia, o Natal — diz Valentina.

— Então, por que você não... — eu tento me deter, mas Valentina percebe o que eu ia dizendo.

— Por quê? Por causa do Stanislav. É tudo por causa do Stanislav. Stanislav precisa ter boa oportunidade. Não tem oportunidade na Ucrânia — ela me responde bem alto. — Só tem oportunidade para prostituta-gângster na Ucrânia.

Mike balança a cabeça com simpatia. Anna fica calada. Stanislav sorri o seu sorriso encantador de dente quebrado. Atrás do bar, o dono do restaurante está totalmente quieto. Meu pai parece estar a quilômetros de distância, em cima de um trator em algum lugar.

— Era melhor na época do comunismo? — pergunto.

— Sem dúvida, melhor. Era vida boa. Você não imagina que tipo de pessoa governa país agora.

Seus olhos cor de calda de açúcar queimado estão pesados, vidrados. Hoje é o seu primeiro dia de descanso em duas semanas. O delineador preto borrou e escorreu entre as rugas debaixo dos olhos. Se eu não tomar cuidado, vou começar a ter pena dela. Piranha. Puta. Cozinheira de comida pronta para esquentar na embalagem. Penso em minha mãe e endureço o coração.

— Minha escola era melhor — diz Stanislav. — Mais disciplina. Mais dever de casa. Mas agora, na Ucrânia, a gente tem que pagar aos professores para passar nas provas.

— Então não é diferente da sua escola nova — digo secamente. Mike me chuta por baixo da mesa.

— Nem diferente da minha escola — cantarola Anna. — A gente tem sempre que subornar os professores com maçãs.

Stanislav parece perplexo.

— Maçãs?

— Brincadeira — diz Anna. — As crianças da Ucrânia não levam maçãs pras professoras?

— Maçãs, nunca — responde Stanislav. — Vodca, sim.

— Você na universidade professora? — Valentina me pergunta.

— Sim.

— Eu quero ajuda para Stanislav na Universidade de OxfordCambridge. Você trabalha na Universidade de Cambridge. Você ajuda, então?

— Eu trabalho em Cambridge, mas não na Universidade de Cambridge. Trabalho na Universidade Politécnica Anglia.

— Universidade de Ângela? O que é isso?

Meu pai se inclina para ela e sussurra: "Politécnica".

Valentina levanta ambas as sobrancelhas e murmura qualquer coisa que eu não consigo entender.

Chega a comida. O dono do restaurante paira por um longo tempo ao redor de Valentina enquanto coloca os pratos diante dela. Ela dá um jeito de girar os olhos de calda de açúcar queimado em sua direção, mas é só um meio flerte. É tarde e estamos todos famintos demais para cortesias. O *bhuna* de carneiro está fibroso, e temos que cortá-lo em pedacinhos para o meu pai. O prato de legumes ao *curry* só tem repolho. O *curry* "quente" de Mike está apimentado demais. O frango assado de Stanislav está duro e ressecado. O bife de Valentina parece um pedaço de pau.

— Está tudo bem? — pergunta o dono do restaurante.

— Uma maravilha — responde Mike.

Mais tarde, Mike leva meu pai, Anna e Stanislav de carro para casa, e eu e Valentina vamos caminhando. As calçadas estão escorregadias de gelo, e nós nos agarramos uma à outra, em princípio para nos equilibrar, mas depois de algum tempo o agarrar se torna amistoso. Apesar da refeição decepcionante, certa animação da data nos contagia. Paz na Terra, boa vontade a todos os homens, cantam os anjos de Natal no céu encapelado. Eu me dou conta de que não haverá outra oportunidade como essa.

— Como vão as coisas? — pergunto.

— Bem. Tudo bem.

— Mas, e as discussões? Parece que vocês discutem muito. — Mantenho um tom de voz neutro, amigável.

— Quem lhe disse isso?

— Valentina, dá pra qualquer um perceber. — Não quero trair a confiança de Stanislav, nem quero envolver meu pai nisso.

— Seu pai não é fácil.

— Eu sei. — Sei que não conseguiria conviver com meu pai dia após dia como ela convive. Começo a me arrepender de minha carta ao Ministério do Interior.

— O tempo todo ele me cria problemas.

— Mas, Valentina, você trabalhou numa casa para pessoas idosas. Você sabe como gente velha pode ser difícil.

O que é que ela estava esperando? Um velho cavalheiro requintado que a enchesse de presentes e que, uma bela noite, deixasse esse mundo mui tranqüilamente? Não o meu pai velho, difícil, mal-humorado e teimoso.

— Seu pai mais difícil. Problema de tosse tosse tosse. Problema de nervos. Problema de banho. Problema de xixi. — Quando ela se volta para mim, o luar ilumina seu belo perfil eslavo, os malares altos, a boca curva. — O tempo todo, sabe?, beija beija, pega aqui, aqui e aqui... — Suas mãos enluvadas acariciam os próprios seios, coxas, joelhos, por cima do casaco grosso. (Meu pai faz aquilo?) Eu me sinto engasgar, mas mantenho a voz firme.

— Seja delicada com ele. Apenas isso.

— Eu delicada — ela diz. — Como meu próprio pai. Não preocupe.

Ela escorrega no gelo e segura com força o meu braço. Sinto seu corpo quente e sensual se apoiar por um breve instante no meu e aspiro o perfume forte e açucarado, meu presente de Natal, que ela borrifou na frente e atrás do pescoço. Essa mulher que tomou o lugar da minha mãe.

10

Chove-não-molha

Meu pai está eufórico. A inspetora do Serviço de Imigração passou por lá. Em breve a condição de imigrante de Valentina será confirmada, e o amor dos dois estará selado para sempre. Sem a ameaça de deportação pairando sobre eles, a nuvem de desentendimento se desfará e tudo será outra vez como no começo, quando se apaixonaram. Quem sabe até melhor. Pobre Valentina, tem estado muito ansiosa, e isso, algumas vezes, a tem tornado irritável, mas em breve os problemas chegarão ao fim.

A inspetora é uma mulher de meia-idade que usa sapatos baixos de cadarço e cabelo repartido. Ela carrega uma pasta marrom e não aceita o chá que meu pai lhe oferece. Ele mostra a casa para ela.

— Este é o meu quarto. Este é o quarto de Valentina. Este é o quarto de Stanislav. Como a senhora pode ver, há bastante espaço para todo mundo.

A inspetora faz anotações sobre o lugar em que cada um vive.

— E esta é a minha mesa. Como pode ver, prefiro comer sozinho. Stanislav e Valentina comem na cozinha. Eu faço a minha comida — veja: maçãs Toshiba. Cozidas em microondas Toshiba. Cheias de vitamina. A senhora quer experimentar?

A inspetora recusa educadamente e faz mais anotações.

— Será que eu poderei ver a sra. Mayevka? A que horas ela chega do trabalho?

— Cada dia ela chega num horário diferente. Algumas vezes mais cedo, outras mais tarde. É melhor a senhora telefonar antes.

A inspetora toma nota novamente e então guarda o caderno dentro da pasta marrom, para depois apertar a mão do meu pai. Ele fica olhando o pequeno Fiat turquesa da inspetora desaparecer numa curva da estrada e me telefona para contar a novidade.

Duas semanas depois, Valentina recebe uma carta do Ministério do Interior. Seu pedido de autorização para permanecer na Grã-Bretanha foi recusado. A inspetora não encontrou provas de casamento genuíno. Tomada de raiva, ela voa em cima do meu pai.

— Seu homem burro idiota. Deu as respostas todas erradas. Por que não mostrou para ela o poema, a carta de amor? Por que não mostrou o retrato do casamento?

— Para que mostrar a ela o poema? Ela não pediu para ver poema, ela pediu para ver quarto.

— Ah! Ela viu que você não é homem bom para entrar no quarto da mulher.

— Você é que não é mulher boa, deixa marido fora do quarto.

— O que é que você quer no quarto, hein? Uuuuu! Você é chove-não-molha! Um bunda-mole! Chove-não-molha! Bunda-mole! — ela debocha. Ela põe o rosto junto do dele e grita cada vez mais alto: — Chove-não-molha! Bunda-mole!

— Pára! Pára! — grita meu pai. — Vai! Vai! Vai embora! Volta para a Ucrânia!

— Chove-não-molha, Bunda-mole!

Ele a empurra longe. Ela o empurra também. Ela é maior que ele. Ele tropeça e bate com o braço na quina do aparador. Forma-se uma contusão arroxeada.

— Olhe só o que você fez!

— Agora, vai chorar com sua filha! Socorro, socorro. Nadia! Verochka! Mulher me bateu! Ha ha! Marido é que bate na mulher.

Se pudesse, talvez ele batesse nela, mas não pode. Pela primeira vez, ele percebe como está indefeso. Seu coração se enche de desespero. No dia seguinte, quando ela está no trabalho, ele me telefona e conta o que aconteceu.

As palavras saem com dificuldade, aos borbotões, trôpegas, como se só de contar em voz alta ele sofresse. Demonstro preocupação, mas me sinto orgulhosa de mim mesma. Não é que eu estava certa a respeito da visão oficial sobre penetração?

— Você sabe, essa história de disfunção erétil, Nadia. Algumas vezes acontece com o homem.

— Não importa, papai. Ela não devia caçoar de você desse jeito. — Homem idiota, penso. O que é que ele esperava?

— Não conta para Vera.

— Papai, nós podemos precisar da ajuda de Vera.

Eu já havia pensado que essa história poderia se tornar uma farsa burlesca, mas agora vejo que está se transformando numa tragédia burlesca. Ele não me contou antes porque ela ficava escutando quando ele falava ao telefone. E porque ele não queria que Vera ficasse sabendo.

Resisti à tentação de falar "Eu bem que avisei, seu idiota". Mas telefono para Vera e ela diz isso para mim.

— Mas, na verdade, eu responsabilizo você por isso, Nadezhda — ela acrescenta. — Você travou a ida dele para um lugar especial para idosos. Nada disso teria acontecido se ele tivesse ido para um asilo de idosos.

— Ninguém poderia prever...

— Nadia, *eu* previ. — Sua voz vibra com o triunfo da Grande Irmã.

— Está bem, você é muito esperta. E agora, como é que vamos tirá-lo disso? — Faço uma cara de zombaria que ela não pode ver do outro lado da linha.

— Existem duas possibilidades — diz Vera. — Divórcio ou deportação. A primeira é cara e incerta. A segunda também é incerta, mas pelo menos papai não precisa pagar por ela.

— Não podemos tentar as duas?

— Como você mudou, Nadia. O que aconteceu com todas as suas idéias feministas?

— Não seja tão maldosa, Vera. Nós precisamos ser aliadas, mas você não consegue ser educada comigo, não é? Eu entendo por que é que o papai nunca conta nada pra você.

— Sim, bem, ele é outro idiota. Mamãe e eu sempre fomos as pessoas práticas da família.

Vêem como ela reivindica a herança da mamãe? Ela não está atrás somente do armário cheio de latas e potes, do medalhão de ouro, e até do dinheiro da conta das economias; não, a briga é também pela herança do caráter, da natureza.

— Nós nunca fomos uma família muito prática.

— Qual é mesmo a expressão que vocês, assistentes sociais, usam? Uma família *disfuncional*. Quem sabe a gente podia pleitear uma ajuda do conselho municipal?

Apesar de um começo precário, conseguimos estabelecer uma divisão de trabalho. Vera, como a *expert* da família em matéria de divórcio, vai contatar advogados, enquanto eu vou pesquisar a lei que trata de imigração e deportação. A princípio me incomoda descalçar os sapatos liberais de sola macia e calçar os de salto agulha da sra. Dá-uma-surra-neles-e-manda-de-volta-pra-casa, mas, depois de algum tempo, os sapatos novos se amoldam aos meus pés. Descubro que Valentina pode apelar e depois, se a decisão lhe for desfavorável, pode apelar mais uma vez a um tribunal. E ela também tem direito a uma assistência legal. Obviamente ela ainda ficará aqui por um bom tempo.

— Talvez a gente devesse escrever pro *Daily Mail*. — Estou me desdobrando no meu papel.

— Boa idéia — diz Vera.

Na frente do divórcio, minha irmã tem um plano astucioso. Ela descobriu que um divórcio litigioso vai ser complicado e caro, e então lhe veio a idéia da anulação — o ângulo da não-consumação-e-portanto-não-casamento tão popular na realeza européia do século XVI.

— Veja bem, o casamento, na realidade, nunca existiu; logo, não há necessidade de divórcio — ela explica para um jovem estagiário de direito que pratica em Peterborough. Ele nunca se deparou com isso antes, mas promete que vai procurar saber. Ele fala baixinho e gagueja ao tentar se informar sobre os detalhes da não-consumação no telefone com a minha irmã.

— Deus do céu — ela exclama —, de que nível de detalhamento exatamente você precisa?

Mas, embora tenha funcionado para a realeza européia, não vai dar certo com papai — somente se uma das partes reclama da impossibilidade da outra parte consumar o casamento é que a não-consumação pode se tornar um motivo para anulação ou divórcio, escreve o estagiário de direito numa carta mal-articulada.

— Bem, eu nunca soube disso — disse Vera, que pensava que sabia tudo sobre divórcio.

Valentina dá uma gargalhada quando meu pai sugere o divórcio. "Primeiro o meu passaporte e visto, depois o seu divórcio."

Papai também deixou de lado a idéia de divórcio. Ele tem medo que lhe perguntem sobre aquela história do chove-não-molha. Ele tem medo que o mundo inteiro descubra sobre a sua impotência.

— Melhor pensar em alguma outra coisa, Nadia — ele diz.

* * *

Apesar do estresse a que se encontra submetido, ele conseguiu concluir outro capítulo da sua história, mas este se revestiu de um tom sombrio. Quando eu e Mike o visitamos no começo de fevereiro, ele nos leva para a sala de estar, ainda repleta de maçãs do ano passado e fria como um frigorífico, e lê em voz alta para nós:

Os primeiros fabricantes de tratores sonhavam em transformar espadas em relhas de arado, mas agora o espírito do século torna-se cada vez mais obscurecido e percebemos que, ao contrário, as relhas de arado é que se transformam em espadas.

A Fábrica de Veículos de Kharkiv, que já havia produzido 1.000 tratores por semana para atender as demandas do Novo Plano Econômico, foi transferida para Chelyabinsk, além dos Urais, e convertida para produção de tanques, por decreto de K.J. Voroshilov, o Comissário de Defesa do Povo.

O designer chefe era Mikhail Koshkin, que estudou no Instituto Leningrado e trabalhou na fábrica de Kirov até 1937. Ele era um homem moderado e culto, cujo gênio Stalin usou, pode-se mesmo dizer que abusou, para criar a supremacia militar da União Soviética. O primeiro tanque de Koshkin, o A20, corria sobre correntes Caterpillar originais, com uma arma de 45mm e uma blindagem que resistia ao ataque de um obus. Ele foi rebatizado de T32 quando o tamanho da arma foi aumentado para 76,2mm e a blindagem reforçada. O T32 participou de ações na Guerra Civil Espanhola, onde se mostrou vulnerável devido à pouca espessura da chapa da blindagem, embora em termos de manobrabilidade tenha sido muito admirado. A partir dele nasceu o lendário T34, ao qual muitos creditam a mudança nos rumos da guerra. Ele tinha uma blindagem ainda mais reforçada e, para compensar o peso adicional, foi o primeiro veículo a ser equipado com um motor de alumínio fundido.

Sua voz está mais fraca, mais trêmula, e ele tem que parar de vez em quando para respirar.

Nas condições de tempo implacáveis de fevereiro de 1940, o primeiro T34 foi levado a Moscou para desfilar diante da liderança soviética. Ele causou enorme impressão, grande parte pela maneira como rodou suavemente pelas ruas de pedras gastas e cobertas de neve da capital.

Entretanto, o pobre Koshkin não viveu para ver a sua criação em produção. Nessa viagem, tendo ficado exposto por muitas horas àquele tempo abominável, ele contraiu pneumonia e morreu alguns meses depois.

O design foi concluído por seu aluno e colega Aleksandr Morozov, um jovem engenheiro vigoroso e bonito. Sob a sua orientação, os primeiros tanques T34 deixaram a linha de montagem em agosto de 1940 e, em breve, a deixariam às centenas e milhares. Em homenagem a este feito, a cidade de Chelyabinsk, anteriormente mais conhecida pela produção de tratores, passou a se chamar Tankograd.

Do lado de fora da janela, o sol penetra os sulcos deixados pelo arado cujo gelo, passado todo o dia, não derreteu. O vento que congela a vegetação vem das planícies da costa de East Anglia e, para além delas, das estepes e, para além das estepes, dos Urais.

Meu pai está todo enrolado para se proteger do frio, com luvas sem dedos, chapéu de lã e três pares de meias. Ele se inclina para a frente na cadeira, lendo através das lentes grossas dos óculos. Atrás dele, na prateleira em cima da lareira, há um retrato de mamãe. Ela está olhando, por cima do ombro dele, para os campos e o horizonte lá fora. Por que será que ela se casou com ele, essa jovem pensativa de olhos castanhos, cabelos cacheados presos em tranças e sorriso misterioso? Será que ele era um jovem engenheiro vigoroso e bonito? Será que ele a seduziu com papo de transmissão automática, dando-lhe de presente óleo para motor?

* * *

— Por que é que ela se casou com ele? — pergunto a Vera.

A sra. *Expert*-em-divórcio e a sra. Dá-uma-surra-neles-e-manda-de-volta-pra-casa estavam trocando impressões ao telefone, e o tom entre nós era bastante cordial. Pulamos do casamento do nosso pai com Valentina para o casamento dos nossos pais, e, naquele momento, vi uma fresta aberta na porta para o passado e quis empurrá-la.

— Foi depois que o comandante de submarino foi morto em Sebastopol. Eu acho que ela teve medo de ficar sozinha. Eram tempos medonhos aqueles.

— Que comandante de submarino é esse?

— Da frota do mar Negro. Com quem ela estava comprometida.

— Mamãe, comprometida com um comandante de submarino?

— Você não sabia? Ele foi o grande amor da vida dela.

— Não foi papai?

— O que é que *você* acha?

— Não sei — Nariz Escorrendo choraminga —, ninguém nunca me contou nada a respeito disso.

— Às vezes é melhor não saber.

Com um empurrão, a Grande Irmã bate a porta e gira a chave.

11

Sob coação

Foi marcada uma data para Valentina apelar contra a decisão do Serviço de Imigração. De repente, meu pai percebe que, afinal de contas, ele não está tão desprovido de poder. A apelação será em Nottingham, em abril.

— Eu não vou — diz meu pai.

— Você vai sim — responde Valentina.

— Vai você sozinha. Por que é que eu tenho que ir a Nottingham?

— Seu burro. Se você não vai, a *bureaucraczia* da imigração pergunta "Onde seu marido? Por que você sem marido?"

— Explique à *bureaucraczia* que eu estou doente. Diga que eu não vou.

Valentina consulta o seu advogado em Peterborough. Ele lhe diz que o caso ficará seriamente comprometido se o marido dela não for, a não ser que ela apresente provas da doença dele.

— Você está doente da cabeça — Valentina diz para o meu pai. — Você está causando problemas demais. Conversa maluca demais. Beijo beijo demais. Homem de 84 anos não bom. O doutor tem que escrever carta.

— Eu não estou doente — diz meu pai. — Eu sou poeta e engenheiro. Aliás, Valentina, você deve se lembrar que o próprio Nietzsche foi considerado louco por pessoas intelectualmente inferiores a ele. Vamos à dra. Figges. Ela vai lhe dizer que eu não estou doente da cabeça.

A médica da cidade, uma mulher delicada na maneira de falar e próxima da aposentadoria, tratou da minha mãe e do meu pai por vinte anos.

— Ótimo. Vamos na dra. Figges. E eu conto à dra. Figges sobre sexoral — anuncia Valentina. (O quê? Sexo oral? Meu Pai?)

— Não, não! Valya, por que você tem que falar disso pra todo mundo? (Ele parece não se incomodar de falar disso comigo!)

— Vou contar para ela que marido de 84 anos quer fazer sexoral. Marido chove-não-molha quer fazer sexoral. (Por favor, papai, isso está começando a me dar ânsias de vômito.)

— Por favor, Valenka.

Valentina contemporiza. Irão a um outro médico então. Valentina e a sra. Zadchuk metem meu pai na lata-velha. Elas estão com tamanha pressa de chegar à clínica antes que ele mude de idéia, que ele sai com o casaco abotoado de qualquer jeito e os sapatos com os pés trocados. Em lugar dos óculos para longe, ele ainda está usando os óculos de leitura, de modo que tudo passa diante dele como um borrão — a chuva, o vaivém dos limpadores de pára-brisa, as janelas embaçadas do carro, a mancha das cercas vivas por onde passam. Valentina vai na frente, dirigindo no estilo selvagem que aprendeu sozinha, enquanto a sra. Zadchuk vai atrás, segurando Nikolai com firmeza, para o caso de ele resolver abrir a porta e se lançar para fora do carro. E assim eles seguem numa correria por pequenas estradas, espalhando a água das poças, fazendo um e outro camponês correr para salvar sua vida.

Elas não o levam à clínica da cidade para ver a dra. Figges, mas a uma clínica coligada, numa cidade vizinha, onde trabalham outros profissionais. Elas pretendem consultar um médico indiano de meia-idade, mas quem está atendendo no lugar dele é uma assistente. A dra. Pollock é jovem, ruiva e muito bonita. Meu pai não quer discutir os seus problemas com ela. Ele a espia com seus olhos míopes, através dos óculos de ler embaçados, e tenta trocar os sapatos de pé sem que ela note. Só quem fala é Valentina. Ela está convencida de que a jovem olhará o seu caso com simpatia e entra em alguns detalhes a respeito do comportamento estranho do meu pai — a tosse, as maçãs Toshiba, os monólogos sobre trator, as persistentes exigências de ordem sexual. A dra. Pollock olha atentamente para o meu pai, repara nos sapatos trocados, nos olhos fixos, no casaco abotoado errado, e lhe faz uma série de perguntas:

— Há quanto tempo vocês estão casados? Você está tendo dificuldades sexuais? Por que exatamente você veio me ver?

Meu pai responde "Não sei" para todas elas. E, então, aponta para Valentina com um gesto dramático: — Porque ela me trouxe! Esse demônio dos infernos!

A dra. Pollock se recusa a escrever uma carta ao Serviço de Imigração dizendo que meu pai está tão doente que não pode comparecer à apelação de Valentina. Mas diz ao meu pai que vai marcar uma consulta para ele com um psiquiatra do Hospital Distrital de Peterborough.

— Está vendo? — diz Valentina triunfante. — A doutora acha você maluco!

Meu pai fica calado. Não era o desfecho que ele queria.

— Você acha que eu sou maluco, Nadia? — ele me pergunta pelo telefone no dia seguinte.

— Bem, pai, pra ser franca, eu acho um pouco. Eu achei você maluco de se casar com Valentina — eu não lhe disse na época? (A minha vontade é dizer: "Ha ha! Eu bem que avisei!", mas mordo a língua.)

— Ah, isso não foi maluquice. Foi um simples engano. Qualquer um pode se enganar.

— É verdade — respondo. Eu ainda estou zangada, mas também tenho pena dele.

* * *

— Que história é essa de sexo oral? — pergunto a Vera. Estamos novamente trocando impressões. Estamos ficando muito amiguinhas.

— Ah, é mais uma das idéias sórdidas da Margaritka Zadchuk. Parece que Valentina contou para ela que nós estávamos procurando obter uma anulação com base na não-consumação.

— Mas será que eles...?

— Desculpe, Nadezhda. É desagradável demais falar sobre isso.

De qualquer jeito, descobri tudo através de papai. Valentina esteve conversando com sua amiga Margaritka Zadchuk, que tinha uma ou duas coisas para lhe contar. A antiga sra. Mayevska era uma mulher esperta e econômica, diz ela. Quando morreu, tinha juntado uma enorme fortuna. Cem mil libras. Está tudo guardado em algum lugar da casa. Por que aquele marido sovina não lhe dá essa fortuna? O marido sovina ri muito ao me contar a história. Ela pode virar a casa de cabeça para baixo que não vai encontrar um só centavo.

A sra. Zadchuk ensinou uma nova palavra para Valentina: sexoral. É muito popular na Inglaterra, diz ela. Você pode ler a respeito em todos os jornais ingleses. As pessoas direitas da Ucrânia não fazem sexoral. O marido sovina vive há muito tempo na Inglaterra, lê jornais ingleses, absorveu a idéia inglesa de sexoral. Sexoral é bom, diz a sra. Zadchuk, porque com sexoral todo mundo sabe que o casamento é genuíno, o marido sovina não pode dizer que o casamento não é genuíno.

E uma outra coisa que a sra. Zadchuk disse para ela — se ela se divorciar daquele marido sovina e espancador de mulheres dela, com sexoral fica garantido que ela leva metade da casa. Essa é a lei na Inglaterra. Excitada com sonhos de riquezas inimagináveis, ela enfrenta meu pai.

— Primeiro eu pego o passaporte e o visto, depois eu peço o divórcio. Quando me derem o divórcio, vou ficar com metade da casa.

— Por que não começamos agora? — ele pergunta. — Vamos dividir a casa. Você e Stanislav ficam com a parte de cima, e eu fico com a parte de baixo.

E o meu pai, então, começa a desenhar — plantas do andar de baixo, plantas do andar de cima, portas que serão fechadas, aberturas a serem feitas. Ele cobre folhas de papel quadriculado com desenhos que parecem aranhas. Com a ajuda dos vizinhos, ele traz a cama para baixo e a coloca na sala de estar repleta de maçãs, o cômodo onde a minha mãe morreu. Ele diz para Vera que é porque está com dificuldades para subir as escadas.

Mas o cômodo é muito frio, e ele reluta em ligar o aquecimento por causa das maçãs. Ele começa a tossir e a respirar mal, e Valentina, com medo que ele morra antes que o seu passaporte britânico tenha sido concedido (isso é o que ele diz), o leva à dra. Figges. A doutora diz que ele precisa se manter aquecido durante a noite. Sua cama é levada para a sala de jantar, junto à cozinha, onde o *boiler* de aquecimento central pode ficar ligado dia e noite. Essa sala ficaria aberta na sua planta, mas ele pede a Mike que coloque uma porta, porque tem medo que Valentina o assassine durante a noite (é o que ele diz). Nesse cômodo ele passa o dia, dorme e come. Ele usa o banheirinho do primeiro andar e o chuveiro que foi colocado para minha mãe. Seu mundo encolheu para o espaço limitado de um cômodo, mas sua mente ainda vagueia livremente pelos campos arados do mundo.

⋆ ⋆ ⋆

A Irlanda, como a Ucrânia, é um país basicamente rural que sofre com a proximidade de um vizinho mais poderoso industrialmente. A contribuição da Irlanda para a história do trator se deu através do genial engenheiro Harry Ferguson, nascido em 1884, perto de Belfast.

Ferguson era um homem inteligente e brincalhão, que também tinha paixão por aviões. Dizem que foi o primeiro homem na Grã-Bretanha a construir seu próprio avião e a voar nele, em 1909. Mas logo ele passou a acreditar que aumentar a eficiência da produção de alimentos seria a melhor contribuição que poderia dar à humanidade.

O primeiro arado de dois sulcos de Harry Ferguson era preso ao chassi do carro Ford Modelo T convertido em trator, apropriadamente chamado de Eros. Esse arado era montado na parte traseira do trator e, através da utilização engenhosa de molas em espiral, podia ser levantado ou abaixado acionando-se uma manivela localizada ao lado do assento do motorista.

Ford, enquanto isso, estava desenvolvendo os seus próprios tratores. O design de Ferguson era mais avançado, e fazia uso da transmissão hidráulica, mas Ferguson sabia que, apesar de seu talento em engenharia, não poderia realizar o seu sonho sozinho. Ele precisava de uma grande empresa que produzisse o seu design. Fez, então, um acordo informal com Henry Ford, selado apenas por um aperto de mão. A sociedade Ford-Ferguson deu ao mundo um novo tipo de trator, o Fordson, de longe superior a qualquer trator conhecido até então, e precursor de todos os tratores modernos.

Entretanto, esse acordo de aperto de mão caiu por terra em 1947, quando Henry Ford II assumiu o império do pai e começou a produzir o novo trator Ford 8N, usando o sistema de Ferguson. A natureza aberta e alegre de Ferguson não era páreo para a mentalidade desumana do homem de negócios americano. A questão foi decidida na justiça em 1951. Ferguson postulou 240 milhões de dólares, mas ganhou apenas 9,25 milhões.

De espírito indomável, Ferguson teve uma nova idéia. Ele procurou a Companhia Standard Motor em Coventry, com um plano: adaptar o carro Vanguard para utilizá-lo como trator. Mas o design teve que ser modificado porque a gasolina ainda estava racionada no período pós-guerra. O maior desafio para Ferguson foi a modificação dos motores movidos a gasolina para poderem funcionar a diesel, e o seu sucesso fez nascer o famoso TE-20, dos quais foram fabricados no Reino Unido mais de meio milhão.

Ferguson será lembrado por juntar duas grandes histórias da engenharia dos nossos tempos, a do trator e a do carro de passeio — agricultura e transporte — as quais contribuíram de uma maneira muito rica para o bem-estar da humanidade.

* * *

Meu pai acaba indo para Nottingham, para a apelação de Valentina. Como ela conseguiu persuadi-lo? Será que ameaçou contar à *bureaucraczia* sobre sexoral? Será que aconchegou o corpo ossudo do meu pai entre suas duas ogivas e suspirou doces bobagens em seu aparelho de surdez? Meu pai se mantém calado sobre isso, mas conta com um plano astucioso.

Eles viajam de trem para Nottingham. Valentina compra roupa nova para a ocasião: um conjunto marinheiro forrado de poliéster de seda rosa, combinando com o batom e o esmalte das unhas. O cabelo, amontoado no alto da cabeça como uma colmeia amarela, está preso com pregador e duro de laquê para não sair do lugar. Meu pai está com o mesmo terno que usou no casamento e uma camisa branca amarrotada com o colarinho puído e os dois botões superiores costurados com linha preta. Na cabeça, ele põe um boné pontudo, que chama de "*lordovska kepochka*" (que significa "boné como os da aristocracia"), que ele comprou na cooperativa de Peterborough vinte anos atrás. Valentina apara o cabelo dele com a tesoura da cozinha para ele ficar mais arrumado, ajeita-lhe a gravata e lhe dá até mesmo uma beijoca na bochecha.

Eles são conduzidos a uma sala sombria, pintada de bege, onde dois homens de terno cinza e uma mulher de cardigã cinza estão sentados atrás de uma mesa marrom sobre a qual há alguns maços de papel e uma jarra de água e três copos. Valentina é chamada em primeiro lugar e submetida a uma série de perguntas em resposta às quais ela detalha como ela e meu pai se conheceram no Clube Ucraniano, em Peterborough, como se apaixonaram à primeira vista, como ele a cortejou com poemas e cartas de amor, como eles se casaram na igreja e como são felizes juntos.

Quando chega a vez do meu pai, ele pergunta em voz baixa se não poderia ir para uma sala separada. Há alguma discussão entre os funcionários da

Imigração, mas a conclusão é que não, que ele tem que falar na frente de todo mundo.

— Vou falar sob coação — diz ele. Eles o submetem à mesma série de perguntas, e suas respostas são exatamente as mesmas de Valentina. No final, ao terminar, ele diz: — Obrigado. Agora quero que vocês registrem que tudo o que eu falei foi dito sob coação.

Ele está jogando com o pouco conhecimento que Valentina possui da língua.

Há um alvoroço de anotações sendo feitas, mas nenhum dos membros da mesa olha para cima, procurando o olhar do meu pai. Valentina levanta uma das sobrancelhas por uma fração de segundo, mas mantém o sorriso fixo.

— O que quer dizer isso, essa palavra "co-a-ção" — ela pergunta a ele, enquanto esperam o trem de volta para casa.

— Quer dizer amor — diz meu pai.

— Ah, *holubchik*. Meu pombinho. — Seu rosto se ilumina e ela dá uma outra beijoca na bochecha dele.

12

Um sanduíche de presunto comido pela metade

— Como será que a sra. Z ficou sabendo do plano de anulação? — pergunta Vera. A sra. *Expert*-em-divórcio e a sra. Dá-uma-surra-neles-e-manda-de-volta-pra-casa juntam novamente suas cabeças pensantes.

— Valentina deve ter visto a carta do advogado.

— Ela está vigiando a correspondência dele.

— Parece que sim.

— Devo dizer que, com a inclinação criminosa que ela demonstra ter, isso não me surpreende em nada.

— É um jogo que duas pessoas podem jogar.

Na visita seguinte, abandono Mike com os monólogos sobre tratores na sala de estar repleta de maçãs e desapareço lá para cima, para dar uma busca no quarto de Valentina. Ela ocupou o quarto que era dos nossos pais. É um quarto sombrio, feio, com a mobília de carvalho pesada, anos 50, o armário ainda cheio de roupas da minha mãe, as camas iguais com colchas amarelas bordadas, as cortinas, nas cores malva, amarela e marrom, com uma estampa modernista extravagante escolhida por meu pai, e um tapete azul, quadrado, no meio do assoalho forrado de linóleo marrom. Para mim, esse quarto, esse recôndito santuário do relacionamento dos meus pais, sempre foi um lugar de mistério e temor. Fico espantada, portanto, ao constatar que Valentina o transformou numa alcova em estilo hollywoodiano, com almofadas felpudas de náilon cor-de-rosa, recipientes acolchoados, com babados, para colocar lenços de papel, cosméticos e algodão, gravuras de crianças de olhos grandes nas paredes, bichos de pelúcia na cama, e vidros de perfume, loções e cremes sobre a penteadeira. A impressão é de que isso tudo são artigos de catálogos de encomenda pelo correio, e muitos desses catálogos estão pelo chão, abertos.

Mas o que mais chama atenção no quarto é a bagunça. É um caos de papéis, roupas, sapatos, xícaras sujas, vidros de esmalte, potes de creme, cascas de torrada, escovas de cabelo, instrumentos de beleza, escovas de dente, pacotes de biscoito, bijuterias, fotografias, papéis de doces, bugigangas, pratos usados, roupas de baixo, miolos de maçã, curativos, catálogos, papéis de embrulho, doces pegajosos, tudo misturado sobre a penteadeira, a cadeira, a cama em que ela não dorme, quase caindo no chão. E algodão, por toda parte chumaços de algodão, sujos de batom vermelho, maquiagem preta para os olhos, ruge laranja, esmalte rosa, espalhados na cama, no chão, afundados no tapete azul, misturados com roupas e comida.

Paira um estranho odor, mistura de aroma doce e enjoativo com produto químico industrial, e algo mais — alguma coisa orgânica e bacteriana.

Por onde começar? Percebo que não sei exatamente o que estou procurando. Faço os cálculos: tenho uma hora antes de Valentina chegar do trabalho e Stanislav do emprego aos sábados.

Começo pela cama. Há fotos, alguns papéis que parecem oficiais, um formulário solicitando uma carteira de motorista provisória, a rescisão de seu emprego na clínica (noto que seu sobrenome está grafado de forma diferente nos dois documentos), um formulário se candidatando a um emprego no McDonald's. As fotografias são interessantes — elas mostram Valentina num glamouroso vestido de noite, ombros à mostra, muito bem penteada, ao lado de um homem de meia-idade, moreno, atarracado, alguns centímetros mais baixo que ela. Em algumas fotos o homem está com a mão no seu ombro, noutras eles estão de mãos dadas, noutras sorriem para a câmera. Quem é esse homem? Examino as fotos bem de perto; não, ele não se parece com Bob Turner. Pego uma das fotos e escondo no bolso.

Embaixo da cama, dentro de uma sacola da Tesco, faço a próxima descoberta: um maço de cartas e poemas na letra emaranhada do meu pai. Junto, há traduções para o inglês de alguns deles. Minha querida... muito amada... linda deusa Vênus... seios como pêssegos maduros (pelo amor de Deus!)... cabelos como os campos dourados de trigo da Ucrânia... todo o meu amor e devoção... seu até e além da morte. A letra das traduções parece de criança, grande e redonda, os pingos dos "is" são pequenos círculos. Stanislav? Para que ele faria isso? Quem seria o leitor a quem se destinavam essas traduções? Uma das cartas, eu observo, além de letras, também tem números. Curiosa, eu a retiro do maço. Nela meu pai escreveu quanto ganha, com detalhes de todas as suas pensões e das contas onde estão depositadas as suas economias. Os números do meu pai sobem e descem pelas páginas parecendo aranhas. É uma quantia modesta, mas o suficiente para viver com conforto, e tudo será seu, minha amada, ele escreveu no final. Tudo isso foi caprichosamente transcrito na letra de criança.

Reli a carta toda com irritação crescente. Minha irmã tem razão — ele é um louco. Não posso culpar Valentina por tomar o dinheiro dele — de certa forma, ele o atirou em cima dela.

Agora volto a minha atenção para as gavetas. Ali prevalece o mesmo caos. Vou garimpando na bagunça de roupa de baixo, roupa de cima, papéis melados de bala, vidros de loção, perfume barato. Numa gaveta, encontro um bilhete: "*Te vejo no sábado. Com todo o meu amor, Eric.*" Ao lado, sob um par de tênis, um sanduíche de presunto comido pela metade, a casca cinzenta e revirada, a fatia de presunto rosa escuro, seca e saindo obscenamente para fora.

Nesse momento, ouço o barulho de um carro chegando. Rapidamente, eu me esgueiro para fora do quarto de Valentina e para dentro do de Stanislav. Era esse o meu quarto, e, como ainda tem algumas coisas minhas dentro do armário, tenho uma desculpa para estar lá. Stanislav é mais arrumado que Valentina. Não demoro a perceber que ele é fã de Kylie Minogue e Boyzone. Aquele "gênio da música" tem o quarto cheio de fitas de Boyzone! Sobre a mesa embaixo da janela, há alguns livros escolares e um bloco de papel. Ele está escrevendo uma carta em ucraniano. Querido papai...

E então eu percebo duas vozes diferentes — não são de Mike e meu pai, mas de Valentina e Stanislav conversando na cozinha. Fecho a porta do quarto de Stanislav atrás de mim, sem fazer barulho, e desço pé ante pé. Valentina e Stanislav estão na cozinha mexendo alguma iguaria de esquentar na embalagem que está fervendo sobre o fogão. Sob a chapa do *grill*, duas salsichas raquíticas começam a fumegar.

— Oi, Valentina. Oi, Stanislav. (Não tenho certeza do que a etiqueta recomenda aqui: como se deve falar com alguém que está batendo no seu pai e cujo quarto se esteve espionando? Opto pela maneira inglesa: conversa educada.) Como foi o seu dia hoje, muito duro?

— Eu sempre trabalho duro. Muito duro — responde Valentina, mal-humorada. Reparo como ela engordou. Seu estômago estufou feito um balão e suas bochechas arredondaram e esticaram. Stanislav, por outro lado, parece ter emagrecido. Meu pai espreita junto à porta, encorajado pela presença de Mike.

— As salsichas estão queimando, Valentina — diz.

— Você não vai comer, cale a boca. — Ela agita um pano de prato molhado na direção dele.

Depois ela despeja a comida de esquentar na embalagem dentro de um prato e, com uma faca, a corta em fatias, desprezando seus conteúdos indefinidos, joga as salsichas do lado, esguicha um pouco de ketchup em cima delas e sai pisando forte para o quarto. Stanislav a segue, calado.

* * *

A caneta é mais poderosa que o pano de prato, e meu pai escreve sua própria revanche.

Nunca a tecnologia da paz, em forma de trator, foi transformada em arma de guerra com maior ferocidade que na criação do tanque Valentina. Esse tanque foi desenvolvido pelos britânicos, mas produzido no Canadá, onde muitos engenheiros ucranianos se especializaram na produção de tratores. O tanque Valentina foi assim denominado porque veio ao mundo pela primeira vez no dia de São Valentim, em 1938. Mas não havia nada de amoroso nele. Canhestro e pesado, com uma caixa de marchas antiquada, ele era, no entanto, mortífero, uma verdadeira máquina de matar.

★ ★ ★

— Eca! — exclama Vera, quando lhe conto sobre o sanduíche de presunto. — Mas o que se poderia esperar dessa vadia?

Não dá para descrever o cheiro. Falo do algodão.

— Simplesmente nojento! No quarto de mamãe! Mas você não achou mais alguma coisa? Não tinha nada do advogado sobre a situação de imigração dela, ou algum conselho sobre divórcio?

— Não consegui achar nada. Talvez ela esteja guardando essas coisas no trabalho. Não tem sinal disso em casa.

— Ela deve ter escondido. Claro que é só o que se poderia esperar de uma mente criminosa altamente desenvolvida como a dela.

— Mas escuta só isso, Vera: eu dei uma olhada no quarto do Stanislav e adivinha o que eu encontrei?

— Não tenho a menor idéia. Drogas? Dinheiro falsificado?

— Não seja boba. Não, eu achei uma carta. Ele está escrevendo pro pai em Ternopil, dizendo que se sente muito infeliz aqui. Ele quer voltar pra casa.

13
Luvas amarelas de borracha

Claro que Valentina descobre o verdadeiro significado de "coação". Stanislav diz para ela. Pior ainda, ela descobre no mesmo dia em que chega uma carta do Serviço de Imigração comunicando que sua apelação foi mais uma vez recusada.

Ela cerca meu pai saindo do banheiro, curvado, atrapalhado com a braguilha.

— Seu morto-vivo! — ela grita. — Você vai ver só o que é co-a-ção!

Ela está de luvas amarelas de borracha e tem nas mãos um pano de prato, molhado da louça que esteve enxugando, com o qual começa a bater nele.

— Seu inútil, seu burro do cérebro murcho, do pênis murcho. — Plaft, plaft. — Seu resto de bosta seca e murcha de bode caquético!

Ela bate nas pernas dele e nas mãos que ele estende para se proteger e suplicar. Ele recua e fica encurralado contra a pia da cozinha. Por sobre o ombro dela, ele vê uma panela cheia de batatas borbulhando sobre o fogão.

— Seu inseto rastejante, eu vou esmagar você.

Plaft, plaft! O vapor das batatas embaça seus óculos, e sente-se um leve cheiro de queimado.

— Co-a-ção! Co-a-ção! Eu já te mostro o que é co-a-ção! — Excitada, ela começa a bater no rosto dele. Plaft, plaft. A ponta do pano atinge a parte alta do nariz deles, e os óculos voam e saem deslizando pelo chão.

— Valechka, por favor...

— Seu pedaço de nervo velho que cachorro mastigou, cachorro cuspiu fora! Tchuu!

Ela o cutucou nas costelas com um dedo de borracha amarela.

— Por que você ainda está vivo? Há muito tempo você já devia estar descansando ao lado da Ludmilla, morto junto de morto.

O corpo dele está tremendo e ele já sente a revolução familiar nos intestinos. Fica com medo de estar a ponto de se sujar. O cheiro de batata queimada impregna o ar.

— Por favor, Valechka, querida, pombinha... — Ela está muito perto dele, os dedos amarelos ora cutucam, ora estapeiam. A panela de batatas começa a soltar fumaça.

— Em breve você vai voltar pro lugar a que pertence! Sob a terra. Sob co-a-ção! Hah!

Ele é salvo pela sra. Zadchuk, que toca a campainha. Ela entra, avalia a situação e segura com a mão roliça o braço da amiga.

— Vem, Valya. Larga pra lá esse seu marido imprestável, sovina e maníaco de sexoral. Vem. Vamos ao shopping.

Quando a lata-velha desaparece na curva, meu pai resgata as batatas queimadas e, com muito cuidado, vai para o banheiro se aliviar. E, então, ele me telefona. Sua voz está aguda e ofegante.

— Eu acho que ela queria me matar, Nadia.

— Ela realmente disse aquilo, de voltar pro cemitério?

— Em russo. Falou tudo em russo.

— Pai, a língua não tem importância...

— Não, pelo contrário, a língua é de suma importância. Na língua estão encapsulados não só pensamentos, mas também valores culturais...

— Papai, escute. Por favor, escute. — Ele ainda está matraqueando a respeito das diferenças entre o russo e o ucraniano, enquanto o meu pensamento está fixo em Valentina. — Me escute só por um momento. Embora seja difícil pra você, a boa notícia é que não deram a Valentina licença pra ficar no país. Isso significa que talvez em breve ela seja deportada. Se a gente ao menos soubesse quanto tempo isso vai levar... Mas, se nesse intervalo você tiver medo de ficar com ela em casa, você pode vir passar uns dias comigo e com Mike. — Eu sei que ele não virá, a menos que esteja realmente desesperado; ele odeia qualquer interrupção na sua rotina. Ele nunca passou uma só noite sob o teto da minha irmã ou sob o meu.

— Não, não, eu vou ficar aqui. Se eu sair de casa, ela vai mudar a fechadura. Eu vou ficar de fora e ela aqui dentro. Ela já está falando alguma coisa nesse sentido.

Depois que meu pai se despediu e se refugiou atrás de sua porta bem trancada, dei três telefonemas.

O primeiro foi para o Ministério do Interior: Lunar House, Croydon. Eu imagino uma imensa paisagem lunar cheia de crateras, vazia e silenciosa, exceto pelo toque fantasmagórico e contínuo do telefone. Depois de tocar umas quarenta vezes, alguém atende. Uma voz feminina e remota me aconselha a mandar a informação por escrito, e me comunica que os arquivos são confidenciais e não podem ser discutidos com terceiros. Tento explicar a situação desesperadora do meu pai. Se, ao menos, ele pudesse ter alguma idéia do que se passa, se Valentina pode apelar novamente, quando será deportada. Eu implorei. A voz distante se torna mais branda e me sugere tentar o serviço de imigração local, para a área de Peterborough.

Em seguida, telefono para a delegacia da cidade. Descrevo o incidente com o pano de prato molhado e explico o perigo a que ele está exposto. O policial não se impressiona. Já viu coisa muito pior.

— Procure ver o caso da seguinte maneira: isso pode ser apenas um desentendimento conjugal, não é? — diz ele. — Acontece o tempo todo. Se a polícia se envolvesse toda vez que um casal briga... Bem, isso não teria mais fim. Se não se importa que eu diga, a senhora parece estar interferindo nos assuntos dele sem que ele tenha pedido. A senhora, com certeza, nem sempre está de acordo com essa outra senhora com quem ele se casou. Mas, se ele quisesse fazer uma queixa, teria telefonado pessoalmente, não é mesmo? Pelo que tudo indica, ele está vivendo o melhor da vida dele com ela.

Em pensamento, vejo a figura do meu pai idoso, curvado, magro como um graveto, se encolhendo sob os golpes do pano de prato molhado, e Valentina, grande, voluptuosa, enluvada de borracha amarela, por cima dele, rindo. Mas o policial tem uma imagem diferente na cabeça. De repente fica tudo claro.

— Você acha que era um jogo sexual — o pano de prato molhado.

— Eu não disse isso.

— Não disse, mas pensou, não é?

O policial foi treinado para lidar com pessoas como eu. Com educação, ele vai abrandando a minha raiva. No final, concorda em dar um pulo até lá quando estiver fazendo a ronda, e deixamos a coisa nesse pé.

A terceira ligação foi para minha irmã. Vera entende na mesma hora. Ela fica furiosa.

— A filha-da-mãe. A vagabunda, a bandida. Mas que estúpido ele é. Ele merece isso.

— Não importa o que ele merece, Vera. Eu acho que a gente tem que tirar nosso pai de lá.

— Seria melhor se a gente a tirasse de lá. Se ele sair, nunca mais vai conseguir voltar, e ela fica com a casa.

— Isso não.

— Você sabe o que dizem: posse é noventa por cento da propriedade.

— Isso parece tirado do livro de direito da sra. Zadchuk.

— Foi o que aconteceu comigo; quando Dick começou a ficar insuportável, a minha vontade era ir embora correndo, mas meu advogado me aconselhou a ficar firme, senão eu podia perder a casa.

— Mas Dick não estava tentando matar você.

— Você acha que Valentina quer matar papai? Eu tenho a impressão de que ela só quer amedrontar.

— Isso, com certeza, ela já conseguiu.

Silêncio. No fundo, dá para ouvir um jazz tocando no rádio. A música termina. Uma rodada de aplausos. E, então, Vera fala com sua voz de Grande Irmã:

— Tem vezes que eu fico pensando, Nadia, se não existe esse negócio de mentalidade de vítima — você sabe, como no reino animal existe uma hierarquia de dominação entre as espécies. — (Lá vem ela de novo). — Talvez esteja na natureza dele ser atormentado.

— Você quer dizer que a culpa é da vítima?

— Bem, sim, de certo modo.

— Mas quando Dick ficou insuportável — a culpa não era sua.

— Era diferente, claro. Em relação ao homem, a mulher é sempre a vítima.

— Isso soa perigosamente feminista, Vera.

— Feminista? Ah, querida, eu pensei que era apenas bom senso. Mas quando um homem se deixa ser surrado por uma mulher, você tem que admitir, tem alguma coisa errada.

— Você quer dizer que está tudo bem se é o marido quem bate na mulher? Mas isso é exatamente o que Valentina disse. — Não consigo me segurar. Ainda fico dando corda para ela. Se não tomar cuidado, a conversa termina como antigamente, com uma de nós batendo o telefone. — Claro que você pode ter alguma razão, Vera. Mas pode ser apenas uma questão de tamanho e força, mais que de personalidade ou gênero — digo eu, conciliando.

Pausa. Ela limpa a garganta.

— Tudo está ficando muito confuso, Nadia. Talvez não seja mentalidade de vítima, então. Talvez seja só papai que atrai a violência. A mamãe nunca lhe contou a história do que aconteceu quando eles se encontraram pela primeira vez?

— Não. Conta.

* * *

Num domingo, em fevereiro de 1926, meu pai atravessava a cidade com seus patins de gelo pendurados no pescoço e um ovo cozido e um pedaço de pão no bolso. O sol tinha saído, e a neve, que caíra havia pouco, cobria com leveza os balcões ornamentados e as cariátides entalhadas das casas *fin-de-siècle* da avenida Melnikov, abafava os sinos de domingo que tocavam nas cúpulas douradas e assentava, inocente como um travesseiro de bebê, nas encostas de Babi Yar.

Ele havia acabado de passar pela ponte Melnikov e se dirigia para o estádio de esportes, quando uma bola de neve, arremessada do outro lado da rua, assoviou junto de sua orelha. Quando se virou para ver de onde ela partira, uma outra lhe acertou em cheio o rosto. Nikolai ficou sufocado e, caído no chão, apalpava a neve, procurando o boné. — Ei, ei, Nikolashka! Nicolashka do caralho esperto! De quem você gosta, Nikolashka? Em quem você pensa quando bate uma punheta?

Seus perseguidores eram dois irmãos de sobrenome Sovinko, que haviam largado a escola há dois anos. Deviam ter uns 13 ou 14 anos — a mesma idade do meu pai. Eram uns rapazes grandes, de cabeça raspada, que moravam com a mãe e três irmãs em dois quartos atrás da estação de trem. O pai havia morrido num acidente na floresta, perto de Gomel. A sra. Sovinko ganhava a vida lavando roupa para fora, e os garotos se vestiam com as roupas velhas que a mãe resgatava das trouxas dos fregueses.

— Ei, seu cabeça de jumento! Você gosta da Lyalya? Gosta da Ludmilla? Aposto que gosta da Katya. Mostrou seu pau pra ela?

O maior deles arremessou outra bola de neve.

— Eu não gosto de ninguém — respondeu meu pai. — Me interesso só por línguas e matemática.

Os garotos apontaram seus dedos vermelhos de frio e zombaram, aos berros:

— Ei, ele não gosta de garotas. Será que ele gosta é de garotos?

— Só porque eu não gosto de garotas não é logicamente dedutível que eu deva gostar de garotos.

— Você ouviu isso? Não é logicamente dedutível! Você ouviu isso? Ele tem um caralho lógico. Ei, ei, Nikolashka, mostra pra gente o seu caralho lógico.

Eles haviam atravessado a rua e o seguiam pela calçada, chegando cada vez mais perto.

— Vamos dar uma esfriada no pau dele!

Eles iniciaram uma corrida cuidadosa. Sub-repticiamente, o mais novo jogou uma bola de neve por dentro da parte de trás das calças de Nikolai. Ele tentou se desvencilhar, mas a calçada estava escorregadia. Caiu de cara no chão. Os dois rapazes o prenderam e montaram em cima dele, esfregando punhados de neve no seu rosto, empurrando pela gola da camisa, pelas calças adentro. Começaram a puxar suas calças para baixo. O irmão mais velho segurou os patins e puxou com força. Nikolai, apavorado, gritava e se debatia na neve.

Naquele exato momento, apareceram três vultos na rua, ao longe. De onde estava, deitado com o rosto emborcado na neve, ele vislumbrou uma moça alta segurando duas crianças pela mão.

— Me ajuda! Me ajuda! — gritou.

Os três hesitaram quando perceberam a confusão. Deviam correr ou intervir? Então, o menino pequeno correu até lá.

— Sai de cima dele! — berrou, se arremessando contra as pernas do menor dos irmãos. A moça alta entrou na briga e começou a puxar o rapaz maior pelo cabelo.

— Sai fora, seu valentão balofo! Deixa ele em paz!

Ele se protegeu do ataque e segurou os pulsos dela com as duas mãos, o que permitiu que Nikolai se soltasse.

— Então ele é seu namorado? Você gosta dele?

— Cai fora, senão eu chamo meu pai pra cortar seus dedos fora com o sabre dele e enfiar no seu nariz. — Seus olhos chispavam.

A menina pequena metia punhados de neve dentro das orelhas deles.

— Enfiar no seu nariz! Enfiar no seu nariz! — ela berrava.

Os irmãos se agitavam e se contorciam, rindo e agarrando as garotas. Não havia nada de que gostassem mais que de uma boa briga, e não sentiam frio. O céu lá em cima estava azul como um ovo de tordo, e o sol cintilava sobre a neve. Então, apareceram adultos em cena. Houve gritaria e brandir de varas. Os Sovinko puxaram os gorros para cima das orelhas e fugiram, ágeis e rápidos como lebres da neve, antes que alguém pudesse pegá-los.

— Está tudo bem com você? — perguntou a moça alta. — Era a sua colega Ludmilla Ocheretko, com a irmã e o irmão mais novos. Eles estavam com patins pendurados no pescoço também. (Claro que os Sovinko eram muito pobres para ter patins.)

No inverno, o estádio de esportes de Kiev era borrifado com água que congelava instantaneamente formando um rinque de patinação interno, e todos os jovens de Kiev calçavam os seus patins. Eles faziam piruetas, exibidos, levavam tombos, empurravam, deslizavam e caíam uns nos braços dos outros. Não importava o que estava acontecendo em Moscou ou nas muitas frentes sangrentas da Guerra Civil: as pessoas ainda se conheciam, davam algumas voltas de patins juntos e se apaixonavam. Então, Nikolai e Ludmilla seguraram as mãos enluvadas um do outro e ficaram rodopiando e rodopiando de patins — o céu e as nuvens e as cúpulas douradas rodopiavam com eles — cada vez mais depressa, rindo como crianças (ainda eram crianças) até caírem de tontos, um por cima do outro, sobre o gelo.

14

Uma pequena fotocopiadora portátil

A próxima vez que vou visitar meu pai é no meio da semana, no meio da manhã, e eu vou sem Mike. É um dia de primavera medianamente luminoso: as tulipas florescem nos jardins na frente das casas e o verde brota nas pontas das árvores. No jardim da minha mãe, as peônias já estão de fora, lançando os punhos carmins sobre o mato viçoso dos canteiros.

Quando paro perto da casa, reparo num Fiat Panda da polícia estacionado. Entro na cozinha e encontro Valentina e o policial do bairro partilhando uma piada por sobre xícaras de café. Depois do frescor do ar primaveril, é insuportável o calor dentro de casa, com o boiler de gás à toda e as janelas fechadas. Os dois olham para mim ressentidos, como se eu estivesse atrapalhando um colóquio amoroso. Valentina, usando uma minissaia de lycra azul-escura e uma blusa fofa rosa-bebê cujo bolso é um coração branco de cetim, está empoleirada num banco alto, com as pernas cruzadas e as sandálias casualmente balançando dos dedos nus (Piranha!). O policial está reclinado sobre uma cadeira encostada na parede, com as pernas esticadas (Vulgar!). Eles se calam quando eu entro. Quando me apresento, o policial corrige a postura e aperta a minha mão. É o oficial de polícia do bairro, o mesmo homem com quem falei ao telefone sobre o incidente do pano de prato molhado.

— Dei uma passada pra saber do seu pai — diz ele.

— Onde ele está? — pergunto.

Valentina aponta na direção da porta improvisada que Mike instalou, separando a cozinha da sala de jantar, que agora é seu quarto de dormir. Meu pai se trancou no quarto e se recusa a sair.

— Papai — digo, tentando convencê-lo —, sou eu, Nadia. Pode destrancar a porta agora. Está tudo bem. Eu estou aqui.

Depois de um longo intervalo, ouve-se o ruído metálico do trinco sendo puxado, e meu pai surge por trás da porta. Fico chocada com o que vejo. Ele está impressionantemente magro — macilento — e os olhos estão de tal maneira afundados em suas cavidades que a cabeça parece a de um cadáver. O cabelo branco está comprido e desce em desalinho pela nuca. Ele está nu da cintura para baixo. Reparo a terrível nudez dos joelhos e pernas encolhidas, de um branco lívido.

Justo naquele momento, pego Valentina e o policial trocando olhares. O olhar de Valentina diz: Percebe o que eu quero dizer? E o olhar do policial: Meu Deus!

— Papai — eu sussurro —, onde estão as suas calças? Por favor, vá vestir as calças.

Ele aponta para uma pilha de roupas no chão, e não precisa dizer mais nada porque já sinto o cheiro do que aconteceu.

— Ele fez cocô nas calças — diz Valentina.

O policial tenta esconder um risinho involuntário.

— O que foi que aconteceu, papai?

— Ela... — Ele aponta para Valentina. — Ela...

Valentina ergue as sobrancelhas, cruza as pernas para o outro lado e não diz nada.

— O que foi que ela fez, pai? Pai, o que foi que aconteceu?

— Ela jogou água em cima de mim.

— Ele grita comigo — diz Valentina, fazendo bico. — Grita coisa feia. Fala linguagem baixa. Eu diz cala a boca. Ele não cala a boca. Eu joga água. É só água. Água não machuca.

O policial se vira para mim.

— Parece que são seis de um lado e meia dúzia do outro — diz. — Em geral é o caso nesses problemas domésticos. Não dá pra tomar partido.

— Tem certeza de que não consegue ver o que está acontecendo aqui? — rebato.

— Até onde eu consigo perceber, nenhum crime foi cometido.

— Mas o seu papel não é proteger os mais vulneráveis? Dê só uma olhada — ponha seus olhos pra funcionar. Se você não conseguir enxergar mais nada, pelo menos vai ver que existe uma diferença de tamanho e força. Eles não são lá muito páreo um pro outro, não é? — Noto mais uma vez como Valentina engordou, mas, apesar disso, ou talvez por causa disso, há uma espécie de magnetismo nela.

— Não se pode prender uma pessoa só por causa do tamanho. — O policial mal consegue tirar os olhos de cima dela. — Claro que vou continuar de olho, se o seu pai quiser que eu faça isso. — Seu olhar passa de Valentina para mim e para o meu pai.

— Vocês são iguais à polícia do Stalin — meu pai explode de repente, numa voz alta e tremida. — Todo o sistema do aparelho estatal só serve para defender o poderoso contra o fraco.

— Sinto muito que o senhor pense assim, sr. Mayevskyj — responde o policial educadamente. — Mas nós vivemos num país livre, e o senhor tem o direito de expressar a sua opinião.

Valentina desce pesadamente do banco.

— Eu na hora de trabalhar agora — ela diz. — Você limpa o cocô do seu pai.

O policial também se despede e vai embora.

Meu pai afunda na poltrona, mas eu não o deixo descansar.

— Papai, por favor, vá vestir uma calça — peço. Há algo tão apavorante em sua nudez de cadáver que não me atrevo a olhar para ele. Não consigo suportar o seu olhar, ao mesmo tempo derrotado e obstinado. Não consigo suportar o fedor que vem do quarto dele. Não tenho dúvidas de que Valentina também não consegue, mas endureci o meu coração: foi uma escolha dela.

Enquanto meu pai se limpa, vasculho a casa de novo. Em algum lugar deve haver cartas de seu advogado, informações sobre o recurso à Imigração. Onde será que ela guarda a correspondência? Precisamos saber o que está planejando fazer, por quanto tempo vai ficar aqui. Para minha surpresa, acho na sala de estar, sobre a mesa, entre as maçãs apodrecidas, uma fotocopiadora pequena, portátil. Eu não havia prestado atenção nela antes, pensando que fosse algum periférico de computador, talvez de Stanislav.

— Papai, o que é isso?

— Ah, esse é o brinquedo novo de Valentina. Ela usa isso pra copiar cartas.

— Que cartas?

— É a última maluquice dela, sabe como é. Copia isso, copia aquilo.

— Ela copia suas cartas?

— As cartas dela. As minhas cartas. Com certeza ela acha que isso é muito moderno. Ela copia todas as cartas.

— Mas, por quê?

Ele dá de ombros.

— Quem sabe ela pensa que ter uma copiadora dá mais prestígio que escrever a mão.

— Prestígio? Que besteira. Não deve ser essa a razão.

— Você conhece a teoria do pan-óptico? Filósofo inglês Jeremy Bentham. Planejado para a prisão perfeita. O guarda vê tudo, de todos os ângulos, e, mesmo assim, ele próprio permanece invisível. Da mesma maneira, Valentina sabe tudo sobre mim, e eu não sei nada sobre ela.

— Do que é que você está falando, papai? Onde é que estão todas as cartas e as cópias?

— Talvez estejam no quarto dela.

— Não, eu já olhei. Nem no quarto de Stanislav.

— Não sei. Talvez no carro. Eu vejo ela levar tudo pro carro.

A lata-velha está estacionada na entrada de casa. Mas, onde estão as chaves?

— Não precisa de chave — explica meu pai. — A fechadura está quebrada. Ela trancou as chaves dentro da mala. Eu arrebentei a fechadura com a furadeira.

Noto que o carro também não tem o selo de licença do veículo. Talvez ela estivesse com segundas intenções, pensando em sair de carro enquanto o policial estava lá. Na mala, acho uma caixa de papelão lotada de papéis, formulários e fotocópias. É o que eu estava procurando. Eu a carrego para a sala de estar e me sento para ler.

Há tanto papel que me sinto sufocada. De nenhuma informação de repente passo a ter informação demais. Até onde dá para perceber, as cartas não estão organizadas ou separadas de maneira nenhuma: nem por data, nem por destinatário, nem por conteúdo. Começo a pegá-las ao acaso. Uma carta do Serviço de Imigração, logo na frente da caixa, atrai o meu olhar. É a carta que expõe as razões da recusa a conceder a permissão de permanência após a apelação — não há nenhuma referência à declaração do meu pai de estar sob coação, mas há um parágrafo explicando o direito que ela tem a mais um recurso ao tribunal. Meu coração fica apertado. Então, a última apelação não era o fim da estrada. A quantas apelações e audiências ainda terá direito? Faço uma cópia da carta na pequena fotocopiadora portátil para mostrar a Vera.

E há cópias de poemas e cartas do meu pai para ela, inclusive a carta explicando os detalhes sobre suas economias e pensões — tanto os textos originais em ucraniano quanto as traduções foram fotocopiados e grampeados juntos. Por quê? Para quem? Há uma carta para o meu pai do psiquiatra do Hospital Distrital de Peterborough oferecendo um horário de consulta. A consulta é amanhã. Meu pai não falou nada sobre o assunto. Será que ele recebeu a carta? Ela a copiou (por quê?), mas não devolveu o original.

Há algumas cartas da Ucrânia, possivelmente do marido, mas eu só consigo ler ucraniano letra por letra, e não tenho tempo para lê-las no momento.

Tem mais correspondência do meu pai — tem a carta do estagiário de advocacia sobre a dificuldade de obter uma anulação. E a carta que ele escreveu a quem interessar possa no Ministério do Interior, declarando seu amor por ela e insistindo que o casamento era genuíno. É datada de 10 de abril — um pouco antes da audiência da apelação com o trio de funcionários da Imigração. Isso também terá sido escrito sob coação? E uma carta de sua médica, a dra. Figges, avisando que ele precisa retornar para nova avaliação.

Num envelope pardo, encontro cópias das fotografias do casamento — Valentina sorrindo para a câmera, curvada diante do meu pai, revelando a fabulosa linha divisória dos seios, e meu pai com os olhos arregalados, todo sorrisos. No mesmo envelope, uma cópia da certidão de casamento e uma declaração do Ministério do Interior sobre a naturalização.

E agora, finalmente, a carta que eu estava procurando — uma carta do advogado de Valentina, datada de apenas uma semana atrás, concordando em representá-la na audiência do Tribunal de Imigração em Londres, no dia 9 de setembro, e aconselhando-a a solicitar assistência legal. Setembro! Meu pai não ia agüentar tanto tempo. A carta terminava com um alerta:

Esteja ciente de que deve evitar a todo custo dar motivos a seu marido para o divórcio, pois isso poderia prejudicar seriamente o seu caso...

Estou de tal maneira absorvida que quase não ouço o som da porta de trás se abrindo. Percebo que alguém está na cozinha. Rapidamente, junto todos os papéis e cartas, jogo-os de volta dentro da caixa e procuro algum lugar para colocá-la. No canto do cômodo fica o *freezer* grande, horizontal, onde minha mãe guardava seus legumes e ervas, e onde Valentina agora guarda suas refeições esquente-na-embalagem. Enfio lá a caixa. A porta se abre.

— Ah, você ainda está aqui — exclama Valentina.

— Estou arrumando umas coisas. — Minha voz é apaziguadora (não tem sentido aborrecê-la — eu vou embora logo e ela vai ficar com meu pai), mas ela recebe como uma indireta.

— Eu muito trabalho. Tempo nenhum arrumar casa.

— Faço idéia. — Encosto casualmente no *freezer*.

— Seu pai não dá dinheiro.

— Mas ele te dá metade da pensão.

— Pensão não bom. O que comprar com pensão?

Não quero discutir com ela. Só quero que ela vá embora, para que eu possa continuar a olhar os papéis. Mas aí eu me dou conta de que ela pode ter voltado para almoçar a sua comida esquente-na-embalagem.

— Você não quer que eu prepare o seu almoço, Valentina? Você pode dar uma subida e descansar um pouco enquanto eu apronto tudo.

Ela fica surpresa e sensibilizada, mas não aceita o oferecimento.

— Eu sem tempo de comer. Só sanduíche (ela pronuncia "san-iitche"). Eu vim buscar carro. Depois do trabalho vou Peterborough fazer compras com Margaritka.

Ela bate a porta e sai dirigindo o carro, e me deixa com a caixa cheia de documentos congelados.

Faço uma cópia da carta do advogado, e aí vejo que só restam duas folhas de papel em branco na copiadora, e então paro. Ponho uma das fotos do casamento dentro da bolsa, junto com as cópias que fiz. Depois ponho o resto dos papéis de volta na caixa.

Enquanto estou fazendo isso, outro papel chama a minha atenção. É uma carta do Instituto de Beleza Feminina de Budapeste, digitada em papel creme encorpado, com a borda em alto relevo dourado, para a sra. Valentina Dubova em Hall Street, Peterborough. É uma carta agradecendo, em inglês, à estimada cliente e acusando o recebimento de três mil dólares americanos, relativos a uma cirurgia de aumento de busto. Está assinada com um floreio pelo Doktor Pavel Nagy. Pela data, calculo que a tal cirurgia deve ter acontecido alguns meses antes do casamento deles, durante a viagem dela à Ucrânia. Ressurge em minha mente o envelope pardo e gordo. Três mil dólares americanos é um pouco mais que mil e oitocentas libras. Portanto, meu pai devia saber para o que era. Devia saber, e devia estar ansioso para pagar.

— Papai — chamo com delicadeza, não querendo revelar o tamanho da minha raiva. — Papai, o que é isso?

— Hum. É. — Ele olha a carta e balança a cabeça. Não tem o que dizer.

— Você é maluco. Sorte que tem hora marcada com o psiquiatra amanhã.

Escondo a caixa de cartas congeladas embaixo da cama do meu pai, com instruções expressas para ele recolocá-la na mala do carro na primeira oportunidade, sem que ela veja. Fico achando que devia ficar e fazer isso eu mesma, mas já é começo de noite e estou com vontade de ir embora, ir para a minha casa arrumada, para o meu Mike são e gentil. Cozinho para meu pai macarrão com queijo, branco cor-de-larva e sem gosto, mas que dá para ele comer sem os dentes postiços. Jantamos em silêncio. Não resta nada a ser dito. Quando ele termina, eu me despeço. Quando passo da entrada da casa para a rua, um carro vira a curva selvagemente, vindo da outra direção. Uma lanterna está queimada. Na frente, duas criaturas sorridentes: Valentina e Margaritka voltando das compras.

15

Na cadeira do psiquiatra

A visita do meu pai ao psiquiatra é um triunfo. A consulta dura uma hora inteira, e o médico mal consegue dizer uma palavra. É um tipo muito inteligente e culto, diz meu pai. Um indiano, diga-se de passagem. Ele fica fascinado com a teoria do meu pai da relação entre a engenharia mecânica aplicada a tratores e a engenharia psicológica defendida por Stalin e aplicada à alma humana. Tem simpatia pela observação de Schopenhauer sobre a ligação entre a loucura e a genialidade, mas reluta em discutir sobre se a suposta loucura de Nietzsche seria um efeito da sífilis, embora admita, sob pressão, que há certo mérito no argumento do meu pai de que o gênio de Nietzsche foi meramente mal-interpretado por tipos menos inteligentes. Ele pergunta ao meu pai se ele acredita estar sendo perseguido.

— Não, não! — ele exclama. — Apenas por ela! — e aponta para a porta atrás da qual Valentina espreita. (O doutor queria descobrir se eu estou sofrendo de paranóia, explicou meu pai, mas claro que eu não caí nessa cilada).

Valentina fica ofendida por estar sendo excluída da consulta, já que acredita ter sido a primeira a chamar a atenção das autoridades sobre a loucura do meu pai. Ela fica ainda mais ofendida quando meu pai surge com o rosto radiante de triunfo.

— Muito inteligente esse médico. Ele disse que eu não sou maluco. Você é que é maluca!

Ela invade o consultório do psiquiatra e começa a brigar com ele em várias línguas. O médico chama a segurança do hospital e Valentina é convidada a se retirar. Ela sai fazendo estardalhaço, lançando comentários ofensivos sobre os indianos por cima dos ombros.

— Está bem, papai, então a visita ao psiquiatra foi um sucesso. Mas o que aconteceu com a sua cabeça? Onde você arrumou este corte?

— Ah, isso também é obra de Valentina. Quando ela viu que não tinha conseguido atestar a minha insanidade, tentou me assassinar.

Ele descreve outra cena feia que aconteceu ao passarem pelo pórtico da entrada do hospital, ainda gritando um com o outro. Ela o empurra, ele perde o equilíbrio e cai sobre os degraus de pedra, batendo com a cabeça, que começa a sangrar.

— Levanta daí — grita Valentina —, seu homem idiota que cai à toa. Entra no carro, rápido rápido rápido, para a gente ir para casa.

Uma pequena multidão se junta em torno deles.

— Não, vai embora, sua assassina! — grita meu pai, agitando os braços. — Eu não vou para casa com você. — Seus óculos tinham caído e uma das lentes se espatifara.

Uma enfermeira destaca-se da multidão e vai olhar o ferimento na cabeça do meu pai. Não é profundo, mas sangra copiosamente. Ela o pega pelo braço.

— Talvez seja bom dar um pulo na emergência para ver isso.

Valentina agarra o outro braço.

— Não, não! Ele é meu marido. Ele OK. Ele vai para casa no carro.

Instala-se um cabo-de-guerra entre as duas mulheres, meu pai no meio, o tempo todo protestando "Assassina! Assassina!" A multidão de curiosos cresce. A enfermeira chama os guardas da segurança do hospital e meu pai é encaminhado para o setor de Acidente & Emergência, onde seu ferimento é tratado, Valentina o tempo todo, teimosamente, pendurada no seu braço. Ela não quer largá-lo.

Mas meu pai se recusa a deixar o A & E com Valentina.

— Ela quer me matar! — ele grita para qualquer pessoa que entre em seu raio de alcance. Por fim, uma assistente social é chamada, e meu pai, com a cabeça dramaticamente enfaixada, é admitido na enfermaria do hospital por uma noite. No dia seguinte, é escoltado até em casa num carro de polícia.

Quando ele chega, Valentina está esperando por ele, toda sorrisos e abraços.

— Vem, *holubchik*, meu pombinho. Meu querido. — Ela lhe dá tapinhas nas bochechas. — Não vamos discutir nunca mais.

Os policiais ficam encantados. Aceitam o café que ela oferece e ficam sentados na cozinha mais tempo que o necessário, discutindo a vulnerabilidade e as tolices das pessoas idosas e a importância de elas serem cuidadas de maneira adequada. Os policiais contam histórias de velhos enganados por criminosos dentro de casa e derrubados na rua por assaltantes. Nem todos os idosos têm a sorte de contar com uma esposa carinhosa para cuidar deles. Valentina manifesta seu horror a esses casos de brutalidade desumana.

E talvez ela esteja arrependida de verdade, diz meu pai, porque, quando os policiais se foram, ela não se voltou contra ele furiosa, mas pegou sua mão e a colocou sobre o seio, acariciando-a com os dedos, zangando devagarzinho com ele por não ter confiado nela, por ter permitido que aquela nuvem se interpusesse entre os dois. Ela nem mesmo o maltratou por ter pegado a caixa de papéis e escondido embaixo da cama. (Claro que ela achou a caixa — claro que meu pai não conseguiu devolvê-la para a mala do carro.) Ou, quem sabe, alguém (a sra. Zadchuk?) tenha explicado para ela o significado da última frase da carta do advogado.

* * *

Mandei uma cópia da carta do advogado para a sra. *Expert*-em-divórcio, e ela mandou um recorte de jornal para a sra. Dá-uma-surra-neles-e-manda-de-volta-pra-casa. Conta a história de um homem do Congo que já vivia no

Reino Unido há quinze anos e que agora está sendo deportado por ter entrado ilegalmente no país tanto tempo atrás, apesar de estar agora estabelecido com negócio próprio criado por ele, e de ter-se tornado uma figura de destaque em sua comunidade. A igreja local organizou uma campanha em favor dele.

— Acho que a maré está mudando — diz Vera. — Finalmente as pessoas estão acordando.

Eu tinha chegado à conclusão oposta — as pessoas estão adormecendo a respeito do assunto, e não acordando. As vozes remotas em Lunar House estão dormindo. As vozes aristocratas dos consulados distantes estão dormindo. O trio da câmara da imigração em Nottingham está dormindo — eles estão se movimentando apenas como sonâmbulos. Nada vai acontecer.

— Vera, toda essa história de deportação, e esses casos de grande repercussão com campanhas e cartas para os jornais, são apenas pra criar uma ilusão de atividade. Na realidade, na maioria dos casos, nada acontece. Absolutamente nada. É só uma farsa.

— Claro, era exatamente isso o que eu esperava que você dissesse, Nadezhda. Suas simpatias sempre foram bastante claras.

— Não é uma questão de simpatia, Vera. Escute o que eu estou dizendo. Nosso erro foi pensar que eles iam mandar Valentina embora. Mas eles não vão. Nós é que temos que fazer isso.

Os saltos-agulha da sra. Dá-uma-surra-neles-e-manda-de-volta-pra-casa alteraram minha maneira de andar. Eu costumava ser liberal a respeito de imigração — acho que pensava que o certo era as pessoas viverem onde bem quisessem. Mas agora imagino hordas de Valentinas forçando caminho através da alfândega, em Ramsgate, em Felixstowe, em Dover, em Newhaven — transbordando dos barcos, objetivas, determinadas, enlouquecidas.

— Mas você sempre ficou do lado dela.

— Não estou mais.

— Tenho a impressão que é porque você é assistente social, você não pode evitar.

— Eu não sou assistente social, Vera.

— Não é assistente social? — Faz-se silêncio. O telefone estala. — Bem, então, o que é que você é?

— Eu sou professora.

— Tá bom — professora! E o que você ensina?

— Sociologia.

— Então — é isso o que eu quero dizer.

— Sociologia não é a mesma coisa que assistência social.

— Não? Então, é o quê?

— É sobre a sociedade — diferentes forças e grupos da sociedade, e por que eles se comportam de determinada maneira.

Há uma pausa. Ela limpa a garganta.

— Mas isso é fascinante!

— Bem, é. *Eu* acho.

Outra pausa. Posso ouvir Vera acendendo um cigarro do outro lado da linha.

— Então, por que é que Valentina está se comportando dessa maneira?

— Porque ela está desesperada.

— Ah, tá. Desesperada. — Ela inspira profundamente, puxando a fumaça.

— Lembra quando a gente estava desesperada, Vera?

O abrigo. O centro de refugiados. A cama de solteiro que dividíamos. A casa geminada, o banheiro no quintal de trás e os pedaços de jornal rasgado para nos limparmos.

— Mas quanto desespero é preciso para uma pessoa se tornar criminosa? Ou para se prostituir?

— As mulheres sempre chegaram a extremos pelos seus filhos. Eu faria o mesmo por Anna. Tenho certeza de que faria. Você não faria o mesmo por Alice e Lexy? Mamãe não faria o mesmo por nós? Se ficássemos desesperadas? Se não tivesse outro jeito?

— Você não sabe o que está falando, Nadia.

* * *

Fico deitada na cama de madrugada pensando no homem do Congo. Imagino a batida na porta no meio da noite, o coração pulando contra as costelas, o predador e a presa olhando um nos olhos do outro. Peguei! Imagino os amigos e vizinhos reunidos na calçada, os Zadchuk abanando lenços que apertam contra os olhos. Imagino a xícara de café, ainda quente, deixada sobre a mesa na pressa da partida, que esfria, depois cria uma película de mofo e finalmente seca formando uma crosta marrom.

Mike não gosta da sra. Dá-uma-surra-neles-e-manda-de-volta-pra-casa. Não é a mulher com quem se casou.

— Deportação é uma maneira cruel e sórdida de lidar com as pessoas. Não é solução para coisa alguma.

— Eu sei. Eu sei. Mas...

Na manhã seguinte, telefono para o número no timbre da carta que Valentina recebeu do Conselho de Imigração. Eles me dão um número no aeroporto de East Midlands. Surpreendentemente, eu encontro a mulher da pasta marrom e Fiat azul que visitou a casa depois do casamento deles. Ela fica surpresa de me ouvir, mas lembra imediatamente do meu pai.

— Eu tive a sensação de que alguma coisa não estava certa — diz ela. — Seu pai parecia tão, bem...

— Eu sei.

Ela parece ótima — muito melhor do que a descrição que o meu pai fez dela.

— Não eram só os quartos — mas o fato de que eles pareciam não fazer *nada* juntos.

— Mas, e o que vai acontecer agora? Como isso vai acabar?

— Isso eu não sei.

Fico sabendo que a deportação, se for o caso, não será levada a cabo pelo Serviço de Imigração, mas pela polícia local, instruída pelo Ministério do

Interior. Toda região tem agentes policiais especializados em imigração, lotados em postos da polícia local.

— É interessante conversar com você — ela diz. — Nós visitamos as pessoas, preenchemos relatórios e aí elas evaporam. Ficamos, em geral, sem saber o que aconteceu.

— Bem, ainda não aconteceu nada.

Telefono para a delegacia central de polícia em Peterborough e peço para falar com o agente especialista em imigração. Eles me encaminham para Spalding. O agente cujo nome me deram não está de serviço. Telefono novamente no dia seguinte. Estava esperando um homem, mas Chris Tideswell é, na verdade, uma mulher. Quando conto a história do meu pai, ela é objetiva:

— Coitado do seu pai. Vocês arranjaram uns verdadeiros vilões. — Sua voz é jovem, alegre e com um forte sotaque de Fenland. Ela não parece ter idade suficiente para ter executado muitas deportações.

— Escute — eu disse —, quando tudo isso terminar, vou escrever um livro, e você pode ser a jovem e heróica agente policial que finalmente leva a vilã à justiça.

Ela ri.

— Farei o possível, mas não vá se fiando muito nisso.

Não há nada que ela possa fazer antes do tribunal. E, depois, pode ser concedida permissão para uma apelação por motivos humanitários. Somente em seguida é que haverá, talvez, uma ordem de deportação.

— Mais ou menos uma semana depois da audiência, você me telefona.

— O seu papel pode ser o da estrela do filme. Protagonizado por Julia Roberts.

— Você me parece um tanto desesperada.

* * *

Será que Valentina será capaz de se manter nesse regime de arrulhos de pombinhos e carinhos nos seios até setembro? Duvido. Será que meu pai, magro como um graveto, frágil como uma sombra, conseguirá sobreviver com sua dieta de presunto enlatado, cenouras cozidas, maçãs Toshiba e surras ocasionais? Parece improvável.

Telefono para minha irmã.

— Não podemos esperar até setembro. Temos que dar um jeito de tirar ela de lá.

— É. Já toleramos tempo demais. Na verdade, a culpa é... — Ela pára. Quase dá para ouvir o barulho de freios verbais sendo acionados.

— Precisamos trabalhar juntas nisso, Vera. — Minha voz é apaziguadora. Estamos indo tão bem. — Só precisamos convencer papai a reconsiderar suas objeções ao divórcio.

— Mas será que ele vai concordar com isso? Agora que voltaram ao esquema da bolinação nos seios, é bastante imprevisível.

— Ele é maluco. Completamente maluco. Apesar do que o psiquiatra disse.

* * *

Não foi a primeira vez que meu pai recebeu um "tudo OK" de um psiquiatra. Aconteceu pelo menos uma vez antes dessa, uns trinta anos atrás, quando eu me encontrava no que ele chama de minha fase trotskista. Descobri a respeito por acaso. Meus pais tinham saído e eu estava no quarto deles bisbilhotando — o mesmo quarto com mobília pesada de carvalho e cortinas com um estampado descombinado que Valentina agora havia convertido em seu *boudoir*. Não lembro o que estava procurando, mas encontrei duas coisas que me chocaram.

A primeira, jogada no chão embaixo de uma das camas, era um saquinho de borracha amarfanhado, cheio de um fluido esbranquiçado e gosmento. Fiquei estarrecida de horror. Aquele transbordamento tão íntimo. Aquela evidência despudorada de que os meus pais haviam tido uma relação sexual além das duas em que Vera e eu fomos concebidas. O sêmen do meu pai!

A segunda foi um relatório de um psiquiatra da enfermaria, datado de 1961. Estava entre alguns papéis guardados numa gaveta da penteadeira. O relatório dizia que meu pai havia pedido uma consulta com um psiquiatra porque ele acreditava estar sofrendo de um ódio patológico por sua filha (eu, e não Vera). Tão obsessivo e desgastante era esse ódio que ele ficou com medo que fosse um sinal de doença mental. O psiquiatra conversou muito com meu pai e concluiu que, em vista de sua experiência com o comunismo, não era de forma alguma surpreendente; na verdade, era até natural que ele pudesse odiar a filha por suas posições comunistas. Eu lia com um espanto crescente, e depois com raiva, tanto do meu pai quanto daquele psiquiatra anônimo, que havia feito a opção mais fácil, que não escutara o pedido de socorro do meu pai. Estúpidos, todos dois. Minha mãe, cuja família havia sofrido injustiças inomináveis, que tinha muito mais razão para me odiar por ser comunista, nunca havia deixado, de um jeito ou de outro, de me amar, mesmo durante os meus anos mais rebeldes, muito embora as coisas que eu dizia devessem reabrir suas antigas feridas.

Coloquei os papéis de volta na gaveta. Embrulhei a camisinha usada num pedaço de jornal e joguei no lixo, como se pudesse de alguma forma proteger a minha mãe de seu conteúdo vergonhoso.

16

Minha mãe usa chapéu

Tia Shura fez o primeiro parto da minha mãe. Vera nasceu em Luhansk (Voroshilovgrad), em março de 1937. Era um bebê infeliz, cujo choro agudo e ofegante, como se ela fosse parar de respirar a qualquer momento, levava Nikolai à loucura. Tia Shura adorava Ludmilla, mas não gostava de Nikolai, e nem seu marido, membro do partido comunista e amigo do marechal Voroshilov, gostava dele. A vida na casa da tia Shura ficou tensa. Exaltaram-se os ânimos, bateram-se portas, ergueram-se vozes, e a casa de madeira reverberava como uma caixa de som. Depois de algumas semanas, Ludmilla, Nikolai e a bebê Vera debandaram e foram viver com a mãe de Ludmilla (agora ela já era avó e a chamavam de Baba Sonia) em seu novo apartamento de concreto com três quartos do outro lado da cidade.

O apartamento ficou muito apertado. Nikolai, Ludmilla e o bebê ocupavam um quarto; noutro quarto morava Baba Sonia; o terceiro era alugado para dois estudantes. O irmão e a irmã mais novos estavam fora estudando e, quando voltavam, dividiam o quarto com a mãe. Não havia água quente — às vezes nem mesmo água fria — e embora a fome tivesse melhorado, a comida ainda era escassa. A bebezinha chorava e gritava constantemente. Ela sugava ferozmente o seio, mas Ludmilla, doente e anêmica, tinha pouco leite para ela.

Baba Sonia colocava a bebê chorona sobre os joelhos e a suspendia e abaixava, cantando:

"Além do Cáucaso nos levantamos por nossos direitos,
Nos levantamos por nossos direitos. Ei!
Lá os magiares foram avançando, foram avançando. Ei!"

Tia Shura receitou: "Pega uma maçã, enfia uns pregos de ferro nela e deixa até o dia seguinte; então, tira os pregos e come — dessa forma você ingere vitamina C e ferro".

Nikolai não conseguia encontrar um emprego condizente e vagava pelo apartamento, escrevendo poesia e tropeçando em todo mundo. O choro constante da neném lhe dava nos nervos. No inverno de 1937, ele retornou a Kiev.

* * *

No mesmo ano, foi oferecida a Ludmilla, finalmente, uma vaga na escola de veterinária de Kiev. Talvez o trabalho de operadora de guindastes tenha feito a diferença, transformando-a afinal numa proletária. Mas agora aquilo parecia uma brincadeira de mau gosto. Com um bebê pequeno e o marido trabalhando, seria impossível aceitar.

— Vai! Vai! — disse tia Shura. — Eu tomo conta de Verochka.

Ludmilla teve que escolher: o marido e a escola de veterinária ou a filhinha. Tia Shura comprou-lhe um casaco novo e uma passagem de trem, e lhe deu de presente um chapéu extravagante com flores de seda e um véu. Ludmilla beijou a mãe e a tia na estação. A pequena Verochka agarrou-a, soluçando. Tiveram que virá-la de costas quando Ludmilla entrou no trem.

— E quando você viu mamãe de novo?

— Mais ou menos uns dois anos depois — responde Vera. — Ela ficou em Kiev até o começo da guerra. Aí veio me buscar. Kharkiv era muito perigoso. Fomos para Dashev, ficar com a Baba Nadia. Era mais seguro na vila.

— Você deve ter ficado contente.

— Eu não a reconheci.

Um dia, uma mulher magra e com aparência desgrenhada apareceu na porta e apertou Vera em seus braços. A criança começou a gritar e espernear.

— Você não está reconhecendo sua mãe, Verochka? — perguntou-lhe tia Shura.

— Ela não é a minha mãe! — Vera gritou. — A minha mãe usa chapéu.

★ ★ ★

Ainda temos uma fotografia da minha mãe de chapéu, com o véu puxado para trás e um sorriso de menina no rosto. Meu pai deve ter tirado logo depois que ela chegou em Kiev. Encontrei-a num maço de fotografias e cartas velhas, na mesma gaveta onde uma vez achei a carta do psiquiatra. A carta já se perdeu há muito tempo, mas as fotografias estão numa caixa de sapatos velha na sala de estar, junto com as maçãs cheirando a podre, o *freezer* cheio de refeições esquenta-e-serve, a pequena fotocopiadora portátil e o Hoover de gente civilizada que, sendo estrangeiro, não tem sacos de lixo descartáveis para ele no país e agora está abandonado no canto, com a tampa aberta e entulho transbordando de seu interior civilizado.

Aquele cômodo ainda é um território disputado. Quando Valentina está em casa, senta-se lá com a televisão ligada a todo volume e um aquecedor elétrico (meu pai fixou o radiador de maneira a não aquecer a sala, para proteger as maçãs). Meu pai não entende televisão: a maior parte do seu conteúdo não faz sentido para ele. Ele vai para o quarto e escuta música clássica no rádio, ou lê. Mas quando ela sai para o trabalho, ele gosta de ficar na sala com as maçãs, as fotografias e a vista para os campos arados.

Estamos sentados lá, todos juntos, na tarde chuvosa de maio, tomando chá, olhando a chuva escorrer pela vidraça e açoitar os lilases no jardim, enquanto eu tento desviar a conversa do desenvolvimento da propulsão a jato na Ucrânia em 1930 para a discussão do divórcio.

— Eu sei que você não gosta da idéia, papai. Mas acho que é a única maneira de você ser livre de novo.

Ele pára e olha para mim, franzindo a testa.

— Por que você está falando em divórcio agora, Nadia? Deixe isso para Vera, ela é que é a entusiasta do divórcio. Cigarros e divórcio. Ora!

Seu queixo está armado, e os dedos artríticos fechados no colo.

— Nós duas, Vera e eu, concordamos a respeito do assunto, papai. Achamos que Valentina vai continuar a maltratar você, e estamos preocupados com a sua segurança.

— Você sabia que quando Vera descobriu pela primeira vez que existia essa coisa chamada divórcio, ela imediatamente tentou convencer Ludmilla a se divorciar de mim?

— Verdade? — É a primeira vez que ouço falar nisso. — Tenho certeza de que ela não tinha intenção. As crianças falam todo tipo de coisas estranhas.

— Tinha intenção sim. Tinha mesmo. A vida toda ela tentou fazer com que eu e Millochka nos divorciássemos. Agora quer que eu e Valentina nos divorciemos. E agora é você também, Nadia.

Ele me fixa com aquele olhar obstinado. Posso sentir que a conversa não vai a lugar nenhum.

— Mas, papai, você viveu com mamãe por sessenta anos. Com certeza é capaz de ver que Valentina e mamãe não são a mesma coisa.

— Claro que Valentina é de uma geração completamente diferente. Ela não sabe nada de história, e menos ainda sobre o passado recente. Ela é filha da era Brejnev. Nos tempos de Brejnev, a idéia geral era enterrar as coisas do passado e se tornar semelhante ao Ocidente. Para construir essa economia, as pessoas tinham que estar comprando o tempo todo. Novos desejos precisavam ser criados tão depressa quanto os antigos ideais eram enterrados. É por isso que ela está sempre querendo comprar alguma coisa moderna. A culpa não é dela; é a mentalidade pós-guerra.

— Mas, papai, isso não é desculpa pra ela lhe tratar mal. Ela não pode maltratar você desse jeito.

— A uma mulher bonita a gente perdoa muita coisa.

— Ah, papai! Pelo amor de Deus!

Os óculos tinham escorregado pelo nariz e estacionado num ângulo maluco. A camisa está desabotoada na gola, mostrando os cabelos brancos que brotam em volta da cicatriz. Ele está com o cheiro acre de quem precisa de um banho. Não é exatamente um Don Juan, mas não tem idéia disso.

— Valentina é bonita como a Milla e, como a Milla, ela tem uma personalidade forte, mas com um elemento de crueldade em sua natureza que era desconhecido de Ludmilla, o qual, aliás, é uma característica do tipo russo.

— Papai, como você pode comparar Valentina com mamãe? Como você tem coragem de pronunciar o nome dela junto com o da mamãe?

É a deslealdade dele que eu não posso perdoar.

— Você tornou a vida da mamãe uma desgraça, e agora desrespeita a memória dela. A Vera está certa — a mamãe devia ter se divorciado de você há muito tempo.

— Desgraça? Memória? Nadia, por que você tem sempre que transformar tudo em drama? Millochka morreu. Isso é triste, claro, mas agora faz parte do passado. Agora é tempo de nova vida, novo amor.

— Papai, não sou eu que estou fazendo drama. É você. Durante toda a minha vida, da vida de mamãe, nós tivemos que conviver com suas idéias malucas, os seus dramas. Você lembra como mamãe ficou aborrecida quando você convidou todos os ucranianos para virem para a Inglaterra morar conosco? Você lembra quando comprou uma motocicleta Norton nova quando mamãe estava precisando de uma máquina de lavar roupas? Você lembra quando saiu de casa e tentou pegar o trem de volta pra Rússia?

— Mas isso não foi por causa da Millochka. Foi por sua causa. Você, na época, era uma trotskista maluca.

— Eu não era trotskista. E mesmo que fosse, eu só tinha 15 anos. Você era um adulto — supostamente.

É verdade, porém, que foi por minha causa que ele foi embora de casa e tentou pegar um trem de volta para a Rússia. Encheu a mala marrom de papelão — a mesma que o acompanhou quando ele saiu da Ucrânia — e foi para a plataforma da estação de trem de Witney. Posso imaginá-lo caminhando para cima e para baixo, murmurando consigo mesmo e olhando, impaciente, o relógio de tempos em tempos.

Minha mãe foi até lá e implorou:

— Nikolai! Kolya! Kolyusha! Venha para casa! Kolya, para onde você vai?

— Estou esperando o trem para a Rússia! — Imagino o movimento dramático da cabeça, os olhos faiscando. — Por que não? É tudo a mesma coisa. Agora que estão trazendo o comunismo para cá, não sei mais por que fui sair da Rússia. Não sei por que fui arriscar tudo. Agora até a minha filha está ajudando a trazer o comunismo para cá.

Sim, foi tudo por minha culpa. Fui à antiga base aérea de Greenham Common com minha amiga Cathy em 1962. (Fui novamente em 1981, mas isso é uma outra história.) Fomos protestar contra a explosão de bombas H na base nuclear, e acabamos presas. Lá estávamos nós, jeans apertados, faixas na cabeça e óculos escuros, sentadas na estrada de acesso recém-aberta. Eu estava lendo o *De Bello Gallico*, de Júlio César (para a escola), quando a polícia chegou e nos levou embora, um a um. Talvez estivesse desafiando o estado com um ato de desobediência civil não-violenta, mas ainda era filha do meu pai e fiz o meu dever de casa de latim.

Algumas pessoas dedilhavam guitarras espanholas, e todo mundo começou a cantar:

"Não está ouvindo as bombas H trovejando,
Soando como a explosão do Juízo Final?
Enquanto elas cortam os céus em pedaços,
A radioatividade faz da Terra um túmulo."

Sim, eu ouvia as bombas H. Eu via as partículas radioativas brilhando no ar, eu sentia a chuva estranha caindo. Eu acreditava realmente que nunca me tornaria uma adulta se não nos livrássemos daquelas bombas H. Mas, ainda assim, eu me garantia fazendo minhas tarefas escolares.

Todos ali eram mais velhos que Cathy e eu. Alguns tinham cabelos compridos e esfiapados, estavam descalços e usavam jeans desbotados e óculos escuros. Outros tinham uma cara boa de *quaker* e usavam sapatos confortáveis e suéteres. Eles continuavam cantando enquanto a polícia os levantava pelos braços e pernas e os colocava dentro de caminhões de mudança (pareciam estar em falta de camburões). Cathy e eu não cantávamos — não queríamos parecer malucas. Um tribunal foi improvisado na escola primária local. Sentamos em cadeiras de crianças e fomos chamados ao banco um a um. Cada pessoa fez um discurso sobre os malefícios da guerra, foi multado em três libras e mais duas de custas do tribunal. Quando chegou a minha vez, não consegui me lembrar de nada para dizer, e então fui apenas multada em três libras (uma pechincha!). Menti sobre a minha idade, porque não queria que meus pais soubessem, mas eles descobriram assim mesmo.

— Kolya — implorou minha mãe —, ela não é comunista, é apenas uma garota boba. Agora venha para casa.

Meu pai não respondeu nada e continuou olhando fixo para um ponto no final da linha do trem. O trem chegou em quarenta minutos e ia para Eynsham e Oxford, e não para a Rússia.

— Kolyusha, o caminho para a Rússia é muito longo. Escute, pelo menos vá até lá em casa e coma alguma coisa antes. Eu fiz uma sopa de beterraba gostosa. E *kotletki* — seu *kotletki* favorito, com espinafre e feijões da horta, e batatinhas. Venha só encher a barriga, depois você pode ir para a Rússia.

Então, ainda resmungando de raiva, ele se deixou levar de volta pelo caminho enlameado, por entre pés de amoras pretas e urtigas, até a casa geminada de paredes com acabamento de pedra em que a gente morava. Contrariado, ele curvou a cabeça sobre a tigela de sopa fumegante. Mais tarde, ela o persuadiu a subir e se deitar. E, assim, ele acabou não saindo de casa.

Em vez dele, fui eu que saí. Eu fugi e fui morar na casa de Cathy. Eles viviam num chalé Cotswold de pedra comprido e baixo em White Oak Green, cheio de livros e gatos e teias de aranha. Os pais de Cathy eram intelectuais de esquerda. Eles não se importavam que Cathy fosse a passeatas; na verdade, a encorajavam. Eles conversavam sobre coisas de gente grande, tais como se a Grã-Bretanha devia entrar para a Comunidade Européia e quem criou Deus. Mas a casa era fria, e a comida tinha um gosto engraçado, e os gatos pulavam em cima de você no meio da noite. E, depois de alguns dias, minha mãe veio e me convenceu a voltar para casa também.

Anos depois, eu ainda lembrava do cheiro do sol quente batendo no asfalto fresco de Greenham Common, e do cheiro de mofo do quarto de Cathy. Somente a imagem do meu pai não era clara, como se algo obscuro, mas vital, tivesse sido rasurado, e restado apenas a superfície enraivecida. Quem é ele, esse homem que eu conheci e não conheci durante toda a minha vida?

— Mas isso tudo é passado, Nadia. Por que você tem uma preocupação tão burgüesa com as histórias pessoais?

— Porque são importantes... elas definem... ajudam a entender... porque podemos aprender... Ah, eu não sei.

17

Lady Di e o Rolls-Royce

Valentina e Stanislav ganharam uma gata. Eles a chamam de Lady Di por causa da princesa Diana de Gales, a quem admiram muito. Ela veio da vizinhança da sra. Zadchuk, e é mais um filhote que uma gata — e nem de perto bonita como a sua xará.

Ela é preta com manchas brancas esparsas, o contorno dos olhos, rosa-pálido, e o nariz rosa-pálido e úmido.

Lady Di (eles pronunciam Lei Di Di) assume o posto desfiando tudo que encontra macio pela frente no mobiliário da casa. Depois de algumas semanas, descobre-se que ela é um gato e não uma gata (minha mãe nunca cometeria tal engano) e então começa a fazer xixi por todo lado. Agora, ao cheiro das maçãs apodrecendo, do mofo de refeições esquenta-e-serve pela metade, do perfume barato e do odor de quarto de velho malventilado, soma-se o aroma de xixi de gato macho. E não apenas xixi. Ninguém ensinou Lady Di a usar uma bandeja de areia sanitária, e ninguém se incomoda de limpar quando, em dias de chuva, ele resolve que é nobre demais para ir até o jardim.

Meu pai, Valentina e Stanislav, todos adoram Lady Di, que tem um jeito elegante de escalar as cortinas, e consegue pular a uma altura de um metro e meio para pegar um pedaço de papel balançando num barbante. Somente Vera e eu não gostamos dele, mas, como não moramos lá, que importância tem o que sentimos?

Lady Di tornou-se o substituto de uma criança para eles. Sentam-se juntos, de mãos dadas, e ficam se maravilhando com o brilhantismo e a beleza do gato. Certamente é apenas uma questão de tempo até ele aprender a demonstrar Pitágoras, partindo dos primeiros princípios.

* * *

— Ele não quer nem considerar a possibilidade do divórcio. Ficam sentados de mãos dadas, paparicando aquele gatinho nojento.

— Realmente, é demais! Eu bem que lhe disse que a gente tinha que arrumar o atestado de insanidade dele — diz a Grande Irmã.

— Isso é o que Valentina acha.

— Sim, e ela está certa, embora seja uma depravada. É claro que ele está comendo de novo na mão dela e ela vai tentar mantê-lo assim até conseguir o passaporte. Os homens são tão burros!

— Vera, que história é essa de você querer que mamãe se divorciasse dele?

— Como assim?

— Ele disse que você tentou convencer mamãe a se divorciar dele.

— Eu fiz isso? Não me lembro. Que pena que eu não consegui.

— De qualquer forma, a conclusão final é que ele não quer nem ouvir falar em divórcio.

— Estou vendo que vou ter que ir lá e conversar com ele pessoalmente.

* * *

Entretanto, logo acontece um fato que o faz mudar de idéia. Um dia de manhã cedo, ele telefona e, nervoso, começa a falar alguma coisa sem sentido sobre um rolo grande. Estou com pressa de sair para o trabalho e lhe peço para ligar mais tarde. Mas, finalmente, ele consegue se fazer entender:

— É o rolo que está lá no jardim da frente, no gramado.

— Pai, o que você está dizendo? Que rolo?

— Rolo! Rolls! Rolls-Royce!

Valentina atingiu o apogeu dos seus sonhos de vida no Ocidente — ela é dona de um Rolls-Royce. É um sedã 4 litros, vendido por Eric Pike pela pechincha de quinhentas libras (pagas pelo meu pai). Ela agora tem um Lada na garagem, um Rover junto à calçada e um Rolls sobre a grama. Nenhum dos carros tem licença ou seguro. Ela ainda não passou no exame de motorista.

— Quem é esse Eric Pike, papai? — Eu me lembro do bilhete que achei, enfiado na gaveta de calcinhas com o sanduíche pela metade.

— Na verdade, ele é um tipo bastante interessante. Foi piloto da Força Aérea Real Britânica. Piloto de caça a jato. Agora negocia carros usados. Tem uns bigodes fantásticos.

— E ele é muito amigo da Valentina?

— Não, não. Eu acho que não. Eles não têm nada em comum. Ela não tem interesse em nenhum tipo de motor, a não ser como forma de se exibir. Na verdade, é um carro bastante bom. Veio da propriedade de Lady Glaswyne. Acredito que tenha sido usado por muitos anos como carro de fazenda, transportando feno, carneiros, sacos de fertilizantes, coisas desse tipo. Quase como um trator. Agora está precisando de algum conserto.

Mike cai na gargalhada quando vê o Rolls. Ele está tombado e torto sobre a grama em frente à janela da sala de estar como um cisne de asa quebrada. Parece não ter mais suspensão. Um líquido marrom goteja da parte de baixo dele, envenenando a grama. A pintura, originalmente branca, agora é uma colcha de retalhos de retoques de pintura, massa e ferrugem. Ele e meu pai ficam andando em volta do carro, dando tapinhas e cutucadas nele, aqui e ali, e balançando a cabeça.

— Ela quer que eu conserte o carro — diz meu pai, encolhendo-os ombros desesperançado, como se fosse um príncipe de contos de fadas a quem uma linda princesa incumbiu de uma tarefa impossível como prova de amor.

— Eu acho que ele está além de qualquer possibilidade de conserto — avalia Mike. — De qualquer forma, onde você vai conseguir as peças?

— É verdade, ele está precisando de algumas peças, e mesmo depois não se pode garantir de modo algum que vá andar — responde meu pai. — É uma pena. Um carro como esse devia andar para sempre, mas dá para notar que ele foi maltratado no passado. Apesar disso, que beleza...

Exatamente naquele momento, Valentina surge de dentro de casa. Embora seja junho e o tempo esteja quente, ela está usando um casaco de peles enorme, estreito na cintura e largo nos ombros, fazendo pose de estrela de cinema. Ela engordou tanto que o casaco mal fecha na frente. Em volta do pescoço cintilam contas que, à luz fraca, podem ser confundidas com diamantes. Stanislav, de camisa de mangas curtas, vem atrás, carregando a bolsa da mãe.

Ela pára ao nos ver no jardim examinando o seu Rolls.

— Bom carro, hein? — Ela se dirige a todos nós, mas olha para Mike à espera de uma resposta.

— Sim, é um carro muito bom — responde Mike —, mas possivelmente é mais uma peça de museu, ou um item de colecionador, que um carro para andar na estrada.

— Olá, Valentina. — Eu sorrio, tentando ser agradável. — Você está muito elegante. Vai sair?

— Trabalho. — Uma palavra. Ela nem ao menos vira a cabeça na minha direção.

— O que você achou, Stanislav? Gostou do carro?

— Claro. É melhor que um Zill. — *Flash* do dente quebrado. — Valentina sempre acaba conseguindo o que ela quer.

— O carro está morto — declara meu pai.

— Você conserta — ela revida. Depois, lembrando que o esperado é que seja delicada com ele, ela se curva e lhe dá um tapinha no rosto. — Sr. Engenheiro.

O sr. Engenheiro se ergue em toda a sua torta estatura.

— Rolls-Royce morto. Lada morto. Rover quase morto. Só andar a pé não está morto. Ha ha ha.

— Você quase morto — responde Valentina. Mas, então, seu olhar encontra o meu e ela dá um risinho como se dissesse "é brincadeira".

Ela sai no Rover com Stanislav, deixando para trás uma nuvem de fumaça e um cheiro de queimado. Enquanto Mike e meu pai continuam a estudar o Rolls, eu entro e vou consultar as Páginas Amarelas.

— Alô, é o sr. Eric Pike?

— Em que posso ajudar? — A voz é, ao mesmo tempo, olesosa e áspera, como óleo de motor queimado.

— Aqui é a filha do sr. Mayevskyj. O senhor vendeu um carro pra ele.

— Ah, sim. — Risada áspera e chacoalhante. — O Rolls da Valentina. Veio de Glaswyne, sabe?

— Sr. Pike, como o senhor pôde fazer uma coisa dessas? O senhor sabe que aquele carro nem anda.

— Bem, senhorita... senhora... a senhora sabe, a Valentina me disse que o marido dela é um engenheiro fabuloso. Aeronáutica. Sabe, eu entendo um pouco de aviões. — A voz oleosa e áspera se torna mais confidencial. — Veja a senhora, alguns dos maiores craques em aeronáutica do mundo, nos anos 30, eram ucranianos. Sikorsky inventou o helicóptero. Lozinsky trabalhou nos MiG. Eu mesmo os vi em ação na Coréia, sabe? Pequenos caças fantásticos. Então, quando a Valentina me falou sobre o marido, e que ele prometeu que faria o carro andar em dois tempos... Acredite, eu tive as minhas dúvidas, mas ela foi muito persuasiva. A senhora sabe como ela é.

— Meu pai olhou o carro e disse que não tem condições de consertá-lo. Talvez o senhor possa vir buscá-lo e devolver o dinheiro do meu pai.

— Quinhentas libras é um preço muito bom por um Rolls de colecionador.

— Não se ele não funciona.

Faz-se silêncio do outro lado da linha.

— Sr. Pike, eu sei o que está acontecendo. Sei sobre o senhor e a Valentina.

Silêncio novamente, e depois um clique suave. E, então, o sinal de ocupado.

* * *

Lady Di gosta do Rolls. Há uma janela atrás, do lado do passageiro, que não fecha totalmente e por onde ele pode se esgueirar. Ele convida os amigos para virem também e eles fazem a festa, a noite toda, sobre os suntuosos bancos de couro, e depois esguicham um pouco de xixi ao redor para marcar que estiveram por lá. A namorada de Lady Di é uma gatinha magra e tímida, que, torna-se logo aparente, está prenhe que gosta de se enroscar no assento do motorista, enfiando as unhas no couro macio.

Junho está úmido demais para a estação. Não pára de chover e o gramado se transforma num mar de lama. O Rolls afunda cada vez mais; a grama e o mato vão crescendo em torno dele. A namorada de Lady Di tem seus gatinhos no banco da frente do Rolls — ao todo quatro —, olhos fechados, coisinhas fofas e miadoras que sugam a mãe magra, empurrando-lhe a barriga, ritmadamente, com as patinhas. Papai, Valentina e Stanislav ficam encantados com eles e tentam levá-los para dentro de casa, mas a mãe os traz de volta, carregando-os um por um pelo cangote.

* * *

A visita de Vera a papai se dá pouco tempo depois do nascimento dos gatinhos. Ela vem de Putney dirigindo o seu Golf GT conversível surrado, um presente de amor do Big Dick nos tempos em que ele ainda a amava (claro que, na época, o carro não estava surrado). Ela chega no meio da tarde, quando Valentina e Stanislav estão fora, e papai está cochilando na poltrona com o rádio a todo volume. Ele acorda com ela em pé na frente dele, e deixa escapar um grito involuntário:

— Não! Não!

— Pelo amor de Deus, pai, fica quieto. Já tivemos melodrama demais esta semana, graças a você — ladra Vera, em seu tom de Grande Irmã. — Agora! — Ela olha em volta, como se Valentina pudesse estar escondida em algum canto. — Onde ela está?

Meu pai fica sentado, agarrado aos braços da poltrona, sem falar nada.

— Onde está ela, papai?

Ele aperta os lábios teatralmente e fica olhando fixo para a frente.

— Papai, pelo amor de Deus, eu venho dirigindo lá de Putney para tentar tirar você dessa confusão em que se meteu, e você não pode nem ao menos se dignar a falar comigo?

— Você me mandou ficar quieto, então eu fico quieto. — Ele aperta os lábios novamente.

A Grande Irmã marcha por todos os cômodos da casa, batendo as portas ao passar. Ela olha até mesmo nas dependências do lado de fora e na estufa. E então volta para o cômodo onde meu pai está. Ele não se mexeu. Seus lábios ainda estão apertados.

— Realmente, Nadia — ela comenta comigo —, eu consigo entender perfeitamente por que Valentina jogou um copo d'água em cima dele. Tive vontade de fazer o mesmo. Acho que ele estava tentando demonstrar como é esperto. — Eu não disse nada. Meus lábios estavam fechados com força. Estava tentando não rir. — Claro que foi fácil fazer com que ele voltasse a falar. Foi só perguntar sobre Korolev e o programa espacial.

— E o que aconteceu, afinal? Você conheceu Valentina?

— Eu a achei simplesmente maravilhosa. Tão... *dinâmica*.

Aparentemente, a Grande Irmã e Valentina deram-se às mil maravilhas. Valentina admirou o estilo e a ostentação de Vera. Vera admirou a sexualidade frontal e a impiedade de Valentina. Ambas concordaram que nosso pai é patético, maluco e desprezível.

— Mas, e o esmalte pêssego perolado? E os chinelos de salto alto com os dedos de fora? E o Rolls na grama?

— Ah, sim. Claro que ela é uma piranha. E uma criminosa. Mas, ainda assim, tive de admirá-la.

Senti meu coração murchar. Tinha esperado tanto por essa confrontação: o cânone matrimonial Zadchuk vs. a sra. *Expert*-em-divórcio; o lança-foguetes de cetim verde vs. a bolsa Gucci. Eu me dei conta do quanto estava dependente da Grande Irmã para enfrentar Valentina. Agora reconheço que, de alguma maneira, as duas são do mesmo tipo.

— Coitado do papai. Eu sei que ele é um tanto excêntrico, mas não o tacharia de desprezível.

— Olha só a quantidade de problemas que ele causou para todo mundo; para nós, para as autoridades, até para Valentina. No final, ela vai perceber que teria sido melhor ter se envolvido com outra pessoa. Teria sido melhor se ele tivesse dito "não" logo no começo. Ele realmente se julga um parceiro adequado para uma piranha de 36 anos. Se isso não é desprezível, diga-me o que é.

— Mas ela o enredou. Ela o bajulou. Ela o fez se sentir jovem e sexy.

— Ele se deixou bajular, porque, no fundo do seu coração, ele se acredita superior. Ele pensa que é tão esperto que pode enganar o sistema. Não é a primeira vez que ele faz uma coisa dessas.

— Do que você está falando?

— Tem uma porção de coisas que você não sabe, Nadia. Você sabia que ele quase fez Baba Sonia ser deportada para a Sibéria?

— Eu lembro de uma história que o papai me contou — sobre os pioneiros ucranianos de design de aeronaves. E de uma história de mamãe sobre como Baba Sonia perdeu os dentes da frente.

* * *

Depois que se formou no Instituto de Aeronáutica de Kiev, em 1936, meu pai queria ir para a Universidade de Kharkiv, onde Lozinsky e outros estavam desenvolvendo trabalhos pioneiros em propulsão a jato. Mas, em vez disso, mandaram-no para Perm, nos sopés dos Urais, para ensinar numa escola de treinamento da Força Aérea Soviética. Ele detestou Perm: cheia de soldados bêbados; nenhuma vida cultural e intelectual; milhares de quilômetros longe de casa; milhares de quilômetros longe de Ludmilla, que estava grávida do primeiro filho deles. Como conseguir que o mandassem de volta para casa? Nikolai bolou um plano engenhoso. Daria um jeito de não passar na checagem da segurança. Num dos formulários da pilha a ser preenchida, ele informou às autoridades que era casado com uma inimiga do povo. E só para se colocar sob um ângulo ainda pior, inventou um irmão mais velho para Ludmilla, um terrorista contra-revolucionário que vivia na Finlândia, dedicado à derrubada do Estado soviético.

As autoridades mal puderam acreditar na sorte que estavam tendo. Naturalmente quiseram saber mais a respeito desse irmão contra-revolucionário. Prenderam Baba Sonia e a submeteram a vários dias de interrogatório intenso e espancamentos. Onde estava esse filho mais velho? Por que ele não era mencionado em nenhum de seus documentos de trabalho? O que mais teria ela a esconder? Seria ela, como seu falecido marido, traidora e inimiga do povo?

Sonia Ocheretko teve sorte de escapar em 1930, quando o marido foi capturado e fuzilado. Mas aquelas eram as primeiras marolas dos expurgos. Em

1937, as ondas das detenções recrudesceram. Agora, fuzilamentos eram bons demais para os inimigos do povo — eles eram mandados para os campos da Sibéria, para reeducação corretiva através do trabalho.

Tia Shura veio resgatá-la. Ela contou ao inquiridor como, na qualidade de jovem estagiária de medicina, tinha viajado para Novaya Aleksandria em 1912, para fazer o parto do primeiro bebê de sua irmã, a minha mãe Ludmilla. Ela assinou uma declaração juramentada de que Sonia Ocheretko era, então, uma primípara. Ajudou o fato de o marido de Shura ser amigo de Voroshilov.

Mas Sonia, a sobrevivente, nunca se recuperou dos seis dias de interrogatório. Ela ficou com uma cicatriz na testa, em cima de um dos olhos, e perdeu os dentes da frente. Seus movimentos, que antes eram rápidos e ágeis, tornaram-se pesados e doloridos, e ela piscava de nervoso o tempo todo. Seu espírito ficou alquebrado.

★ ★ ★

— Claro que tia Shura o mandou embora depois daquilo. Eles ficaram sem lugar pra onde ir e então foram morar novamente no apartamento de Baba Sonia. Realmente era imperdoável.

— Mas Baba Sonia o perdoou.

— Ela o perdoou por causa de mamãe. Mas mamãe nunca o perdoou.

— Com certeza acabou perdoando. Pois se ela viveu com ele sessenta anos.

— Ela ficou com ele por nossa causa. Por você e por mim, Nadia. Coitada da mamãe.

Fico pensando — será verdade? Ou será Vera projetando seu próprio drama no passado?

— Mas, Vera, isso quer dizer que você vai ficar sentada e deixar Valentina maltratar o nosso pai? Roubá-lo? Quem sabe até matá-lo?

— Claro que não. Sinceramente, Nadezhda, não consigo entender como você pode achar que eu vou ficar sentada, sem fazer nada, numa situação como essa. Nós temos que defendê-lo por causa de mamãe. Embora ele seja um inútil, é da nossa família. Não podemos deixar Valentina vencer.

(Então, a Grande Irmã ainda está a bordo!)

— Vera, por que o papai está sempre falando a respeito de você fumar? Aconteceu alguma coisa com ele que tem a ver com cigarros.

— Cigarros? Ele falou em cigarros?

— Ele disse que você tem obsessão por divórcio e cigarros.

— O que mais que ele disse?

— Mais nada. Por quê?

— Esquece isso. É coisa sem importância.

— É óbvio que *tem* importância.

— Nadia, por que você fica sempre ciscando no passado? — Sua voz está tensa, instável. — O passado é sujo. É como esgoto. Não se deve brincar, mexer com ele. Esquece.

18

A babá eletrônica

Valentina recebeu o convite de casamento da irmã, em Selby. Ela o mostrou ao meu pai, esfregando-o no nariz dele com zombarias e insultos. A carta que o acompanha descreve o futuro marido como um médico de 49 anos de idade, casado (não mais casado, é claro), com dois filhos em idade escolar (ambos em escolas particulares) e uma boa casa, com um bom jardim e uma garagem dupla. A esposa sem tetas está criando bastante confusão, mas não tem problema, porque o marido está muito apaixonado.

Na garagem dupla tem um Jaguar, e o segundo carro é um Renault. Jaguar é bom, diz Valentina, mas não tão bom quanto Rolls-Royce. Renault é um pouco melhor que Lada. Entretanto, a carta da irmã acendeu em Valentina uma onda de insatisfação com o marido não-bom-cheio-de-dinheiro-mas-pão-duro dela, e com o estilo de vida de segunda classe a que ele a condenava.

Enquanto meu pai balbucia ao telefone, parando de tempos em tempos com um violento acesso de tosse, não posso deixar de olhar para Mike, sentado do outro lado, com os pés para cima e um copo de cerveja na mão, assistindo às notícias no canal 4. Ele parece tão correto, tão bom, começando a ficar grisalho, com um discreto início de barriga, mas ainda bonito, tão amado, tão — *marido*. Mas... um pensamento ansioso atravessa a minha mente.

O que se passa com os homens?

E agora, em meio a um outro acesso de tosse, meu pai chega ao motivo de seu telefonema. Valentina exige mais dinheiro e ele precisa vender alguns bens. Mas quais são os bens de que ele dispõe? Somente a casa. Ah! Atrás da casa tem um terreno grande que não serve para nada. Ele pode vendê-lo. (Ele está falando sobre o jardim de mamãe!)

Ele conversou com um vizinho, e o vizinho quer comprá-lo pela soma de três mil libras.

Meu coração começa a bater com força e meus olhos ficam tão embaçados de raiva que mal consigo enxergar, mas ainda assim é necessário que eu controle a minha voz.

— Não faça nada correndo, papai. Não tem pressa. Talvez o futuro marido da irmã se mostre um sovina também. Afinal de contas, ele tem que dar dinheiro pra esposa e pra escola particular dos filhos. Quem sabe a esposa vai ficar com o Jaguar, e a irmã com o Renault. Talvez Valentina perceba a sorte que ela tem. Vamos esperar para ver.

— Hum.

Quanto a vender o jardim da mamãe — minha mandíbula está tão travada que as palavras mal passam por entre os dentes —, essas coisas, em geral, são mais complicadas do que parecem. A escritura vai ter de ser refeita. Provavelmente a maior parte do dinheiro será engolida pelos honorários dos advogados. E a oferta do vizinho — bem, é uma quantia bastante irrisória. Se ele tivesse uma licença para construir outra casa lá, o lote alcançaria dez vezes esse valor. Imagina só como Valentina ficaria satisfeita. (E uma licença para construção demora anos e anos.)

Quer que eu consulte um advogado? Quer que eu contate o conselho a respeito da permissão para construir? Quer que eu fale com Vera?

— Hum. Advogado, sim. Conselho, sim. Vera, não.

— Mas provavelmente Vera vai descobrir. Imagine só como ela vai ficar *contrariada* (ele sabe que eu quero dizer furiosa).

* * *

Vera descobriu. Eu contei para ela. Ela ficou contrariada e furiosa.

Ela levou duas horas dirigindo de Putney até Peterborough. Ainda estava com seus chinelos de ficar em casa (uma falta de atenção ao detalhe fora do seu normal). Foi direto para a casa do vizinho (uma casa feia imitando o estilo Tudor, muito maior que a dos nossos pais), bateu na porta e o enfrentou. ("Você precisava ter visto a cara dele.") O vizinho, homem de negócios aposentado e jardineiro amador da escola cipreste e flores de canteiro, encolheu-se sob o ataque.

— Eu só estava querendo ajudar. Ele me disse que estava com dificuldades financeiras.

— O senhor não está ajudando. O senhor só está piorando as coisas. Claro que ele está com dificuldades financeiras, por causa daquela mulher sanguessuga dele. O senhor podia lhe dar mais atenção, mas não encorajá-lo. Que tipo de vizinho o senhor é?

A mulher dele ouve a discussão e vem até a porta, com um conjunto de malha, pérolas e um gim-tônica na mão (esses vizinhos é que foram as testemunhas da cláusula adicional do testamento de mamãe).

— O que está acontecendo, Edward?

Edward explica. A mulher ergue as sobrancelhas.

— É a primeira vez que eu ouço falar nisso. Pensei que a gente estava economizando para fazer um cruzeiro, Edward. — E, então, ela se dirige a Vera: — Nós estávamos preocupados com o sr. Mayevskyj, mas não queríamos nos envolver. Não é verdade, Edward?

Edward confirma e balança a cabeça ao mesmo tempo. Vera precisa mantê-los do seu lado e, então, abranda o tom:

— Tenho certeza de que tudo não passou de um mal-entendido.

— Sim, foi um mal-entendido.

Edward recua para a faixa de segurança, atrás de sua mulher, que avança e toma o lugar do marido na soleira da porta.

— Ela não tem uma aparência muito distinta — diz ela. — Ela toma sol no jardim usando... usando... — Ela dá uma olhada furtiva para trás, na direção do marido, e sua voz cai para um sussurro: — Eu o peguei olhando da janela lá de cima. E outra coisa — seu tom se torna confidencial —, desconfio que ela está tendo um caso. Eu tenho visto um homem... — ela contrai os lábios — que vem buscá-la de carro. Ele estaciona embaixo daquela árvore, do freixo, onde não dá para o sr. Mayevskyj ver da janela, buzina e fica esperando por ela. Ela vem correndo, toda bem vestida. Casaco de pele e sem calcinha, como minha mãe costumava dizer.

— Obrigada por me contar essas coisas — diz Vera. — Você ajudou muito.

* * *

Valentina deve ter visto o carro de Vera, porque estava esperando por ela na porta, bloqueando o caminho, mãos na cintura, pronta para uma briga. Olha Vera de cima a baixo. Os olhos pousam por um momento nos pés dela, de chinelos. Vera olha para baixo. ("Só aí eu percebi o meu engano.") Valentina está usando um par de sapatos de salto agulha, que lhe deixam as pernas nuas e musculosas com as batatas protuberantes como os bíceps de um boxeador.

— O que você foi fazer na porta ao lado, sua enxerida? — Valentina a interpela.

Vera a ignora e força a passagem para dentro da cozinha, que está cheia de vapor, com as janelas todas embaçadas. Há uma pilha de roupa para lavar sobre a pia e um cheiro desagradável. O nosso pai está perambulando por perto da porta, usando um macacão azul-escuro de náilon, com as alças cruzadas nas costas curvadas e magras.

— Eu conversei com o pessoal aí do lado, papai. Eles não estão mais interessados em comprar o jardim de mamãe.

— Vera, por que é que você fez isso? Por que é que você não me deixa em paz?

— Porque se eu deixar você em paz, meu pai, esse abutre arranca fora o seu fígado.

— Águia. Águia.

— Águia? Do que é que você está falando? (Realmente, Nadia, eu pensei que ele estivesse completamente enlouquecido.)

— A águia ficava bicando o fígado de Prometeu porque ele roubou o fogo.

— Pai, você não é Prometeu, você é um velho confuso e digno de pena, que por sua própria idiotice se tornou uma presa dessa loba...

Valentina, que ouvia tudo com uma tempestade em formação no semblante, deixa escapar um uivo baixo e, flexionando os braços, empurra com força o tórax de Vera, que balança para trás, mas não cai.

— Valya, por favor, sem violência — meu pai suplica, tentando se colocar entre as duas. Isso estava além de suas possibilidades.

— Seu galho velho e torto de cérebro comido de cachorro, vai para quarto, cala a boca. — Valentina dá um empurrão nele também, ele bate no portal da porta que Mike colocou e fica lá encostado, todo torto. Valentina tira uma chave do bolso e a balança no nariz dele.

— Eu estou com a chave do quarto, ha ha ha! Eu estou com a chave do quarto!

Papai tenta pegá-la, mas Valentina a segura acima do alcance dele.

— Para que você quer a chave? — ela provoca. — Você entra no quarto. Eu tranco e destranco.

— Valya, por favor, me dá a chave! — Ele dá um pulinho patético, tentando apanhá-la, depois recua com um soluço.

Vera tenta agarrar também — "Como você ousa?" —, mas Valentina a empurra para longe.

— Eu tenho um microfone aqui! — grita Vera. — Vou recolher provas de suas atividades criminosas!

Ela puxa da bolsa um pequeno gravador portátil (não se pode deixar de admirá-la!) e o liga, segurando-o no alto, acima da cabeça de Valentina.

— Agora, Valentina, por favor, devolva para o meu pai a chave do quarto dele, e tente se comportar de um modo calmo e civilizado — ela diz com uma voz clara, como se estivesse ditando. Ela é mais alta que Valentina, mas Valentina conta com a vantagem dos saltos. Valentina tenta agarrar o gravador, mas sua atenção é desviada pela investida que meu pai faz nesse momento para pegar a chave, que está em sua outra mão. Atacada em ambas as frentes, ela urra, pula no ar ("Foi exatamente igual àqueles filmes de Kung Fu que Dick costumava assistir.") e cai com um estrondo, o salto agulha de um sapato aterrissando no pé calçado de chinelo de Vera, e o outro atingindo a canela do meu pai, logo abaixo do joelho. Meu pai e Vera desmoronam. O gravador cai no chão e desliza para baixo do fogão. Vera dá um mergulho atrás dele. Valentina empurra meu pai pela porta do quarto adentro, arranca a chave da mão dele e tranca a porta. Vera pula em cima de Valentina, puxando, torcendo — as duas estão no chão agora — e tenta arrancar a chave da mão dela, mas Valentina é mais forte, fecha a chave no punho, atrás das costas, e se levanta do chão. Vencida, Vera brande o gravador:

— Está tudo aqui na fita! Tudo que você falou está aqui na fita!

— Ótimo! — responde Valentina. — Isto é o que eu quero dizer, sua vaca, sua megera sem tetas: você não tem tetas, você tem inveja. — Ela põe as mãos por baixo dos seios, aperta-os obscenamente um contra o outro e para cima, e solta beijinhos. — Homem gosta de seios. Seu pai gosta de seios.

— Por favor, Valentina — diz Vera —, controle-se. Não há necessidade de linguagem suja.

Mas ela sabe que foi derrotada. Ergue bem alto a cabeça, mas a humilhação pesa em seu coração.

Do outro lado da porta trancada, o meu pai arranha e choraminga como um cachorro açoitado.

★ ★ ★

— Ah, Vera, você fez o melhor que pôde. Você foi incrível. Uma heroína. Você conseguiu mesmo gravar?

— Não tinha fita no gravador. Foi tudo um blefe. O que mais eu podia fazer?

Mais tarde, antes de sair, Valentina destrancou a porta do quarto do meu pai, mas guardou a chave.

Meu pai tinha se sujado de novo.

— Ele não consegue evitar. Ele não devia usar macacão de maneira nenhuma.

— Ah, sim, dava pra ele evitar sim, não a incontinência, claro, mas a obsessão. Contra toda a razão, ele se aferra a essa obsessão, à excitação, ao glamour dela. Ele ainda defende Valentina contra mim, sabia?

— Eu sei.

— E você sabe o que mais eu achei? Ligada na tomada, debaixo da cama dele, eu achei uma babá eletrônica.

— Que estranho! Pra que ele precisa disso?

— Ele não, ela. A outra parte está ligada lá em cima no quarto dela. É uma dessas coisas inteligentes que trabalham no circuito elétrico. Quer dizer que ela pode ouvir tudo que ele diz no quarto dele.

— Mas ele fala sozinho?

— Não, sua burra, mas fala no telefone com a gente.

— Ah.

19

A Arado Vermelho

Acho que foi a babá eletrônica que finalmente resolveu a questão. Meu pai concordou com o divórcio. Estou encarregada de encontrar um bom advogado — alguém com bastante autoridade para enfrentar o exército de defensores públicos de Valentina, alguém que lute ao lado de papai, e não somente dê entrada nas petições e recolha os honorários.

— Não aquele jovem com quem falei sobre anulação. Ele não foi de utilidade nenhuma — diz a sra. *Expert*-em-divórcio. — Tem que ser uma mulher, ela vai ficar revoltada com o que aconteceu. Não de grandes escritórios de advocacia, porque costumam passar os casos menores para advogados iniciantes. Nem de escritórios pequenos, porque não têm tarimba.

Eu andei para cima e para baixo pelas ruas do distrito legal de Peterborough, olhando nomes em placas de metal. O que se pode deduzir de um nome? Pois foi assim que eu achei a sra. Laura Carter.

Quando a vi pela primeira vez, quase me levantei e fui embora. Tive certeza de que havia cometido um erro. Ela parecia jovem demais, boa demais. Como falar com ela sobre a bolinação nos seios, sobre sexoral, sobre o chove-não-molha, bunda-mole? Mas eu estava errada — a sra. Carter é uma tigresa: cabelos louros, olhos azuis, nariz afilado de uma tigresa. À medida que vou contando, vejo seu narizinho bem-feito tremendo de raiva. Quando termino, ela está furiosa.

— Seu pai está correndo risco. Temos de tirá-la de casa o mais breve possível. Vamos requerer uma medida cautelar imediatamente, e entraremos com o pedido de divórcio ao mesmo tempo. Os três carros são bons. O bilhete de Eric Pike é bom. O episódio do hospital é excelente, porque é um lugar público, e há muitas testemunhas. Sim, acredito que possamos ter algo concreto na apelação ao tribunal, em setembro.

Quando levo meu pai pela primeira vez para se encontrar com a sra. Carter em seu escritório, ele vai vestido com o terno surrado que usou no casamento e a mesma camisa branca de botões presos com linha preta. Ele se curva tanto sobre a mão que ela lhe estende, à moda antiga russa, que quase cai para a frente. Ela fica encantada.

— Mas que cavalheiro gentil — murmura para mim com sua voz aveludada. — É uma vergonha uma pessoa se aproveitar disso.

Ele, contudo, tem reservas. Diz para Vera, ao telefone:

— Parece uma menininha. O que será que ela sabe?

— E o que *você* sabe, papai? — retruca a Grande Irmã. — Se você soubesse alguma coisa, não estaria metido nessa confusão.

A sra. Carter também lança luz sobre o mistério da pequena fotocopiadora portátil e dos papéis de médicos que estão faltando.

— Ela pode querer mostrar que seu pai está doente. Doente demais para comparecer a um tribunal. Ou ela pode estar colhendo provas de que ele não está bom da cabeça, que está confuso, que não sabe o que está fazendo.

— E os poemas traduzidos?

— São para demonstrar que o relacionamento deles é sincero, sem segundas intenções.

— Que megera maquinadora!

— Eu imagino que foi o advogado dela que a instruiu a fazer isso.

— Os advogados fazem isso?

A sra. Carter confirma.

— E pior.

Estamos agora na metade de julho, e a audiência do tribunal em setembro, que parecia que ia levar uma eternidade para chegar, de repente está muito próxima. A sra. Carter providencia para que um detetive particular vá entregar os papéis.

— Temos que ter certeza de que a petição do divórcio foi entregue a ela pessoalmente. De outra forma, ela pode afirmar que nunca a recebeu.

Vera se oferece para estar lá no dia, para presenciar o recebimento da petição pela própria Valentina. Agora que as ações começam a se desenrolar, ela não quer perder nada. Meu pai insiste que ela não precisa ir, que, afinal de contas, ele é um adulto inteligente e pode tratar disso, mas ninguém o ouve. A armadilha está armada.

À hora combinada, o detetive, um homem alto e moreno, de aparência sinistra e barba por fazer, chega e bate na porta.

— Ah, deve ser o carteiro — grita Vera, que está acordada desde as seis da manhã, excitada com o que está para acontecer. — Pode ser uma encomenda para você, Valentina.

Valentina corre para a porta. Ela ainda está com o avental de babados e as luvas amarelas de borracha com os quais esteve lavando a louça do café da manhã.

O detetive entrega o envelope em suas mãos. Valentina parece confusa.

— Papéis de divórcio? Eu não quero divórcio.

— Não — responde o detetive —, o peticionário é o sr. Nikolai Mayevskyj. *Ele* quer se divorciar da *senhora*.

Por um momento ela fica paralisada e em silêncio. Logo depois, explode num ataque de fúria.

— Nikolai! Nikolai! O que é isso? — ela grita para o meu pai. — Nikolai, seu defunto de cemitério, maluco de cérebro comido de cachorro!

Meu pai tinha se trancado no quarto e ligado o rádio no volume máximo.

Ela volta para interpelar o detetive particular, mas este já está batendo a porta do seu BMW preto e indo embora com os pneus cantando. Ela se dirige, então, a Vera.

— Sua gata, cadela, megera, bruxa carnívora!

— Sinto muito, Valentina — responde a Grande Irmã, numa voz que mais tarde descreve para mim como calma e racional —, mas isso não é mais do que o que você merece. Você não pode vir para este país enganar e lesar as pessoas.

— Eu não engano! Você engana! Eu amo o seu pai! Eu amo!

— Não seja boba, Valentina. Agora, vá procurar o seu advogado, vá.

* * *

— Oh, Vera, mas isso é maravilhoso! Foi tudo assim tão tranqüilo?

Se por um instante sinto pena de Valentina por sua perplexidade ao ser apanhada na armadilha, é somente uma pena passageira.

— Foi bom demais — responde a sra. *Expert*-em-divórcio.

* * *

Mas o advogado de Valentina tem uma carta na manga que a sra. Carter não previu. A primeira audiência em juízo, para a apreciação da medida cautelar para remover Valentina da casa, foi marcada a pedido da sra. Carter. Nem eu nem minha irmã pudemos ir, e só temos o relato de Laura sobre o que aconteceu. Ela e meu pai chegam cedo no tribunal. O juiz chega. Valentina e Stanislav chegam. O juiz abre os trabalhos. Valentina se levanta.

— Eu não entende inglês. Eu precisa intérprete.

Há uma consternação geral na sala do tribunal. Os funcionários se mobilizam, são dados telefonemas apressados. Mas nenhum intérprete falante de ucraniano é localizado. O juiz adia a audiência, e é marcada uma nova data. Perdemos duas semanas.

— Que chateação! — exclama a sra. Carter. — Eu devia ter pensado nisso.

* * *

No começo de agosto, o mesmo grupo se reúne, mas dessa vez com uma mulher de meia-idade do Clube Ucraniano de Peterborough, que concordou em servir de intérprete. Os custos ficam por conta do meu pai. Ela deve saber da história de Valentina e meu pai — todos os ucranianos num raio de quilômetros sabem a respeito —, mas tem uma cara solene que nada revela. Tirei o dia de folga para estar lá também, para dar apoio moral a Laura e a papai. É um dia abrasador, e faz mais ou menos um ano que eles se casaram. Valentina está usando um conjunto azul-marinho forrado de rosa — talvez o mesmo que ela usou no tribunal da imigração. Meu pai está de novo com o terno do casamento e a camisa branca com botões presos com linha preta.

A sra. Carter descreve os incidentes com a toalha de pratos molhada, com o copo d'água e nos degraus do hospital. Sua voz é baixa e clara, densa de emoção contida, solene diante da perversidade das coisas que descreve. Ela parece estar quase pedindo desculpas quando, com a cabeça curvada e olhando para baixo, ela desfecha seu *coup de grâce*: um relato do psiquiatra. Valentina protesta com vigor e paixão, dizendo que meu pai contou uma porção de mentiras maldosas, que ela ama o marido, e que ela não tem outro lugar para ir morar com o filho.

— Eu não sou mulher má. Ele tem paranóia.

Ela joga o cabelo de um lado para o outro e golpeia o ar com as mãos agitadas no apelo à audiência. A intérprete traduz o que ela diz para um inglês monótono em terceira pessoa.

Agora meu pai se levanta e responde a perguntas numa voz tão fraca e trêmula que o juiz tem que pedir para ele repetir várias vezes. Seu inglês é correto e formal, inglês de engenheiro, ainda assim há um toque inteligente de drama na maneira como ele levanta a mão trêmula e aponta para Valentina: "Eu acho que ela deseja me matar!" Ele parece pequeno, encolhido e perplexo com o terno amarfanhado e os óculos de lentes grossas; a fragilidade dele fala alto. O juiz ordena que Valentina e Stanislav deixem a casa no prazo de duas semanas, levando consigo todos os seus pertences.

Naquela noite, meu pai e eu abrimos, para comemorar, uma garrafa de quatro anos do vinho de ameixa vermelha de minha mãe. A rolha estoura e atinge o teto com um estampido, fazendo um dente no gesso. O vinho tem gosto de xarope para tosse e sobe direto para a cabeça. Meu pai começa a me contar dos dias que passou na Fábrica do Arado Vermelho, em Kiev, os quais, fora o dia de hoje, ele declara, foram os mais felizes de sua vida. Em trinta minutos, estamos ambos dormindo, meu pai na sua poltrona, eu sobre a mesa de jantar. Em alguma hora muito tardia da noite, fui acordada pelos ruídos de Stanislav e Valentina entrando em casa e se arrastando pelas escadas, conversando em voz baixa.

* * *

Embora o psiquiatra tenha declarado estar tudo normal com a cabeça do meu pai, Valentina talvez tenha estado mais perto da verdade do que ela imagina, pois só alguém que viveu num estado totalitário pode avaliar o verdadeiro caráter da paranóia. Em 1937, quando meu pai voltou para Kiev, vindo de Luhansk, o país todo estava impregnado de um miasma de paranóia.

Ela penetrava em todo lugar, nas mais íntimas frestas das vidas das pessoas: ela amargava as relações entre amigos e colegas, entre professores e alunos, entre pais e filhos, maridos e mulheres. Os inimigos estavam por toda parte. Se você não gostasse da maneira como alguém lhe vendeu um leitão, ou olhou para a sua namorada, ou pediu o dinheiro que você devia, ou lhe deu nota baixa num exame, uma breve palavra ao NKVD e ele seria afastado. Se você se interessasse pela mulher de alguém, uma palavra ao NKVD, um período de trabalho na Sibéria, e a área estaria livre para você. Por mais brilhante, bem-dotado e patriótico que fosse, ainda assim você constituiria uma ameaça para alguém.

Se você fosse muito inteligente, certamente seria um desertor ou um sabotador potencial; se fosse muito burro, estaria fadado a dizer a coisa errada mais cedo ou mais tarde. Ninguém podia escapar da paranóia, do mais baixo ao mais alto; na verdade, o homem mais poderoso do país, o próprio Stalin, era o mais paranóico de todos. A paranóia se infiltrava por baixo das portas trancadas do Kremlin e saía, paralisando toda vida humana.

Em 1937, a prisão do renomado designer de aeronaves Tupolev, por suspeita de sabotagem, chocou o mundo da aviação. Ele não ficou preso num *gulag*, mas em seu próprio instituto em Moscou, junto com a equipe inteira de design, forçado a continuar a trabalhar em regime de escravatura. Eles dormiam em dormitórios sob guarda armada, mas eram alimentados com a melhor comida e muito peixe, porque se acreditava que o cérebro necessitava de nutrição de qualidade para ter bom desempenho. Por cerca de uma hora por dia, os engenheiros tinham permissão de ir até um espaço gradeado no teto do instituto, para recreação. De lá, algumas vezes, eles viam os aeroplanos que haviam projetado fazendo manobras no céu, bem acima deles.

— E não somente Tupolev — diz meu pai —, mas Kerber, Lyulka, Astrov, Bartini, Lozinsky e até mesmo o genial Korolev, pai dos vôos espaciais. — De repente, a aviação tornou-se uma ocupação perigosa.

— E que sujeitos imbecis os que passaram ao controle! Quando os engenheiros propuseram construir, em lugar do motor volumoso de quatro tempos, um motor pequeno de dois tempos de emergência, a gasolina, para fazer funcionar o sistema elétrico do aeroplano, caso os geradores falhassem, eles foram proibidos, com a justificativa de que mudar de quatro tempos para dois tempos de uma só vez seria muito arriscado. Mandaram que construíssem um motor de três tempos. Um motor de três tempos! Ha ha ha!

Talvez tenha sido a prisão de Tupolev, ou o efeito venenoso da paranóia, mas foi nessa época que meu pai começou a transferir o seu devotamento ao sublime firmamento da aviação para o mundo dos tratores, humilde e preso à terra. E foi, então, que ele descobriu o caminho da Fábrica do Arado Vermelho, em Kiev.

A Arado Vermelho era uma zona livre de paranóia. Aninhada numa curva do rio Dnieper, longe dos principais centros políticos, ela prosseguia no humilde trabalho de produzir implementos agrícolas, maquinário de construção, boilers e cubas. Nada era secreto ou do estado-da-arte. Tornou-se, portanto, um refúgio para cientistas, engenheiros, artistas, poetas e pessoas que queriam apenas respirar um ar de liberdade. O primeiro projeto do meu pai foi um misturador de concreto. Era uma beleza. (Ele gira as mãos para demonstrar o movimento dele.) E então veio um arado de dois sulcos. (Ele desliza as mãos para cima e para baixo, palmas viradas para fora.) Nas noites de verão, depois do trabalho, eles se despiam e nadavam no rio largo, com fundo de areia, que rodeava a área da fábrica. (Ele demonstra uma vigorosa braçada de nado borboleta. O vinho de ameixa realmente lhe subiu à cabeça.) E eles sempre comiam bem porque, como atividade secundária, eles consertavam bicicletas, motores, bombas, carroças, qualquer coisa que lhes trouxessem na porta dos fundos e, como pagamento, recebiam pão e lingüiça.

Meu pai trabalhou na Arado Vermelho de 1937 até o início da guerra, em 1939, enquanto minha mãe freqüentava o Instituto de Veterinária, nos arredores de Kiev. Eles moravam num apartamento de dois quartos no andar térreo de uma casa de estuque *art noveau* na rua Dorogozhitska, que dividiam com Anna e Viktor, um casal de amigos que conheceram na universidade. No final da rua onde moravam ficava a rua Melnikov, uma avenida larga que passava perto do velho cemitério judeu e seguia para a ravina íngreme e arborizada de Babi Yar.

* * *

Acordo tarde na manhã seguinte, com uma dor de cabeça de rachar e o pescoço duro. Meu pai já está levantado, andando para lá e para cá, e às voltas com o rádio. Ele está com uma disposição excelente, e imediatamente quer continuar a contar, de onde parou, a sina de Tupolev, mas eu o mando calar a boca e ponho a chaleira no fogo. Há algo de assombroso na imobilidade reinante. Stanislav e Valentina estão fora, e o Rover desapareceu da entrada em frente da casa. À medida que vou andando pela casa com a minha xícara de chá, noto que alguns dos volumes do quarto de Valentina parecem ter desaparecido e, na cozinha, estão faltando potes e panelas, e a pequena fotocopiadora portátil se foi.

20

O psicólogo era uma fraude

Depois que a corte decidiu acatar a medida cautelar, telefono para o meu pai todos os dias, para saber se Valentina e Stanislav já se mudaram, e a resposta dele é sempre a mesma:

— Sim. Não. Talvez. Eu não sei.

Eles levaram embora alguns pertences, mas deixaram outros. Ficam fora por uma noite ou por um dia, e depois voltam. Meu pai não sabe para onde eles vão, onde dormem ou quando vão retornar. Seus movimentos são misteriosos. Valentina não fala mais com ele quando passam um pelo outro nas escadas ou na cozinha — ela faz de conta que não nota a sua presença. Stanislav vira o rosto e assovia desafinado.

Essa guerra de silêncio é pior que a guerra de palavras. Meu pai está começando a fraquejar.

— Talvez eu acabe pedindo para ela ficar. Ela não é tão má pessoa. Tem boas qualidades. Só as idéias é que são incorretas.

— Papai, não seja burro. Você não percebe que está correndo risco de vida? Mesmo que ela não o mate, você vai ter um ataque de coração ou um derrame, se continuar desse jeito.

— Hum. Talvez. Mas não é melhor morrer nas mãos de quem se ama que morrer sozinho?

— Papai, pelo amor de Deus. Como você pode imaginar que algum dia ela o amou? Lembra como ela costumava se comportar com você, as coisas que lhe dizia, os empurrões, os gritos?

— É verdade; aliás, esse é um defeito de caráter típico do psiquismo russo, no qual a tendência é sempre acreditar na violência como o primeiro e não como o último recurso.

— Papai, todos nós tivemos trabalho e custamos muito a conseguir essa medida cautelar, e agora, de repente, você quer mudar de idéia. O que Vera vai dizer?

— Ah, Vera. Se Valentina não conseguir me matar, com certeza Vera consegue.

— Ninguém vai matar você, papai. Você vai viver até uma idade bem avançada e vai terminar de escrever seu livro.

— Hum. Sim. — Sua voz se anima. — Você sabia que houve um outro avanço muito interessante durante a Segunda Guerra Mundial, que foi a invenção do meio-trator? Foi, na verdade, uma invenção francesa, notável tanto pela elegância quanto pela engenhosidade.

— Papai, por favor, ouça com bastante atenção. Se você escolher ficar com Valentina agora, eu vou lavar minhas mãos a seu respeito. Da próxima vez, não vai ter mais aquele negócio de ligar pedindo socorro a mim ou a Vera.

Fico tão zangada que não telefono para ele no dia seguinte, mas de tardinha ele me liga.

— Ouça só isso, Nadezhda! — ele grita no aparelho, a voz borbulhante de excitação. — Os resultados finais do curso secundário de Stanislav. Nota B em inglês! B em música! C em matemática! C em ciências! C em tecnologia! D em história! D em francês! Nota A somente em estudos religiosos!

Dá para ouvir os protestos tímidos de Stanislav ao fundo e a voz provocadora do meu pai: — Nota C! Ha ha ha! Nota C!

Aí eu ouço um grito horrível, que coincide com a intervenção de Valentina, depois um estrondo, e o telefone fica mudo. Tento ligar de volta, mas dá sinal de ocupado. Tento de novo, e de novo. Começo a ficar em pânico. E então, depois de uns vinte minutos, o telefone chama, mas ninguém atende.

Visto um casaco e pego as chaves do carro. É melhor ir até lá para resgatá-lo. Ligo novamente e, dessa vez, meu pai pega o fone.

— Alô, Nadezhda? Sim, bom trabalho, descobrimos a verdade. O psicólogo que escreveu o relatório do QI era uma fraude. Stanislav não é um gênio, não é nem ao menos muito esperto. É meramente medíocre.

— Oh, papai...

— Não tem desculpa. Em inglês vá lá; até mesmo em ciências, o domínio da língua é importante. Mas matemática é puro teste de inteligência. Nota C! Ha!

— Papai, você está bem? O que foi aquele estrondo que eu ouvi?

— Foi só uma pancadinha. Veja você, ela não suporta encarar a verdade. Seu filho não é um gênio, mas ela não quer acreditar nisso.

— Stanislav e Valentina ainda estão aí com você?

Quero que se cale antes que ela o machuque seriamente.

— Não, saíram. Foram fazer compras.

— Pai, faz mais de duas semanas que o juiz concedeu a medida cautelar. Por que eles ainda estão morando aí? Eles já deviam ter se mudado.

Está claro para mim que Valentina tem uma outra base, talvez até uma outra casa, em algum lugar, onde ela e Stanislav e a pequena fotocopiadora portátil estão instalados. Por que será que ela ainda anda rodeando o meu pai?

— Algumas vezes está aqui, outras fora. Um dia se vai, no outro está de volta. Sabe, Valentina não é má pessoa, mas ela não consegue aceitar que o garoto não é um gênio.

— Mas, afinal, ela mudou ou não mudou? Onde é que ela mora?

Há um longo silêncio.

— Papai?

Então, calmamente, quase com tristeza, ele murmura: "Nota C!"

* * *

Vera passou uma temporada na Toscana, então eu ligo para colocá-la a par do que aconteceu nas duas últimas semanas. Descrevo a cena no tribunal, o discurso de Laura Carter e a intervenção de nosso pai, apontando o dedo para Valentina.

— Bravo! — grita Vera.

Descrevo a declaração de amor de Valentina, apaixonada, mas ininteligível, e a nossa comemoração com vinho de ameixa.

— Nós ficamos um pouco altos, e então ele começou a falar sobre os seus dias na Fábrica do Arado Vermelho.

— Ah, sim, a Arado Vermelho. — A voz de Grande Irmã de Vera me deixa apreensiva, como se algo estivesse para vir. — Você sabe, claro, que no final eles foram traídos. Alguém cuja bicicleta eles haviam consertado os delatou para o NKVD. O diretor e a grande maioria dos funcionários foram mandados para a Sibéria.

— Oh, não!

— Felizmente, isso foi depois que papai já tinha ido embora. Um dos vizinhos também traiu Anna e Viktor, e eles acabaram em Babi Yar. Você sabia que eles eram judeus, claro.

— Eu não sabia.

— Logo, como você está vendo, no final todo mundo é traído.

Eu achava que havia uma história alegre para ser contada sobre a vida dos meus pais, uma história de triunfo sobre a tragédia, de amor superando desigualdades incontornáveis, mas agora vejo que há apenas momentos de felicidade passageiros a serem capturados e celebrados antes que escapem.

— O que eu acho difícil de entender, Vera, é por que as pessoas traem umas às outras com tanta facilidade? Era de se esperar que se mostrassem solidárias em face da opressão.

— Não, não, essa é uma visão ingênua, Nadezhda. Sabe, este é o lado sombrio da natureza humana. Quando alguém tem poder, a arraia-miúda sempre tenta obter o seu favor. Olha só o jeito como papai tenta sempre agradar

Valentina, mesmo quando ela o maltrata. Olha só o jeito como os seus políticos trabalhistas rastejam para oferecer homenagem (ela pronuncia home-*naj*) aos capitalistas (ela pronuncia cap-*it*-alistas) que eles juraram derrubar. Claro que não são só os políticos, isso acontece no mundo animal também.

(Oh, Grande Irmã, que nariz tem você para farejar os depravados, os corruptos, os venais, os comprometidos. Onde você aprendeu a ver tudo de modo tão sombrio?)

— Eles não são os *meus* políticos trabalhistas, Vera.

— Meus é que eles não são. Nem de mamãe, como você sabe.

Sim, minha generosa mãe coração-de-bolinho, enche-de-comida-até-arrebentar, era uma fervorosa defensora da Sra. Thatcher.

— Não vamos mais falar em política, Vera. Nós sempre discordamos.

— Algumas coisas são tão desagradáveis que o melhor é não falar nelas.

Em lugar disso, fazemos planos para a audiência do tribunal de imigração, que foi se aproximando sem que nos déssemos conta e, de repente, será daqui a duas semanas. Vera e eu trocamos os papéis informalmente. Agora eu sou a sra. *Expert*-em-divórcio, ou, pelo menos, o meu trabalho é tomar conta do lado divórcio das coisas. Vera faz a parte da sra. Dá-uma-surra-neles-e-manda-de-volta-pra-casa. Ela é soberba no papel.

— O segredo, Nadia, está num planejamento meticuloso.

* * *

Vera visitou a sala de audiências do tribunal, inteirou-se de todos os detalhes e fez amizade com a porteira. Contatou o escritório do tribunal e, sem dizer exatamente que agia no interesse da sra. Mayevska, assegurou-se de que haveria um intérprete.

Eu vou a Londres assistir à audiência no tribunal, porque não quero perder esse lance emocionante. Vera e eu nos encontramos num café em frente ao prédio onde a audiência vai se realizar, em Islington. Embora tenhamos nos falado ao telefone, é a primeira vez que realmente nos encontramos desde o funeral de nossa mãe. Olhamos uma para a outra de cima a baixo. Fiz um esforço especial e estou usando um *blazer* Oxfam da estação, uma blusa branca e calças pretas. Vera está vestindo um *blazer* amarrotado muito elegante e uma saia de linho marrom. Cautelosamente, nos inclinamos e beijamos o ar junto ao rosto uma da outra.

— Que bom ver você, Nadia.

— Igualmente, Vera.

Estamos pisando em ovos.

Com bastante calma, tomamos nossos lugares no fundo da sala do tribunal, uma sala sombria forrada de carvalho, onde a luz solar é filtrada obliquamente por janelas altas demais para que se possa ver lá fora. Poucos minutos antes de a audiência começar, Valentina e Stanislav entram. Valentina superou-se: foi-se o poliéster azul-marinho forrado de rosa. Ela está usando um vestido branco e um casaquinho xadrez preto-e-branco *pied-de-poule*, decotado na frente para mostrar o encontro dos seios, mas elegantemente talhado e costurado para disfarçar o seu volume. Sobre os cabelos louros e bufantes, equilibra-se um chapeuzinho branco com flores recortadas em seda preta. O batom e o esmalte são vermelho-sangue. Stanislav está de uniforme e gravata de sua escola de luxo, e o cabelo foi cortado.

Ela bate os olhos em nós duas assim que entra e deixa escapar um gritinho. O jovem louro que a acompanha, que deduzimos ser seu advogado, segue a direção do olhar dela, e eles conversam em voz baixa enquanto tomam os seus lugares. Ele está vestindo um terno com tanto estilo e uma gravata tão brilhante que deduzimos que, certamente, ele não é de Peterborough.

Todo mundo fez um esforço para estar bem apresentado, menos os três membros do tribunal, que chegam alguns minutos atrasados, vestidos com calças largas e fora de moda e paletós amassados e deselegantes. Eles se apresentam, e imediatamente o advogado de Valentina se levanta e pede um intérprete para a sua cliente. Os membros do tribunal conferenciam, o secretário é consultado, e então uma mulher gorda de cabelos cacheados entra por uma porta lateral, senta na frente de Valentina e Stanislav e se apresenta aos dois. Ouço as exclamações de surpresa deles. Agora o jovem advogado levanta-se novamente, aponta para Vera e para mim, sentadas lá atrás, e faz uma objeção à nossa presença, que não é acatada. Finalmente, ele se levanta e começa um longo e eloqüente relato sobre o casamento de amor de Valentina e meu pai, de como se apaixonaram completamente um pelo outro, à primeira vista, ao se encontrarem no Clube Ucraniano de Peterborough; de como ele implorou para que ela se casasse com ele, bombardeando-a com cartas e poemas — o rapaz agita um maço de fotocópias no ar; e de como eram felizes antes de as duas filhas — aponta para mim e para Vera — começarem a interferir.

Ele já estava falando por, talvez, uns dez minutos, quando um rebuliço toma conta da sala e a porteira entra apressada com várias folhas de papel e as coloca na frente do presidente da sessão. Ele olha por alto os papéis e os passa aos outros dois integrantes da câmara.

— E ele viria pessoalmente testemunhar o seu amor por minha cliente, não fosse uma infecção pulmonar que, somada à sua idade avançada e fragilidade, o impediu de viajar e estar aqui hoje. — A voz do rapaz se eleva a um clímax. O presidente da câmara educadamente espera que ele termine e, então, pega os papéis que a porteira trouxe.

— Eu consideraria a sua exposição muitíssimo convincente, sr. Ericson — diz —, não fosse o fato de termos recebido neste exato momento um fax de

Peterborough, da advogada do marido da sra. Mayevska, com os detalhes de uma petição de divórcio apresentada por ele e que diz respeito à sua cliente.

Valentina pula da cadeira e se vira na direção de onde Vera e eu estamos sentadas:

— Isso coisa dessa irmã bruxa malvada! — grita, penteando o ar com as unhas escarlates. — Escuta, por favor, sr. Senhor — ela junta as mãos num gesto de oração e apela ao presidente —, eu amo o meu marido.

A intérprete, aborrecida por estar sendo excluída do drama, acrescenta:

— Ela afirma que as irmãs são bruxas do mal. Ela quer dizer que ama o marido.

Vera e eu nos conservamos silenciosas e empertigadas.

— Sr. Ericson? — inquire o presidente.

O rapaz estava rubro sob os cabelos claros.

— Eu gostaria de pedir um intervalo de dez minutos para consultar a minha cliente.

— Concedido.

Enquanto deixam a sala do tribunal, eu o ouço sussurrando para Valentina algo como: "... você me fez de palhaço..."

Dez minutos depois. O sr. Ericson volta sozinho.

— Minha cliente está retirando a apelação — diz.

* * *

— Você viu a maneira como ele piscou para nós?

— Quem?

— O presidente. Ele piscou.

— Não é possível! Eu não vi. Piscou mesmo?

— Eu o achei muito *sexy*.

— *Sexy*?

— Um tipo muito inglês e amarrotado. Eu realmente gosto muito de homens ingleses.

— Mas não do Dick.

— Dick era inglês e amarrotado quando o conheci. Eu gostava dele naquela época. Antes dele conhecer Perséfone.

Estamos sentadas, lado a lado, com os pés para cima de um sofá amplo no apartamento de Vera em Putney. Na nossa frente, sobre uma mesa baixa, dois cálices e uma garrafa quase vazia de vinho branco gelado. Dave Brubeck toca baixinho ao fundo. Depois de nossa aliança no tribunal, me pareceu a coisa mais natural do mundo vir até aqui. É um confortável apartamento pintado de branco, com carpetes espessos, poucas, e muito caras, peças de mobiliário. Eu nunca havia estado nele antes.

— Gosto do seu apartamento, Vera. É muito melhor do que aquele em que você morava com Dick.

— Você nunca esteve aqui antes? Claro que não. Bem, talvez você venha de novo.

— Espero que sim. Ou, quem sabe, você vai a Cambridge passar um fim de semana.

— Quem sabe.

Quando Vera vivia com Dick, visitei a casa deles uma ou duas vezes — era cheia de madeira envernizada e papel de parede com padrões complicados, que eu achava pretensiosos e tristes.

— O que você acha que significa, Vera, ela ter retirado a apelação? Será que ela desistiu completamente? Ou será que significa apenas que vai pedir uma nova data?

— Talvez ela simplesmente se misture ao submundo criminoso ao qual pertence. Afinal de contas, ela só pode ser deportada se a acharem.

Vera acendeu um cigarro e tirou os sapatos.

— Ou isso pode apenas significar que ela vai voltar para trabalhar o papai. Conseguir que ele volte atrás com o divórcio. Eu tenho certeza de que ele faria isso, se ela o abordasse da maneira certa.

— Sem dúvida, ele é idiota demais. — Vera olha um longo dedo de cinzas brilhando na extremidade do seu cigarro. — Mas eu acho que ela vai se esconder. Vai se meter em algum local secreto. Vai viver de pedidos de benefício fraudulentos e prostituição. — A cinza cai silenciosamente dentro de um cinzeiro de vidro. Vera suspira. — Dentro em breve ela vai pôr as mãos em outra vítima.

— Mas papai pode se divorciar, mesmo com ela ausente.

— Vamos torcer para que possa. A questão é quanto ele vai ter que pagar para se ver livre dela.

Enquanto falamos, meus olhos vagueiam pela sala. Há um vaso com peônias rosa-pálido sobre a lareira e, ao lado dele, uma fileira de fotografias, a maioria de Vera, Dick e as filhas, umas em cores e outras em preto-e-branco. Mas uma das fotografias é em sépia, numa moldura de prata. Fico pasma. Será isso mesmo que estou vendo? Sim, é. É a fotografia de nossa mãe usando o chapéu. Ela deve ter apanhado na caixa da sala de estar. Mas, quando? E por que não disse nada? Sinto que a raiva começa a colorir o meu rosto.

— Vera, o retrato de mamãe...

— Ah, sim. É lindo, não? O chapéu é encantador.

— Mas não é seu.

— Não é meu? O chapéu?

— O retrato, Vera. Não é seu.

Pulo do sofá, derrubando o meu copo de vinho. Forma-se uma poça de Sauvignon Blanc sobre a mesa que já começa a pingar no carpete.

— Qual é o problema, Nadia? É só uma fotografia, pelo amor de Deus.

— Eu tenho que ir. Não quero perder o último trem.

— Mas você não ia dormir aqui? A cama está pronta no quartinho.

— Sinto muito, mas não posso ficar.

Qual é o problema? É apenas uma fotografia. Mas é *aquela* fotografia! Mas vale a pena perder uma irmã recém-reconquistada por causa disso? Esses pensamentos passam em velocidade na minha cabeça enquanto sigo para casa no último trem, olhando na janela o meu reflexo a se integrar aos campos e bosques que vão escurecendo. O rosto na janela, com as cores desbotadas pela luz do entardecer, tem os mesmos traços e contornos do rosto da fotografia em sépia. Quando ele sorri, o sorriso é o mesmo.

No dia seguinte, telefono para Vera.

— Mil desculpas por ter saído daí correndo. Eu tinha me esquecido de um compromisso de manhã cedinho.

21
A dama oculta

Alguns dias depois da audiência malograda, Eric Pike aparece na casa do meu pai com um Volvo Estate grande e azul. Ele e meu pai vão para o quarto de trás e se põem amigavelmente a discutir aviação, enquanto Valentina e Stanislav correm para cima e para baixo pelas escadas, enfiando todos os seus pertences em grandes sacos pretos de plástico e colocando-os na parte de trás do carro. Mike e eu chegamos quando eles já estão prontos para partir. Eric Pike aperta a mão do meu pai e senta-se no banco do motorista, e Valentina e Stanislav se apertam juntos no lugar do carona. Meu pai, hesitante, assiste da soleira da porta. Valentina abaixa o vidro, estica a cabeça para fora e grita:

— Você se acha muito esperto, sr. Engenheiro, mas espere só para ver. Você sabe que eu sempre consigo o que eu quero.

Ela dá uma cusparada pela janela quando o carro começa a se movimentar. O cuspe vai parar na porta do carro, fica pendurado por um momento e depois escorre, viscoso, para o chão. Então, eles partem.

— E aí, papai, você está bem? Está tudo bem? — Eu lhe dou um abraço. Por baixo do suéter, sinto seus ombros ossudos.

— Tudo bem. Sim, está tudo bem. Bom trabalho. Talvez um dia eu telefone para Valentina e tente a reconciliação.

Pela primeira vez, ouço um tom diferente na voz do meu pai, e percebo o quanto ele está sozinho.

* * *

Eu telefono para Vera. Temos que fazer planos sobre como apoiar nosso pai agora que ele ficou sozinho. A Grande Irmã é totalmente a favor de se conseguir um atestado da incapacidade mental dele e despachá-lo para uma clínica de idosos.

— Nós temos de encarar a verdade, Nadezhda, por mais desagradável que ela seja. Nosso pai é maluco. É só uma questão de tempo para ele se meter numa outra loucura qualquer. É melhor colocá-lo num lugar onde ele não possa causar mais problema.

— Eu não acho que ele seja maluco, Vera; ele é apenas excêntrico. Excêntrico demais pra viver num lar de idosos.

De alguma forma, não consigo ver o meu pai com suas maçãs e sua conversa sobre tratores e seus hábitos estranhos se adaptando facilmente à rotina de um lar de idosos. Sugiro que um condomínio especial para idosos, supervisionado, com casas separadas, onde ele vai ter um grau maior de independência, possa ser mais adequado, e Vera concorda, acrescentando com bastante ênfase que isso é o que deveria ter sido feito desde o começo. Fala como se fosse uma vitória dela. Eu deixo passar.

* * *

Depois de Valentina e Stanislav terem saído, tirei dos quartos uma quantidade de lixo suficiente para encher catorze sacos grandes de plástico preto. Joguei fora algodões usados, embalagens amassadas, potes e vidros de cosméticos, calças *stretch*, papéis e revistas, catálogos de encomendas pelo correio, folhetos de propaganda, sapatos e roupas velhas. Joguei fora o sanduíche comido pela metade e uma porção de miolos de maçã e uma torta de carne de porco estragada, que achei debaixo da cama, no mesmo lugar onde um dia tinha achado a camisinha usada. No quarto de Stanislav, uma pequena surpresa — uma sacola cheia de revistas pornô embaixo da cama. Ora, ora!

Depois voltei minha atenção para o banheiro e, com a ajuda de um cabide de arame, puxei uma grande quantidade de cabelo embolado, louro da cabeça e castanho do púbis, que impedia o escoamento da banheira. Como é possível uma única pessoa gerar tamanha bagunça? Enquanto trabalhava, subitamente cheguei à conclusão de que Valentina, a vida toda, deve ter tido alguém atrás dela limpando a sujeira que fazia.

Passei para a cozinha e a despensa, tirando a gordura agarrada no fogão e nas paredes em volta — tão grossa que foi preciso raspar com uma faca —, arrancando restos de comida, esfregando manchas pegajosas nos pisos, prateleiras e bancadas, onde fluidos não identificados tinham espirrado sem nunca terem sido limpos. Potes, vidros, latas e pacotes foram abertos, postos em uso e esquecidos a apodrecer. Um pote de geléia largado aberto na despensa tinha quebrado, ficado duro como pedra e aderido à prateleira com tal firmeza que, quando tentei puxá-lo, acabou de quebrar na minha mão. Os pedaços de vidro caíram no chão em meio ao entulho formado por jornais, embalagens de comida congelada, açúcar derramado, macarrões crus partidos, migalhas de biscoito e ervilhas secas.

Debaixo da pia, encontrei um estoque de cavalinhas em lata — contei 46 ao todo.

— O que significa isso? — perguntei ao meu pai.

Ele deu de ombros.

— Compre uma, leve duas. Ela gosta.

O que se pode fazer com 46 latas de cavalinha? Não dava para jogar fora. O que faria minha mãe? Distribuí para os nossos conhecidos e dei o resto para o vigário, para distribuir aos pobres. Por vários anos seguidos, vi pequenas pilhas de latas de cavalinha diante do altar no festival da colheita.

Nas dependências do lado de fora, dentro de uma caixa de papelão, encontrei muitos pacotes de biscoitos. Todos tinham sido abertos, e migalhas e pedaços de embalagens espalhavam-se por toda parte. Noutro canto, havia quatro pães de fôrma mofados. Aqui os pacotes também tinham sido abertos e o conteúdo espalhado. Por que alguém faria aquilo? E então eu vi uma coisa grande e marrom correndo no canto.

Oh, meu Deus! Chamem o conselho municipal, rápido!

Na sala de estar, cozinha e despensa, pires com comida e leite, colocados para Lady Di, não tinham sido do agrado dele, e também foram deixados a apodrecer no calor de agosto. Um deles estava infestado de bolor. Noutro, larvas brancas se contorciam. O leite tinha estragado e se transformara num queijo verde e viscoso. Coloquei os pires de molho em água sanitária.

Em geral, não sou do tipo de mulher para quem fazer faxina é terapêutico, mas essa, em especial, me deu a sensação de uma purgação simbólica, da erradicação total de um invasor alienígena que havia tentado colonizar a nossa família. Eu me senti muito bem.

★ ★ ★

Fico cautelosa sobre dizer a Vera que meu pai falou em se reconciliar com Valentina, porque sei que se há uma coisa que certamente o lançará de volta nos braços dessa mulher é uma confrontação com a Grande Irmã. Mas, sem querer, deixo escapar.

— Oh, que idiota! — Eu a ouço encher os pulmões de ar enquanto escolhe as palavras. — Com certeza, vocês, assistentes sociais, estão familiarizadas com a síndrome das mulheres maltratadas que se agarram aos seus agressores.

— Eu não sou assistente social, Vera.

— Não, claro, você é socióloga. Eu esqueci. Mas se você fosse assistente social diria exatamente isso.

— Talvez.

— É por isso que considero tão importante colocar nosso pai em lugar seguro, para o seu próprio bem. Senão, ele simplesmente será vítima da primeira pessoa inescrupulosa que aparecer. Você não tinha ficado de procurar aquele condomínio para idosos, Nadia? Sinceramente, acho que já é tempo de você assumir alguma responsabilidade, como eu fiz pela mamãe.

Mas meu pai está determinado a tirar o máximo proveito de sua nova liberdade. Quando levanto a possibilidade de ele ir para um condomínio de idosos, responde que vai ficar onde está. Está ocupado demais para pensar em se mudar. Vai arrumar a casa e talvez até alugue o antigo quarto de Valentina, no andar de cima, para uma senhora séria de meia-idade. E, depois, ele ainda tem que escrever o seu livro.

— Eu acabei de contar a você a história do meio-trator?

Ele vai buscar o bloco A4 de linhas estreitas, agora já quase todo preenchido com sua obra-prima, e lê:

O meio-trator foi inventado por um engenheiro francês de nome Adolph Kegresse, que havia trabalhado na Rússia como diretor técnico da frota de automóveis do czar, mas que, na época da revolução de 1917, tomou o caminho de volta para a França, onde continuou a aperfeiçoar os seus projetos. O meio-trator se baseia no princípio simples de rodas normais de pneus na frente do veículo e esteiras caterpílar atrás. Os tratores de meia-esteira, os carros de cavalaria e os carros blindados foram especialmente populares entre os militares da Polônia, onde eram considerados apropriados para andar nas estradas mal conservadas do país. Dizem que foi da histórica união de Adolph Kegresse com André Citroën que nasceu todo o fenômeno dos veículos 4x4. Em sua época, eles pareciam prometer uma revolução na agricultura e no transporte pesado, mas, infelizmente, tornaram-se uma das maldições da era moderna.

* * *

Depois da minha grande faxina, sobraram apenas duas coisas que faziam meu pai se lembrar de Valentina, e que não eram fáceis de remover: Lady Di (e a namorada e os quatro filhotes dela) e o Rolls sobre a grama.

Todos nós concordamos que Lady Di e a família deveriam ficar, pois fariam companhia a meu pai, mas que seus hábitos de comer e de toalete precisavam ser modificados. Fui a favor de se colocar uma pequena bacia com areia sanitária, mas a Grande Irmã foi taxativa.

— Não é nada prático. Quem vai limpar? Só tem uma coisa a ser feita: ensiná-los a não fazer sujeira dentro de casa.

— Mas, como?

— Você os agarra pelo cangote e esfrega o nariz deles na sujeira. É o único jeito.

— Oh, Vera. Eu não consigo fazer isso. E papai, com certeza, também não.

— Não seja tão fresca, Nadia. Claro que consegue. Mamãe fez isso com todos os gatos que a gente teve. Por isso é que eles eram tão limpos e dóceis.

— Mas, como é que eu vou saber qual gato fez a sujeira?

— Toda vez que aparecer uma sujeira, você esfrega o nariz de todos eles nela.

— De todos os seis? (Parecia algo da Rússia dos anos 30.)

— De todos os seis.

E assim eu fiz.

A alimentação deles também ficou mais racional. Eles só comeriam na varanda de trás, duas vezes por dia, e, se não comessem, a comida seria jogada fora depois de um dia.

— Você consegue lembrar disso?

— Lembro, lembro. Um dia. É para deixar só um dia.

— Se eles ainda estiverem com fome, você pode dar biscoitos secos de gato. Eles não têm cheiro.

— Abordagem sistemática. Alimentação tecnológica avançada. Isso é bom.

O pessoal do conselho veio pôr veneno de rato, e, logo depois, quatro corpos marrons e peludos foram encontrados de barriga para cima na parte externa da casa. Mike os enterrou no jardim. Os gatos foram proibidos de dormir dentro de casa ou no Rolls-Royce, e foi providenciada para eles uma caixa forrada com um casaco velho de Valentina num dos barracões do lado de fora. Lady Di protestou contra o novo regime e, uma vez, tentou me arranhar durante as sessões de esfregação de focinhos, mas logo aprendeu a obedecer.

A namorada de Lady Di revelou-se uma estrela — amigável, afetiva e asseada em seus hábitos. Meu pai resolveu chamá-la de Valyusia, em homenagem a Valentina, e, de tarde, quando ele cochilava, ela ia se enroscar no colo dele, ronronando, como sem dúvida ele gostaria que a Valentina de verdade fizesse. Coloquei cartazes na agência de correios anunciando gatinhos encantadores, grátis para famílias com condições de acolhê-los. Um bônus inesperado foram algumas senhoras idosas, que haviam sido amigas da minha mãe, que apareceram para admirar os gatinhos e ficaram conversando com meu pai, e depois continuaram a vir de tempos em tempos, atraídas talvez pelo ar de escândalo que cercava a casa. Meu pai comentou com Vera, de maneira bastante rude, que achava a conversa delas muito maçante, mas pelo menos era educado com elas, e elas ficavam de olho nele. O vigário foi lá agradecer as latas de cavalinha, que foram doadas a uma família de refugiados do Leste europeu. Gradualmente ele foi sendo reintegrado à comunidade.

No *front* dos carros, as coisas não foram tão simples. A lata-velha desapareceu misteriosamente uma noite, mas o Rolls permanecia no gramado em frente da casa. Embora meu pai tivesse dado quinhentas libras por ele, Valentina estava com a chave e os documentos, sem os quais ele não podia ser vendido nem rebocado. Telefonei para Eric Pike novamente.

— Por favor, eu poderia falar com Valentina?

— Com quem eu falo? — perguntou a voz áspera e untuosa.

— Aqui é a filha do sr. Mayevskyj. Nós já nos falamos antes. — (Eu devia ter pensado num nome falso e numa história para disfarçar.)

— Eu gostaria que a senhora parasse de me telefonar, senhora ahn... senhorita ahn... Não sei por que a senhora acha que Valentina está aqui.

— O senhor a levou embora no seu carro, naquele dia de tardinha. Com todos os pertences dela.

— Eu só estava fazendo um favor. Ela não está morando aqui.

— Pra onde o senhor a levou, então?

Nenhuma resposta.

— Por favor, como posso entrar em contato com ela? Ela deixou algumas coisas aqui, que talvez ainda queira. E continua chegando correspondência para ela.

Faz-se um momento de silêncio, e então ele diz:

— Eu vou mandar um recado para ela entrar em contato com a senhora.

Alguns dias depois, meu pai recebeu uma carta do advogado de Valentina, dizendo que toda correspondência para ela deveria ser enviada para o seu escritório, e todo contato deveria ser feito somente por intermédio dele.

* * *

Eu podia entender a desolação que meu pai devia sentir, porque, estranhamente, eu compartilhava o sentimento dele. Valentina tinha se tornado uma figura tão proeminente na minha vida, que o seu desaparecimento deixou um vazio no qual as perguntas voavam em círculos como pássaros assustados. Onde ela teria ido se esconder? Onde será que estava trabalhando? O que estava planejando fazer em seguida? Quem eram os seus amigos? Com que homem ou homens estava dormindo? Seria uma sucessão de relações superficiais ou havia alguém especial — um rapaz inglês inocente e bom, que a achava excitante e erótica, mas era tímido demais para abordá-la sexualmente? E Stanislav, onde estaria escondendo o novo estoque de revistas pornô?

Essas perguntas me consumiam. Minha imaginação criava uma cena depois da outra: Valentina e Stanislav prostrados, esquálidos, num quarto alugado com mobília de aglomerado em algum lugar de Peterborough; ou apertados com todos os seus sacos plásticos no porão de uma pensão imunda; ou, quem sabe, vivendo bem num ninho de amor chique, pago por algum amante; as panelas e frigideiras que foram de minha mãe fervendo, enchendo a cozinha do vapor de comidas congeladas, a pequena fotocopiadora portátil empoleirada sobre a mesa, entre eles, enquanto comem. Depois de comer, será que saem? Com quem? Ou, se ficam em casa, quem bate à porta no meio da noite?

Passo de carro, repetidas vezes, na frente da casa dos Zadchuk tentando ver se a lata-velha está estacionada do lado de fora. Não está. Pergunto aos vizinhos se eles têm visto Stanislav ou Valentina. Não têm visto. O homem da agência dos correios e a mulher da loja da esquina não a têm visto. Muito menos o leiteiro em suas rondas.

Fiquei obcecada pela idéia de achar Valentina. Toda vez que entro em Peterborough, ou a atravesso de carro, tenho a sensação de ver a lata-velha desaparecendo em cada rua lateral. Freio e faço curvas malucas em "U", e os outros motoristas buzinam, irritados comigo. Digo a mim mesma que é porque eu preciso saber quais são os planos dela — se vai contestar o divórcio, quanto dinheiro vai pedir, se vai ser deportada antes. Eu me convenço de que preciso descobrir por causa do Rolls ou da correspondência que continua pingando na caixa de correio para ela — a maior parte, folhetos de propaganda oferecendo esquemas duvidosos para se ficar rico depressa e tratamentos de beleza suspeitos. Mas, na verdade, é uma curiosidade irresistível que se apossou de mim. Quero saber da vida dela. Quero saber quem ela é. Quero saber.

Num sábado à tarde, num frenesi de curiosidade, vou até a casa de Eric Pike e fico vigiando. Descobri o endereço na lista telefônica de assinantes. É um bangalô moderno, neogeorgiano, que se ergue atrás de um gramado em declive, numa rua sem saída, cheia de bangalôs semelhantes. Colunas brancas ao lado da porta, cabeças de leão nos pilares do portão, vitrais, um lampião a gás vitoriano (convertido para eletricidade) na entrada de carros, uma porção de cestas penduradas com petúnias cor de malva transbordando delas e um lago grande com chafariz e carpas Koi. Na entrada há dois carros — o Volvo Estate grande e azul e um pequeno Alfa Romeo branco. Nenhum sinal do Rover de Valentina. Estaciono acima da casa, a certa distância, ligo o rádio e espero.

Não acontece nada por uma hora, uma hora e meia. E, então, surge uma mulher de dentro da casa. É uma mulher atraente de seus quarenta e tantos, toda maquiada, saltos altos e, noto, uma correntinha de ouro no tornozelo, por baixo das calças *stretch*. Ela vem andando em direção ao meu carro e faz um sinal para eu abaixar o vidro.

— Você é detetive particular?

— Oh, não, eu estou só... — Minha imaginação me abandona. — Estou só esperando um amigo.

— Porque, se você for, pode ir se mandando daqui. Faz três semanas que eu não sei dele. Está tudo terminado.

Ela se vira e sai andando de volta para a casa, os saltos afundando no cascalho barulhento.

Instantes depois, aparece um homem e fica de pé na soleira da porta, olhando na minha direção. Ele é alto e forte, tem um bigode grande e preto. Quando ele começa a caminhar pela entrada dos carros em minha direção, eu rapidamente viro a chave e saio.

No caminho de volta, tenho outra idéia. Faço um retorno e me dirijo para Hall Street, para a casa de Bob Turner, onde uma vez viemos entregar o envelope pardo e gordo. Mas a casa está nitidamente vazia, com uma placa de "À venda" no portão da frente. Dou uma espiada pela janela; as cortinas estão abertas, mas dá para ver que não há mobília lá dentro. Uma vizinha me vê e estica a cabeça cheia de rolinhos pela porta.

— Eles foram embora.

— Stanislav e Valentina?

— Ah, esses já se foram há séculos. Pensei que a senhora estivesse procurando os Linaker. Eles foram embora semana passada. Para a Austrália. Sortudos.

— A senhora conheceu Valentina e Stanislav?

— Não muito. Faziam um bocado de barulho, ele e ela farreando pela casa no meio da noite. Não sei o que o garoto achava daquilo.

— A senhora sabe onde ela está morando agora?

— A última coisa que eu soube foi que ela se casou com um velho pervertido.

— Um pervertido? Tem certeza?

— Bem, um velho sujo. Era assim que o sr. Turner o chamava — "o velho sujo da Valentina". Acontece que ele tinha um bocado de dinheiro — era o que diziam.

— Era isso o que diziam?

Os olhos úmidos por baixo dos rolinhos piscam e continuam a me fitar. Fixo o meu olhar no dela.

— Ela se casou com o meu pai.

Os olhos piscam novamente e se desviam para o chão.

— Você foi ao Clube Ucraniano? Ela costuma ir lá de vez em quando.

— Obrigada. É uma boa idéia.

Eu reconheço a velha senhora na recepção do Clube Ucraniano. É uma amiga de minha mãe, Maria Kornoukhov, que eu havia encontrado pela última vez no enterro dela. Nós nos cumprimentamos com um abraço. Ela não vê Valentina há semanas. Pergunta por que estou procurando por ela, e por que ela não está morando com o meu pai.

— Boneca pintada. Eu nunca gostei dela, sabia? — diz ela, em ucraniano.

— Nem eu. Mas pensei que ela fosse cuidar do meu pai.

— Ah! Só se fosse do dinheiro dele! Coitada da sua mãe, que economizava cada centavo. Tudo gasto em maquiagem e vestidos transparentes.

— E carros. Ela tem três carros, sabia?

— Três carros! Que loucura! Quem precisa mais que um bom par de pernas? Também, não dá mesmo para *ela* ir muito longe com aqueles sapatos de salto alto que ela usa.

— Agora ela desapareceu. Nós não sabemos onde encontrá-la.

Ela baixou a voz, aproximou a boca do meu rosto e disse, sussurrando:

— Você já tentou o Hotel Imperial?

Na verdade, o Hotel Imperial não é um hotel, é um *pub*. E, na verdade, também não é imperial, embora os estofados marrons de *dralon* e os lambris de mogno sugiram que ele tem pretensões. Ainda acho estranho entrar num *pub* sozinha, mas compro meia cerveja com limonada e levo para um canto onde possa me sentar e observar o salão todo. A clientela é basicamente jovem e muito barulhenta; os homens bebem cerveja *lager* em garrafa, as mulheres tomam vodca *chasers* e vinho branco, e eles gritam entre si através da sala, numa barulheira sem tréguas, de estourar os ouvidos. Parecem fregueses habituais, pois chamam pelo nomeo homem que serve no bar e fazem piadas sobre seu corte de cabelo, que o deixou careca. O que Valentina e Stanislav poderiam estar fazendo num lugar como esse? Num lado mais afastado do *pub*, noto um rapaz recolhendo os copos das mesas. Seus cabelos são cacheados e estão um tanto crescidos, e ele está usando um suéter horrível de poliéster roxo.

Quando chega à minha mesa, ele levanta os olhos para mim, e nossos olhares se cruzam. Abro um sorriso largo e amigo.

— Olá, Stanislav! Que bom ver você! Eu não sabia que trabalhava aqui. Onde está a sua mãe? Ela também trabalha aqui?

Stanislav não responde. Ele recolhe meu copo, ainda pela metade, e desaparece por trás do bar. E não retorna. Depois de algum tempo, o rapaz do bar vem à minha mesa e pede para eu ir embora.

— Por quê? Não estou fazendo nada de errado.

— Acontece que você já terminou a bebida.

— Eu vou pedir mais uma.

— Olha, vai embora de uma vez, tá bom?

— *Pubs* são lugares públicos, sabia? — digo, tentando arrebanhar a minha dignidade classe-média.

— Eu já falei: dá o fora.

Ele se inclina sobre mim e fica tão perto que eu sinto o hálito de cerveja. O corte de cabelo que o faz parecer careca de repente já não tem mais tanta graça.

— Tudo bem. Mas fique sabendo que eu vou cortar esse hotel da minha lista de recomendados.

Quando me pego novamente na calçada já está anoitecendo, mas ainda está quente do sol da tarde. Há duas semanas não chove, e o pátio atrás do *pub* cheira a cerveja e urina. Fico surpresa ao constatar, quando pego as chaves do carro, que minhas mãos estão tremendo, mas ainda assim não me disponho a desistir. Eu me esgueiro até lá atrás e espio pela janela da copa, que está aberta. Ouço um dos fregueses barulhentos perguntando:

— Hei, Ed Careca, o que é que houve?

Ed Careca respondendo:

— Ah, foi uma vaca-velha que ameaçou o meu empregado.

Eu me sento num barril vazio e sinto o cansaço descer sobre os meus ossos. Todos os encontros do dia ressoam na minha cabeça: muita agressão.

Posso passar sem isso. Entro no carro e, sem voltar à casa do meu pai, vou direto para casa, para Cambridge e Mike.

* * *

Vera mata imediatamente a charada.

— Eles estão trabalhando ilegalmente. É por isso que ele não queria saber de você fazendo perguntas. Stanislav, provavelmente, nem tem idade para trabalhar num *pub*.

(Oh, Grande Irmã, que instinto você tem para desmascarar os trapaceiros, os sujos, os desonestos.)

— E a mulher na casa de Eric Pike?

— Obviamente a mulher dele estava tendo um caso na mesma época em que ele teve um caso com Valentina.

— E como é que você sabe disso, Vera?

— Como é que você *não* sabe disso, Nadia?

22

Cidadãos-modelo

Depois que vieram para a Inglaterra, em 1946, meus pais se tornaram cidadãos-modelo. Eles nunca infringiram a lei — nem uma única vez. Tinham muito medo. Penavam quando tinham que preencher formulários em que havia palavras ambíguas: e se dessem a resposta errada? Temiam pedir benefícios da assistência social: e se houvesse alguma fiscalização? Tinham receio de tirar passaportes: e se os impedissem de entrar quando voltassem? Os que desagradavam as autoridades podiam ser mandados para uma longa viagem de trem da qual não havia retorno.

Pode-se imaginar, então, o pânico do meu pai quando ele recebeu, pelo correio, uma intimação para comparecer em juízo por não pagamento de uma licença de carro. A lata-velha tinha sido encontrada sem licença, estacionada numa rua lateral. Meu pai está registrado como o responsável pelo veículo.

— Veja você, por causa dessa tal de Valentina, pela primeira vez eu me tornei um fora-da-lei.

— Está tudo bem, pai. Tenho certeza de que é um mal-entendido.

— Não, não. Você não sabe de nada. Pessoas já morreram por causa de mal-entendidos.

— Mas não em Peterborough.

Telefono para a Agência de Licenciamento de Motoristas e Veículos e explico a situação. Digo para a voz do outro lado da linha que meu pai nunca dirigiu o carro, que não tem mais condições físicas de dirigir. Estou preparada para um encontro com um burocrata distante, mas a voz — idosa, feminina, com um toque de Yorkshire nas vogais — é gentil e atenciosa. De repente, sem razão, rompo em lágrimas e me pego despejando a história toda: a cirurgia de busto, as luvas amarelas de borracha, a carteira de motorista internacional de araque.

— Oh, meu Deus! Oh, eu nunca... — diz a voz gentil. — Coitadinho! Diga a ele que não precisa se preocupar. Eu vou mandar apenas um pequeno formulário para ele preencher. Ele só vai ter de nos mandar, detalhadamente, o nome e o endereço dela.

— Mas aí é que está. Ele não sabe o endereço dela. Nós nos comunicamos com ela através do advogado.

— Bem, põe o endereço do advogado. Serve.

Eu preenchi o formulário para o meu pai, e ele assinou.

Alguns dias depois, ele me telefona novamente. Durante a noite, a lata-velha reapareceu na entrada da casa. Com duas rodas sobre a grama, junto de onde o Rolls está apodrecendo. Ela tem um dos pneus de trás furado, a lanterna do lado do motorista quebrada e a porta do motorista empenada e amarrada com uma corda à carroceria do carro, de tal modo que o motorista tem que entrar pelo lado do carona e passar por cima da alavanca de mudança. Não tem o selo de licença. Enquanto isso, o Lada desapareceu da garagem.

— Alguma coisa suspeita aconteceu — diz meu pai.

Agora há dois carros na parte da frente do jardim, e estão estacionados de tal maneira que meu pai tem que se espremer contra a cerca espinhenta de piracanta para chegar à porta da frente. Os espinhos agarram no casaco dele e, às vezes, arranham-lhe o rosto e as mãos.

— Isso é ridículo — digo ao meu pai. — Ela *tem* que levar os carros embora.

Telefono para a sra. Carter, e ela escreve para o advogado de Valentina. Mesmo assim nada acontece. Telefono para um vendedor de carros usados e ofereço vendê-los por um preço vantajoso. Ele fica muito interessado no Rolls, mas volta atrás quando eu digo que o carro está sem documentos. Nem chego a mencionar que também está sem as chaves.

— Mas você não pode rebocar os carros e usá-los para desmonte e sucata?

— É necessário o documento de registro até mesmo para se desmontar um carro.

* * *

O advogado de Valentina parou de responder às nossas cartas. Como vamos conseguir persuadir Valentina a tirar o carro, se nem ao menos sabemos onde ela mora? Vera recomenda Justin, o homem de barba crescida que entregou os papéis de divórcio para Valentina. Eu nunca contratei um detetive particular antes. A idéia me parece fantástica — é coisa que as pessoas fazem nos filmes de suspense da TV.

— Minha querida, você vai achá-lo *bastante* excitante.

— Mas, será que ela não vai reconhecer Justin? Não vai notar o BMW preto do lado de fora da casa dela?

— Ah, eu tenho certeza de que ele vai se disfarçar. Provavelmente ele tem um Ford Escort velho para usar nessas ocasiões.

Contato Justin por intermédio da sra. Carter e deixo uma mensagem longa e vaga na secretária eletrônica, porque não tenho a mínima idéia do que realmente quero dizer. Ele me liga de volta em alguns minutos. Sua voz é grave e confiante, com traços de um sotaque de Fenland que ele tenta suavizar. Ele tem certeza de que pode me ajudar. Tem contatos na polícia e no conselho municipal. Toma nota de todos os detalhes que eu posso dar, os vários nomes dela e como se escrevem, a data do seu nascimento (a menos que ela tenha inventado isso também), seu número na Previdência Social (eu o encontrei num dos papéis que estavam na mala do carro), o nome de Stanislav e sua idade, tudo que sei a respeito de Bob Turner e Eric Pike. Mas ele parece mais interessado em negociar os honorários. Quero pagar por resultados ou por dia? Escolho pagar por resultados. Tanto pelo endereço, tanto por detalhes do trabalho, mais por provas de que ela tem um amante que possam ser utilizadas em juízo. Depois de desligar o telefone, me sinto satisfeita e excitada. Se Justin for capaz de conseguir essas informações, o preço não terá sido caro.

* * *

Enquanto estou ocupada tentando me ver livre do Rolls-Royce, meu pai faz o elogio de uma maquinaria de outro tipo.

> *O final da guerra foi uma época de extraordinário avanço e progresso na história dos tratores, as espadas foram mais uma vez vencidas pelas relhas, e um mundo faminto começou a considerar como faria para se alimentar. Porque uma agricultura bem-sucedida, como sabemos agora, é a única esperança para a raça humana, e, quanto a isso, os tratores têm um papel central a desempenhar.*
>
> *Os americanos só entraram na guerra depois que as indústrias e as populações da Europa já haviam sido postas à prova até quase a aniquilação. Os tratores americanos, que antes ficavam para trás de seus equivalentes europeus em excelência técnica, ocuparam então o palco central. O mais notável dentre eles foi o John Deere.*
>
> *O John Deere propriamente dito era um ferreiro de Vermont, um homem alto e forte como um touro, que, em 1837, confeccionou com as próprias mãos um arado de aço que se mostrou excelente para revolver o solo virgem das pradarias americanas. Portanto, pode-se dizer que foi o trator Deere, mais que os tolos caubóis glorificados no cinema pós-guerra, que desbravaram o Oeste americano.*

Sua grande genialidade foi menos como engenheiro que como empresário, pois, fazendo negócios e oferecendo financiamento para os compradores, a oficina de antes se tornara, na época de sua morte, em 1886, uma das maiores empresas dos Estados Unidos.

O famoso modelo de dois cilindros com motor diesel de 376 polegadas cúbicas de John Deere era tanto econômico para rodar quanto fácil de manejar. Mas foi o extraordinário Modelo G, que até 1953 foi exportado para todo o mundo e que teve sua participação no domínio econômico americano, que caracterizou o período pós-guerra.

⋆ ⋆ ⋆

Uma tarde, no começo de outubro, meu pai dá uma parada em seu importante trabalho e está tirando um cochilo na poltrona, no quarto da frente, quando começa a tomar consciência de um som diferente penetrando seu sonho. É uma vibração mecânica, repetitiva e macia — um som bastante agradável, que, segundo ele, o fez lembrar da velha moto Francis Barnett lutando para dar partida quando a manhã estava úmida. Ele fica suspenso entre o sono e a vigília, ouvindo aquele som e se lembrando da Francis Barnett, dos caminhos sinuosos de Sussex, do vento nos cabelos, das sebes floridas e perfumadas, do aroma da liberdade. Ele ouve atentamente, com prazer, e então capta um outro som, tão baixo que é quase inaudível, um leve murmúrio — vozes falando em sussurros.

Seus sentidos agora estão plenamente alertas. Alguém está no quarto. Deitado e totalmente imóvel, ele abre um olho. Dois vultos se movimentam perto da janela. Quando entram em seu campo de visão, ele os reconhece: Valentina e a sra. Zadchuk. Rapidamente fecha o olho de novo. Ouve a movimentação delas, os cochichos, e um outro som: um crepitar de papel. Abre o outro olho. Valentina está tirando papéis da gaveta da cômoda onde ele guarda todos os seus documentos e cartas. De tempos em tempos, ela puxa uma folha e passa para a sra. Zadchuk. Agora ele reconhece o outro som — a vibração mecânica. Não é a Francis Barnett, é a pequena fotocopiadora portátil.

Ele se enrijece. Não dá mais para se controlar. Abre os dois olhos e se vê olhando direto nos olhos cor de calda de açúcar queimado, pintados *à la* Cleópatra, de Valentina.

— Ha! — diz ela. — O cadáver voltou à vida, Margaritka.

A sra. Zadchuk grunhe e alimenta a copiadora com mais papel. A máquina vibra novamente.

Valentina se abaixa e põe o rosto bem perto do rosto do meu pai.

— Você se acha esperto, esperto. Em breve você estará morto, sr. Engenheiro Esperto.

Meu pai deixa escapar um grito, e o que mais tarde ele descreve como uma "descarga da extremidade posterior".

— Você já parece um cadáver, e em breve será um. Sua carcaça de cachorro. Seu esqueleto ambulante.

Ela se inclina sobre ele, prendendo-o à poltrona com as mãos que, uma de cada lado, seguram a sua cabeça, enquanto a sra. Zadchuk continua a fotocopiar a correspondência da sra. Carter. Quando ela termina, junta os papéis, desliga a fotocopiadora e coloca tudo dentro de uma sacola grande da Tesco.

— Vamos, Valentina. Já temos tudo de que precisamos. Larga pra lá esse cadáver malcheiroso.

Valentina pára na soleira da porta e sopra para ele um beijo zombeteiro.

— Seu morto-vivo. Seu fugitivo de cemitério.

23

O fugitivo do cemitério

Talvez Valentina soubesse, ou talvez tenha sido só um palpite inspirado, mas meu pai realmente foi um fugitivo de cemitério.

Aconteceu no verão de 1941, quando as tropas alemãs invadiram a Ucrânia e o Exército Vermelho fugiu na direção leste, queimando as pontes e os campos que deixavam para trás. Meu pai estava em Kiev com o seu regimento. Ele era um soldado relutante. Meteram uma baioneta nas mãos dele e lhe disseram que ele tinha que lutar pela pátria, mas ele não queria lutar — nem pela pátria, nem pelo Estado soviético, nem por ninguém. Ele queria ficar sentado na sua mesa, com a régua de cálculo e papel em branco, quebrando a cabeça com uma equação de arrasto e sustentação. Mas não havia mais tempo para isso — não havia tempo para nada que não fosse dar uma estocada e correr, atirar e correr, mergulhar para se proteger e correr, e correr e correr. Para leste, através dos campos de trigo amarelo-queimado de Poltava, sob um céu azul flamejante, o exército corria, para no final se reagrupar em Stalingrado. Mas a bandeira que seguiam não era amarela e azul: era vermelha e amarela.

Talvez tenha sido por isso, ou talvez ele apenas não agüentasse mais, mas meu pai não foi com eles. Fugiu do regimento e achou um lugar para se esconder. No velho cemitério judeu, num bairro silencioso e arborizado da cidade, ele entrou num túmulo que estava quebrado, colocando pedras pesadas atrás de si, e se abrigou lá, cara a cara com os mortos. Às vezes, agachado no escuro, ouvia as vozes de judeus desolados a se lamentarem por sobre a sua cabeça.

Ficou lá, no silêncio frio e úmido, por quase um mês, vivendo da comida que havia trazido consigo e, quando esta acabou, de larvas, caracóis e sapos. Bebia de um fio d'água que formava uma poça na terra quando chovia, e contemplava a proximidade com a morte, ajustando os olhos à escuridão.

Só que não era completamente escuro: havia um espaço entre as pedras pelo qual a luz do sol entrava em certas horas do dia e através do qual, quando pressionava o olho junto dele, podia ver o mundo lá fora. Via as lápides, meio cobertas por rosas cor-de-rosa, e, além delas, uma cerejeira pesada de frutos maduros. Ficou obcecado pela árvore. O dia todo ficava olhando as cerejas maduras, enquanto, no subterrâneo escuro, caçava larvas que enrolava em folhas ou grama para tornar mais palatáveis.

Chegou um dia — uma tarde — em que ele não pôde mais suportar aquilo. Assim que entardeceu, esgueirou-se do esconderijo e subiu na árvore, e colheu muitos punhados de cerejas, e encheu a boca com elas. E mais e mais, de tal maneira que lhe escorria suco pelo queixo. Ele cuspia nas pedras em todas as direções, até suas roupas ficarem cobertas de respingos de sumo de cereja, parecendo sangue. O que ele pegava parecia nunca ser o bastante. E então ele encheu os bolsos e o boné, e voltou furtivamente para o abrigo subterrâneo.

Mas alguém o viu. Alguém o delatou. Ao raiar do dia, vieram os soldados e o puxaram para fora e o prenderam como espião. Quando o agarraram e o empurraram para dentro do caminhão, a massa ácida das cerejas, dentro da barriga dele, combinada com o terror da prisão, fez com que ele se borrasse vergonhosamente.

Eles o levaram para um velho hospital de doentes mentais nos arredores da cidade, onde ficava o quartel-general do comando, e o trancaram num quarto vazio com barras nas janelas, sentado sobre o próprio fedor, para aguardar o interrogatório. Meu pai não era um homem bravo, não era do tipo heróico. Ele sabia com que brutalidade os alemães tratavam os ucranianos que capturavam. O que você ou eu faríamos numa situação daquelas? Meu pai quebrou a janela com o punho e, com um caco de vidro, cortou a garganta.

Os alemães não desistiram dele tão facilmente. Acharam um médico, um velho psiquiatra ucraniano que havia permanecido no hospital para cuidar dos seus pacientes. Desde os dias de estudante de medicina ele nunca mais tinha costurado um ferimento. Suturou a garganta do meu pai com pontos toscos feitos com linha de pregar botão, deixando uma cicatriz denteada que desde então o faz tossir quando come. Mas salvou a vida do meu pai. E disse para os alemães que a laringe tinha ficado irremediavelmente danificada, que o homem não seria capaz de falar sob interrogatório e que, além do mais, ele não era espião, era um pobre louco — um antigo paciente mental que já havia tentado fazer mal a si mesmo antes. Então os alemães o deixaram em paz.

Meu pai ficou no hospital, sob os cuidados do velho psiquiatra, com o qual jogava xadrez e discutia filosofia e ciências. Quando o verão se foi, os alemães também se foram, em perseguição ao Exército Vermelho, na direção leste. Quando julgou estar a salvo, ele partiu, tomando o caminho de volta através das linhas alemãs, na direção oeste, para Dashev, onde pretendia se juntar à sua família.

Mas minha mãe e Vera já não estavam lá. Duas semanas antes de meu pai voltar, os alemães tomaram a vila, colocaram todos os adultos jovens e fisicamente capazes em trens e os transportaram para a Alemanha, para trabalhar nas fábricas de munições. Eles os chamavam de *Ostarbeiter*: trabalhadores do leste. Eles queriam deixar Vera para trás — ela tinha apenas 5 anos —, mas mamãe aprontou tal confusão que ela foi também. Meu pai ficou em Dashev o tempo necessário para recobrar as forças, e então conseguiu que o pusessem num trem e foi para o oeste atrás delas.

* * *

— Não, não — diz Vera. — Não foi assim que aconteceu. Eram ameixas e não cerejas. E foi o NKVD que o pegou e não os alemães. Os alemães vieram depois. E quando ele voltou para Dashev, nós ainda estávamos lá. Eu lembro quando ele chegou, com aquela horrível cicatriz na garganta. Baba Nadia cuidou dele. Ele não conseguia comer nada, só sopa.

— Mas foi ele quem me contou...

— Não, ele foi para o oeste primeiro, conseguiu transporte para a Alemanha. Quando ele disse que era engenheiro, eles lhe deram um emprego. Depois ele mandou buscar a gente.

Essa é a história de como a minha família saiu da Ucrânia — duas histórias diferentes, a da minha mãe e a do meu pai.

— Ele, então, era um imigrante econômico e não um refugiado?

— Nadia, por favor. Por que você está levantando essas questões agora? Nós devíamos estar concentrando as nossas energias no divórcio, e não nessa lamentação sem fim a respeito do passado. Não há nada a dizer. Nada a aprender. O que acabou, acabou.

A voz dela está embargada, como se eu a tivesse atingido num ponto nevrálgico. Será que a magoei?

— Sinto muito, Vera. — (Eu *realmente* sinto muito.)

Começo a perceber que a Grande Irmã não passa de uma couraça. Minha irmã de verdade é alguém diferente, alguém que eu ainda estou principiando a conhecer.

— Agora. — Sua voz se firma. Ela retoma o controle. — Você disse que Valentina copiou todos esses papéis. Só pode haver uma razão para isso: ela quer usar esses papéis na audiência do divórcio. Você tem que levar isso ao conhecimento de Laura Carter imediatamente.

— Pode deixar.

A sra. Carter fica exaltada quando eu conto a respeito das fotocópias dos papéis.

— Tem advogados que não são nem um pouco melhores que seus clientes desonestos. Se esses papéis forem mostrados em juízo, nós vamos protestar. Você conseguiu algum resultado com o detetive particular?

* * *

Justin mantém a sua promessa. Depois de cerca de uma semana ele telefona para dizer que localizou Valentina: ela e Stanislav estão ocupando dois quartos em cima do Hotel Imperial. Ela trabalha atrás do bar, e Stanislav lava louça. (Eu imaginava isso mesmo.) Ela está pleiteando um benefício da Previdência Social, e uma moradia correspondente a uma casa geminada, alugada em Norwell Street, que ela está sublocando para um estagiário de audiologia ganense, que apareceu no Hotel Imperial para um drinque. Se ela tem um amante? Justin não tem certeza. Ele avistou um Volvo Estate azul-escuro estacionado lá por perto uma ou duas vezes, mas não de um dia para o outro. Eric Pike é um freguês antigo do Hotel Imperial. Não há nenhuma prova que possa subsistir em juízo.

Eu agradeço muitíssimo a Justin e ponho um cheque no correio.

Telefono para Vera, mas a linha está ocupada, e, enquanto espero, resolvo fazer uma ligação para Chris Tideswell, na delegacia de polícia de Spalding. Conto-lhe a respeito da retirada da apelação no tribunal, e que Valentina está agora morando no Hotel Imperial com o filho, onde os dois estão trabalhando ilegalmente.

— Hum — responde Chris Tideswell, com sua voz alegre de garota. — Você é uma boa detetive. Devia entrar pra nossa corporação. Vou ver o que posso fazer.

Vera fica encantada com as descobertas de Justin.

— Está vendo? Isso confirma o que eu sempre suspeitei. Ela é uma criminosa. Não satisfeita em lesar papai, também está lesando nosso país. — (O *nosso* país?) — E quanto a esse ganense? Provavelmente ele também é algum tipo de refugiado.

— Justin disse que ele é estagiário de audiologia num hospital.

— Bem, mesmo assim ele ainda pode ser um refugiado, não é?

— Tudo o que se sabe é que ela está sublocando a casa pra ele. Provavelmente ela está lesando o ganense também.

Há dez anos de diferença entre mim e Vera — dez anos que me deram os Beatles, as manifestações contra a guerra do Vietnã, o levante estudantil de 1968 e o nascimento do feminismo, que me ensinou a encarar todas as mulheres como irmãs — quer dizer, todas, menos a minha irmã, aí é que está.

— E talvez ele esteja sublocando os quartos da casa para outros refugiados. — (Ela não ia deixar passar.) — Sabe, quando você penetra esse mundo obscuro da criminalidade, descobre que há camadas e mais camadas de práticas fraudulentas, e que é preciso ser esperto e persistente para descobrir a verdade.

— Vera, ele é um estagiário de audiologia. Ele trabalha com gente surda.

— Isso não quer dizer nada.

Antes, não faz muito tempo, as atitudes da Grande Irmã eram capazes de provocar em mim um estado de indignação insuperável, mas agora as vejo dentro do contexto histórico e rio comigo mesma, com superioridade.

— Logo que chegamos aqui, as pessoas podiam ter falado essas mesmas coisas sobre nós, que nós estávamos lesando o país, nos locupletando de suco de laranja grátis, engordando com o óleo de fígado do bacalhau do Serviço Nacional de Saúde. Mas eles não falaram. Todo mundo foi amável com a gente.

— Mas era diferente. *Nós* éramos diferentes. — (Para começar, éramos brancos, claro — eu podia dizer, mas segurei a minha língua.) — Nós trabalhamos duro e ficamos de cabeça baixa. Aprendemos a língua e nos integramos. Nós nunca solicitamos benefícios. Nós nunca infringimos as leis.

— *Eu* infringi a lei. Eu fumei maconha. Eu fui presa na base aérea de Greenham Common. Papai ficou tão chateado que tentou pegar o trem de volta pra Rússia.

— Mas é exatamente isso o que eu digo, Nadia. Você e seus amigos de esquerda — vocês nunca realmente valorizaram o que a Inglaterra tem a oferecer — estabilidade, ordem, a regra da lei. Se você e as pessoas como você prevalecessem, este país ia ficar igual à Rússia — filas de pão por toda parte e pessoas tendo suas mãos decepadas.

— Isso é no Afeganistão. Decepar as mãos lá é lei.

Nós duas levantamos a voz. A conversa está se transformando numa discussão no velho estilo.

— Onde quer que seja. Você entende o que eu quero dizer — diz ela, encerrando a questão.

— Gostei de ter crescido na Inglaterra por causa da tolerância, do liberalismo, da amabilidade do dia-a-dia. — (Eu defendo o meu ponto de vista sacudindo o dedo no ar, embora ela não esteja me vendo.) — Da maneira como os ingleses sempre defendem os mais fracos.

— Você está confundindo os mais fracos com os aproveitadores, Nadia. Nós éramos pobres, mas nunca fomos aproveitadores. O povo inglês acredita em justiça. Em jogo limpo. Como no críquete. — (O que *ela* sabe sobre críquete?) — Eles obedecem às regras. Eles têm um senso natural de disciplina e de ordem.

— Não, não. Eles são bastante anarquistas. Eles gostam de ver o homem comum desafiar o mundo. Eles gostam de ver o poderoso pagar pelo que fez.

— Ao contrário, eles possuem um sistema de classes perfeitamente estratificado, onde cada um sabe o lugar ao qual pertence.

Como se pode ver, nós duas crescemos na mesma casa, mas vivemos em países diferentes.

— Eles ridicularizam os seus governantes.

— Mas eles gostam de governantes de pulso forte.

Se Vera mencionar Margaret Thatcher, eu bato o telefone. Segue uma pausa breve, durante a qual nós duas consideramos as nossas opções. Eu tento um apelo ao passado que compartilhamos.

— Você lembra daquela mulher do ônibus, Vera? A mulher do casaco de pele?

— Que mulher? Que ônibus? Do que você está falando?

Claro que ela lembra. Ela não esqueceu o cheiro de óleo diesel, o vaivém dos limpadores de pára-brisa, o movimento irregular do ônibus vencendo a neve que acabara de cair; as luzes coloridas do lado de fora das janelas: véspera do Natal de 1952. Vera e eu, agasalhadas do frio, agarradas a mamãe no banco de trás. E uma mulher amável de casaco de pele que se esticou através do corredor do ônibus e colocou seis centavos na mão de nossa mãe: "Para o Natal das crianças."

— A mulher que deu seis centavos para mamãe.

A minha mãe, a nossa mãe, não atirou a moeda no rosto da mulher; ela murmurou "Obrigada, senhora", e pôs a moeda no bolso. Que vergonha!

— Ah, aquilo. Eu acho que ela estava meio bêbada. Você já mencionou isso antes. Não sei por que você continua falando nisso.

— Foi esse momento, mais que qualquer outra coisa que aconteceu comigo depois, que me tornou socialista para o resto da vida.

Faz-se um silêncio do outro lado da linha e, por um momento, fico pensando que ela desligou o telefone na minha cara. E então:

— Talvez tenha sido isso que me transformou na mulher do casaco de pele.

24

O homem misterioso

Vera e eu decidimos que vamos juntas confrontar Valentina do lado de fora do Hotel Imperial.

— É a única coisa a fazer. Senão, ela vai continuar fugindo da gente.

— Mas ela pode se virar e sair correndo quando nos vir.

— Aí nós a seguimos. Vamos atrás dela até o seu covil.

— Mas, e se Stanislav estiver com ela? Ou Eric Pike?

— Não seja tão bebezinha, Nadia. Se for preciso, a gente chama a polícia.

— Não seria melhor deixar isso com a polícia de uma vez? Eu falei com aquela jovem oficial de Spalding e ela me pareceu bastante solidária.

— Você ainda acredita que a lei vai expulsá-la? Nadia, se a gente não fizer isso, ninguém faz.

— Está bem. — Embora eu faça objeções, estou excitada com a idéia. — Quem sabe a gente pode dar um jeito de ter Justin barbado por perto. Só como garantia.

Mas, antes de acertarmos a melhor data, meu pai telefona num estado de grande agitação. Um homem misterioso tem sido visto rondando a casa.

— Um homem misterioso. Desde ontem. Espiando pelas janelas. E depois desaparece.

— Mas, papai, quem é ele? Você devia chamar a polícia.

Fico alarmada. Parece óbvio que alguém está estudando a casa para depois assaltá-la.

— Não, não! Polícia não! Definitivamente, nada de polícia!

A experiência do meu pai com a polícia não é nada positiva.

— Chame um vizinho, então, pai. E vão juntos procurar esse homem. Veja se descobre quem ele é. Parece mais ser um assaltante, tentando ver o que vale a pena roubar.

— Não parece um assaltante. Meia-idade. Baixo. Usa um casaco marrom.

Fico intrigada.

— Vamos aí no sábado. Até lá, tranque bem as portas e as janelas.

Chegamos mais ou menos às três horas da tarde do sábado. Estamos em meados de outubro. O sol já está baixo no céu, e uma neblina de pântano cobre os campos como um véu úmido, pairando sobre as terras baixas e os brejos, levantando como que um fantasma dos bueiros e riachos. As folhas já começaram a mudar de cor. O jardim está cheio de frutos derrubados pelo vento, maçãs, pêras e ameixas, sobre as quais se junta uma nuvem de pequeninas moscas.

Meu pai está dormindo na poltrona, perto da janela, a cabeça jogada para trás, a boca aberta, um fio de saliva prateado descendo dos lábios ao colarinho. A namorada de Lady Di está enroscada no colo dele, a barriga tigrada subindo e descendo em silêncio. Um miasma de sonolência ronda a casa e o jardim, como se uma feiticeira de contos de fadas tivesse realizado um encantamento, e o adormecido, esperando para ser acordado com um beijo.

— Olá, papai. — Dou um beijo na sua face magra e barbada. Ele acorda assustado, e a gata pula para o chão e vem se esfregar nas nossas pernas.

— Olá, Nadia, Michael! Que bom que vocês puderam vir. — Ele abre os braços para dar boas-vindas.

Como ele está magro! Pensei que, depois da saída de Valentina, as coisas de repente se modificariam: que ele começaria a engordar, a limpar a casa, e que tudo voltaria ao normal. Mas nada tinha mudado, a não ser um vazio volumoso com forma de Valentina assentado agora em seu coração.

— Como vai, papai? Onde está este homem misterioso?

— O homem misterioso desapareceu. Desde ontem não foi mais visto.

Devo confessar uma certa decepção — minha curiosidade havia sido despertada. Mas coloco a chaleira no fogo, e enquanto ela não ferve, vou até lá fora e começo a catar as frutas que o vento derrubou. Fico preocupada ao constatar que meu pai não seguiu o ritual de todos anos de catar, estocar, descascar e preparar as maçãs no Toshiba. Negligência consigo mesmo é um sinal de depressão.

Mike se acomoda na outra poltrona confortável com jeito de quem se prepara para ouvir.

— E então, Nikolai, como está indo o livro? Sobrou ainda alguma coisa daquele excelente vinho de ameixa? — (Ele tem se mostrado interessado demais para o meu gosto naquele vinho de ameixa. Será que não percebe que se trata de uma coisa perigosa?)

— Aha! — exclama meu pai, estendendo um cálice para Mike. — Está chegando agora um período muito interessante na história dos tratores. Como disse Lenin a respeito da era capitalista, o mundo inteiro está unido num só mercado, com concentrações de capital crescendo significativamente. Agora, quanto à engenharia de tratores, minha idéia a esse respeito é a seguinte...

Jamais descobri qual o seu pensamento, porque nesse ponto Mike se rendeu ao vinho de ameixa, e eu me afastei e não ouvi mais o que diziam. Estou pagando um tributo ao jardim de mamãe. Fico triste de ver a devastação que quatro anos de negligência causaram; ainda assim, é a devastação da superabundância. Num solo tão rico, tudo que tem raiz prolifera: o mato viceja, as trepadeiras se alastram agressivamente, a grama está tão alta que parece mais uma pradaria, frutas caídas apodrecem produzindo manchas de fungos curiosas; moscas, mosquitos, vespas, minhocas e lesmas se refestelam sobre as frutas, passarinhos fazem a festa com as minhocas e as moscas.

Pendurada no varal de roupa, meio escondida pela grama alta, uma peça de roupa brilhante chama a minha atenção. Chego mais perto e me curvo para olhar. É o sutiã de cetim verde, com a cor agora já bastante desbotada. Uma lacraia assustada surge de dentro de um dos enormes bojos. Num impulso, pego o sutiã e tento ler o tamanho na etiqueta. Mas está tudo muito esmaecido, depois de tanto sabão em pó, sol e chuva. Segurar aquela relíquia esfarrapada nas mãos causa em mim uma estranha sensação de perda. *Sic transit gloria mundi.*

Não sei o que me tira daquela contemplação e me faz olhar para cima, mas, no momento em que o faço, meus olhos captam um movimento, um vulto de alguma coisa que talvez tenha passado ao lado da casa. E, então, não há mais nada: talvez tenha sido só uma sombra marrom, ou talvez a percepção rápida de alguém vestido de marrom. O homem misterioso!

— Mike! Papai! Venham depressa!

Corro para o jardim da frente da casa, ainda ocupado pelos dois carros que enferrujam. No início parece que não há ninguém ali. E, então, vejo uma pessoa em pé, parada junto do pé de lilases. Ele é bem baixo e atarracado, tem os cabelos crespos e castanhos. Há algo estranhamente familiar nele.

— Quem é você? O que está fazendo aqui?

Ele não diz nada nem se aproxima de mim. Sua imobilidade é esquisita. Ainda assim, ele não é assustador. Seu rosto é aberto, cortês. Dou alguns passos na sua direção.

— O que você quer? Por que tem vindo aqui?

Ele continua sem dizer nada. E então eu me lembro onde o vi antes: ele é o homem da fotografia que encontrei no quarto de Valentina — o homem com o braço sobre os ombros nus dela. Ele está um pouco mais velho que o homem da foto, mas, sem dúvida, é ele.

— Por favor, diga alguma coisa. Diga quem é você.

Silêncio. Aí Mike e meu pai aparecem na porta da frente. Mike está esfregando os olhos de sono. Agora, o homem se aproxima e, estendendo a mão, diz uma única palavra:

— Dubov.

— Ah! Dubov! — Meu pai corre para ele, segura suas duas mãos e deixa jorrar uma torrente emocionada de boas-vindas em ucraniano. — Altamente conceituado diretor da Politécnica de Ternopil! Proeminente e renomado mestre ucraniano! Você é muitíssimo bem-vindo em minha modesta casa.

Sim, é o tipo inteligente, marido de Valentina. Tão logo eu me dei conta disso, percebi também a semelhança com Stanislav: os cachos castanhos, o biótipo baixo, e agora, ao sair da sombra, o sorriso de covinhas.

— Mayevskyj! Aclamado engenheiro de primeira ordem! Eu tive a honra de ler a tese fascinante que você me mandou a respeito da história do trator — diz ele em ucraniano, bombeando para cima e para baixo as mãos do meu pai. Agora eu entendo por que ele não respondeu às minhas perguntas. Ele não fala inglês. Meu pai nos apresenta.

— Mikhail Lewis, meu genro. Destacado membro do sindicato e especialista em computadores. Minha filha Nadezhda. Ela é assistente social. — (Papai! Como você me faz uma coisa dessas!)

Tomando chá acompanhado de um pacote de biscoitos com a validade vencida que eu achei na despensa, fomos descobrindo gradualmente a razão da visita do homem misterioso. Era bastante simples: ele tinha vindo procurar sua esposa e seu filho para levá-los de volta para casa, na Ucrânia. Ele tinha ficado cada vez mais preocupado com as cartas que vinha recebendo da Inglaterra. Stanislav não está satisfeito na escola: ele diz que os outros meninos são preguiçosos, obcecados por sexo, vangloriam-se o tempo todo dos bens materiais que possuem, e o padrão acadêmico é baixo. Valentina também está infeliz. Ela descreveu o marido como um homem violento e paranóico, de quem está tentando se divorciar. Embora, agora que encontrou o respeitado cavalheiro engenheiro (com o qual já teve o prazer de trocar uma correspondência estimulante, tendo como objeto os tratores), ele esteja inclinado a acreditar que ela possa ter exagerado um pouco, como algumas vezes reconhecidamente o fez no passado.

— A gente pode perdoar um pequeno exagero de uma mulher bonita — diz ele. — O importante é que tudo seja perdoado, e agora é hora de voltar para casa.

Ele veio para a Inglaterra num programa de intercâmbio com a Universidade de Leicester, para ampliar seus conhecimentos sobre supercondutividade, e teve permissão para tirar algumas semanas de folga depois. Sua missão é encontrar a esposa (embora lhe tenha concedido o divórcio, nunca, nem por um momento, deixou de considerá-la como tal), cortejá-la e tentar reconquistar o seu coração.

— Ela já me amou um dia, certamente poderá voltar a me amar.

Em dias livres, ele veio de trem de Leicester e ficou do lado de fora da casa, esperando; queria pegá-la de surpresa. Havia rodado toda a cidade e contado com a ajuda do presidente do Clube Ucraniano, mas, como os dias se passaram e ela não apareceu, ele já estava com medo de tê-la perdido para sempre. Mas agora — agora que encontrou o eminente Mayevskyj, sua charmosa filha e seu distinto genro —, agora talvez eles o ajudem nessa empreitada.

Posso notar que meu pai se enrijece à medida que percebe que esse renomado e proeminente mestre ucraniano é também seu rival no amor. Para ele, uma coisa é se divorciar de Valentina e outra, totalmente diferente, é vê-la arrancada para longe diante do seu nariz.

— Isso tem que ser discutido com Valentina. Minha impressão é de que ela está totalmente determinada a ficar na Inglaterra.

— Sim, para uma flor tão bela, os ventos da Ucrânia sopram muito fortes e frios neste momento. Mas não vai ser assim eternamente. E onde há amor, há sempre calor suficiente para uma alma humana desabrochar — responde o marido do tipo inteligente.

— Argh! — deixo escapar dentro da xícara, mas dou um jeito de disfarçar, fingindo um espirro.

— Um obstáculo permanece — diz meu pai —, ambos desapareceram. Valentina e Stanislav. Ninguém sabe onde eles estão. Ela, inclusive, deixou dois carros aqui.

— Eu sei onde eles estão! — grito. Todos se viram e ficam olhando para mim, até Mike, que não consegue entender uma palavra do que está se passando. Meu pai procura o meu olhar e me fixa com intensidade, como se dissesse "Você não ouse dizer nada para ele!".

— No Hotel Imperial! Eles estão morando no Hotel Imperial!

* * *

Os *pubs* de Peterborough ficam cheios sábado à tarde: de gente que vai às compras, feirantes e turistas. O Hotel Imperial está superlotado. Alguns fregueses levaram suas bebidas para a calçada e estão aglomerados junto à entrada, discutindo futebol. Estaciono o Ford Escort a alguns metros de lá. Decidimos mandar Mike na frente para fazer um reconhecimento — ele vai se misturar na multidão. Vai procurar Valentina e Stanislav e, caso os veja, sairá discretamente para alertar Dubov, que então entrará para iniciar sua reconquista amorosa. Ele e meu pai estão sentados no banco de trás do carro, com expressões excitadas nos rostos. Por alguma razão, todo mundo está falando aos cochichos.

Depois de algum tempo, Mike ressurge, com um caneco na mão, para informar que não há sinal de Valentina e Stanislav. Nem há lá dentro ninguém que corresponda à minha descrição de Ed Careca. Ouve-se um duplo suspiro de desapontamento vindo da parte de trás do carro.

— Deixa que eu vou lá olhar! — diz meu pai, com seus dedos artríticos lutando com a maçaneta da porta do carro.

— Não, não! — grita Dubov. — Você vai assustar Valentina. Deixa que eu vou olhar!

Fico preocupada porque meu pai parece ter entrado noutra montanha-russa emocional. Temo que a presença competidora de Dubov tenha atiçado seu orgulho masculino e reacendido seu interesse por Valentina. Ele sabe que ela não serve para ele, mas não consegue resistir ao magnetismo que o atrai a despeito de si mesmo. Velho tolo. Isso só pode acabar em lágrimas. Ainda assim, por baixo da obstinação do seu comportamento, sinto que ele é levado por uma lógica mais profunda, pois Dubov tem o mesmo magnetismo, a mesma energia sedutora de Valentina. Meu pai está apaixonado pelos dois: está apaixonado pelo pulsar da própria vida. Posso entender o fascínio, pois o sinto também.

— Os dois calem a boca e fiquem onde estão — digo eu. — Eu vou até lá dar uma olhada.

As portas de trás do carro têm trancas para crianças que não podem ser abertas por dentro e, portanto, eles não têm outra escolha.

Mike conseguiu um lugar perto da porta. Um grupo grande de rapazes está em volta da TV e, de tempos em tempos, eles deixam escapar um coro de uivos. O time de Peterborough está jogando em casa. Mike também tem os olhos fixos na tela — seu caneco agora está pela metade. Vou até o bar e dou uma olhada em volta. Mike está certo — não há sinal de Valentina, Stanislav ou Ed Careca. De repente ouve-se uma onda de animação. Alguém marcou um gol. O homem que enchia os canecos de cerveja na outra extremidade do bar estava com a cabeça abaixada, mas agora ele se vira em direção à TV, nossos olhares se encontram e na mesma hora nos reconhecemos. É Ed Careca — só que ele já não está mais careca. Uma penugem rala, cinzenta e desgrenhada cobre-lhe a cabeça. A barriga tinha crescido e começado a se pendurar sobre o cinto. Nessas últimas semanas, desde que o vi pela última vez, ele realmente tinha relaxado com a aparência.

— Você novamente? O que quer?

— Estou procurando Valentina e Stanislav. Eu sou uma amiga, é só isso. Não sou da polícia, se é isso que o preocupa.

— Eles foram embora. Saíram escondidos. No meio da noite.

— Oh, não!

— Acontece que eles ficaram assustados daquela vez que você veio aqui.

— Bem, com certeza...

— Ela e o garoto. Os dois foram embora. No último fim de semana.

— Mas você tem alguma idéia... ?

— Acontece que ela chegou à conclusão de que é boa demais pra mim. — Ele me olha com uma expressão de tristeza.

— Você quer dizer... ?

— Eu não quero dizer nada. E agora se manda, ouviu? Tenho um *pub* para cuidar, e estou sozinho.

Ele vira de costas novamente e começa a recolher os copos.

* * *

— Oh, não! Foram embora! — Há exclamações de desalento vindas dos dois rivais amorosos do banco de trás, e então um silêncio contrariado se abate sobre o carro, que, depois de alguns momentos, é quebrado por um longo e trêmulo suspiro.

— Vamos, vamos, Volodya Simeonovich — murmura meu pai em ucraniano, colocando o braço sobre os ombros de Dubov. — Seja homem!

Eu nunca o ouvi usar o patronímico antes. Agora, ele e Dubov estão começando a parecer saídos de *Guerra e Paz*.

— Ah, Nikolai Alexeevich, ser um homem é ser uma criatura fraca e falível.

— Eu acho que nós precisamos nos animar — sugere Mike. — Por que não entramos e bebemos alguma coisa?

A multidão se dispersou no final da partida e nós conseguimos bancos suficientes para nos espremer em volta da mesa; e até mesmo uma cadeira de encosto para papai. O barulho do *pub* é demais para ele, e ele se retrai, num desânimo de olhos arregalados. Dubov aboleta o traseiro largo sobre um pequeno banco redondo, afastando os joelhos para se equilibrar, o queixo para cima, alerta, absorvendo a atmosfera do lugar. Noto seus olhos percorrendo a multidão, vigiando, esperançoso, todas as entradas.

— O que vocês querem beber? — pergunta Mike.

Papai quer um copo de suco de maçã. Dubov, um uísque duplo. Mike pede outro caneco de cerveja. Eu, na verdade, gostaria de uma xícara de chá, mas me contento com um cálice de vinho branco. Somos servidos por Ed Careca, que, por alguma razão, traz as bebidas da nossa mesa numa bandeja.

— Vamos brindar! — Mike levanta o caneco. — A... — Ele hesita. Qual o brinde apropriado para um grupo tão diverso de pessoas, com desejos e necessidades tão conflitantes?

— Ao triunfo do espírito humano!

Nós todos erguemos os nossos copos.

25

O triunfo do espírito humano

— O triunfo do espírito humano? — Vera dá um suspiro. — Minha querida, é charmoso, mas é muito ingênuo! Vou lhe dizer uma coisa, o espírito humano é mesquinho e egoísta; seu único impulso é o de se preservar. Tudo mais é puro sentimentalismo.

— Isso é o que você sempre diz, Vera. Mas, e se o espírito humano for nobre e generoso — e criativo, solidário, imaginativo, espiritual —, você sabe, todas essas coisas que nós tentamos ser — e só algumas vezes ele não for forte o suficiente para suportar todo o egoísmo e mesquinharia que existe no mundo?

— Espiritual! Francamente, Nadia! De onde você acha que a mesquinharia e o egoísmo vêm, senão do espírito humano? Você realmente acredita que há uma força maligna pairando sobre o mundo? Não, o mal vem do coração humano. Fique sabendo que eu *sei* como as pessoas são lá no fundo.

— E eu não sei?

— Você é uma felizarda que sempre viveu num mundo de ilusão e sentimento. Certas coisas é melhor não saber.

— Teremos que concordar em discordar, apenas isso. — Eu sinto a minha energia se esvaindo. — Seja como for, ela desapareceu novamente. Foi por isso que telefonei para você.

— Vocês tentaram a outra casa — a casa em Norwell Street que está com o refugiado?

— Nós fomos até lá no caminho pra casa, mas não havia ninguém. Estava tudo escuro.

Um grande cansaço toma conta de mim. Nós estivemos conversando por quase uma hora, e eu não tenho mais energia para discutir.

— Vera, agora é melhor eu ir pra cama. Boa-noite.

— Boa-noite, Nadia. Não dê muita importância ao que eu disse.

— Não darei.

Ainda assim, essa sabedoria pessimista de Vera me confunde. E se ela estiver certa?

* * *

Apesar de rivais no amor, papai e Dubov estão se dando às mil maravilhas, e, depois de meu pai o convidar insistentemente, Dubov deixa o seu quarto na ala residencial da Universidade de Leicester e se instala, como se fosse em sua própria casa, no quarto que era dos meus pais e que depois foi de Valentina. Ele carrega seus pertences numa pequena mochila verde, que ele pousa ao pé da cama.

Três dias na semana, ele pega o trem para Leicester e volta tarde da noite. Ele explica para o meu pai os desenvolvimentos mais recentes da supercondutividade, desenhando diagramas nítidos, a lápis, acompanhados de misteriosos símbolos. Meu pai agita as mãos no ar e declara que tudo é como ele havia previsto em 1938.

Dubov é um homem prático. Acorda cedo e prepara o chá do meu pai. Limpa a cozinha e joga o lixo fora depois de cada refeição. Apanha as maçãs no jardim, e meu pai lhe ensina o método Toshiba. Dubov declara que nunca provou nada tão delicioso em toda a sua vida. À noite, eles conversam sobre a Ucrânia, filosofia, poesia e engenharia. Nos fins de semana, jogam xadrez. Dubov escuta absorto meu pai ler para ele longos capítulos de *Uma breve his-*

tória dos tratores em ucraniano. Ele faz perguntas inteligentes, inclusive. Na verdade, ele tem as qualidades da esposa perfeita.

Como o meu pai, Dubov é engenheiro, embora seja engenheiro eletricista. Durante o tempo em que ficou perambulando pelo jardim, procurando por Valentina, ele teve oportunidade de estudar os dois carros abandonados, e está encantado com o Rolls-Royce. Ao contrário do meu pai, entretanto, ele pode realmente entrar debaixo do chassis. Seu diagnóstico é que a doença do carro não é tão séria: está com um vazamento de óleo no cárter porque o tampão está frouxo. Quanto à queda da suspensão, o mais provável é que seja o suporte de uma mola que esteja quebrado. A razão pela qual ele não anda é provavelmente uma falha elétrica, talvez no dínamo ou no alternador. Ele vai examinar. Claro que se Valentina e as chaves não forem localizadas, ele também vai precisar de uma nova ignição.

Na semana seguinte, meu pai e Dubov decidem desmontar o motor, limpar todas as peças e espalhá-las pelo chão sobre cobertores velhos. A ajuda de Mike é recrutada. Ele passa duas tardes na internet e no telefone tentando localizar vendedores de ferro-velho que possam ter um Rolls-Royce semelhante no pátio, e finalmente encontra um em Leeds, a duas horas de carro.

— Francamente, Mike, você não tem obrigação nenhuma de ir dirigindo até lá. Com certeza nem vale a pena consertar esse carro.

Ele não diz nada, e me olha com uma expressão sonhadora e obstinada que de vez em quando eu vejo no rosto do meu pai. Deduzo que ele também está apaixonado pelo carro.

Eric Pike se oferece para consertar o suporte da mola. Ele chega domingo em seu Volvo azul com um ferro de soldar e uma máscara.

Que aparência arrojada a dele com seu vasto bigode e suas luvas grandes de couro, segurando bravamente o metal em brasa com um par de pinças enormes e batendo nele com um martelo! Os outros formam um semicírculo a uma boa distância e pasmam de admiração. Quando termina, ele descreve floreios no ar com o suporte incandescente para que ele esfrie, e, por acidente, deixa o ferro de soldar, ainda ligado, apoiado na caixa de ferramenta e danifica a cerca de piracanta no processo. Aí, felizmente, começa a chover, e os quatro vão se amontoar na cozinha, consultando manuais técnicos que Mike baixou da internet. Tudo masculino demais para o meu gosto.

— Vou até Peterborough — anuncio. — Vou buscar alguma coisa para o jantar. Alguém quer alguma coisa?

— Traga cerveja — pede Mike.

Claro que as compras são só fachada. Tenho certeza de que Ed Careca não estava mentindo quando disse que ela foi embora; mas para onde ela iria? Por algum tempo dirijo sem rumo, espiando por entre os limpadores de pára-brisa em movimento, para cima para baixo pelas ruas vazias de domingo ainda cheias do lixo de sábado à noite. Bolei um circuito: a casa de Eric Pike, o Clube Ucraniano, o Hotel Imperial, Norwell Street. No caminho dou um pulo no supermercado e encho um carrinho com o tipo de coisas que acho que meu pai e Dubov devem gostar: muitos bolos doces e gordurosos, tortas de carne para aquecer no forno, legumes já preparados e congelados, pão, queijo, frutas, salada pronta na embalagem, sopa de lata e até mesmo uma pizza congelada — decido pela linha comida pronta esquente-na-embalagem — e mais alguns amarrados de cerveja. Coloco as compras na mala do carro e dou mais uma volta no circuito. Na segunda volta, ao passar pelo Hotel Imperial, um carro verde estacionado metade na calçada atrai o meu olhar. É um Lada — na verdade, ele parece ser o Lada de Valentina.

Não pode ser.

Mas é.

* * *

Valentina e Ed Careca estão sentados, frente a frente, numa mesa redonda num canto da sala. A porta é envidraçada e dá para ver bem. Ela está mais gorda do que nunca. O cabelo está despenteado. A maquiagem dos olhos, borrada. E então vejo que, mais do que borrada, escorre pelo rosto: ela está chorando. Quando Ed Careca levanta a cabeça, vejo que ele também está chorando.

"Pelo amor de Deus!", tenho vontade de gritar, mas fico parada, quieta, olhando os dois de mãos dadas por cima da mesa, fungando sem a menor vergonha. As lágrimas deles me deixam de repente, e sem explicação, enfurecida: que razão *eles* têm para chorar?

Então, alguém passa por mim e entra, e os dois olham para cima e me vêm. Valentina se levanta com um grito, e, ao fazer isso, o seu casaco escorrega dos ombros, e vejo claramente o que devia ter visto antes, o que na verdade eu vi antes, mas não quis admitir: Valentina está grávida.

Ficamos lá, olhando uma para a outra, por alguns momentos. Ambas sem conseguir falar. Então, Ed Careca, com esforço, se põe de pé.

— Não está vendo que a gente está conversando? Dá pra deixar a gente em paz?

Eu o ignoro.

— Valentina, eu tenho uma coisa importante pra lhe dizer. Seu marido chegou da Ucrânia. Ele está na casa do meu pai. Ele gostaria de ver você. E a Stanislav também. Tem uma coisa que ele quer conversar com você pessoalmente.

E aí eu giro nos calcanhares e vou embora.

* * *

A luz já está se dissipando quando chego de volta à casa do meu pai, e a chuva parou, deixando o ar úmido e cheirando a misteriosos fungos de outono. Talvez seja uma ilusão do crepúsculo, mas a casa parece maior que antes, o jardim mais espaçoso, afastado da rua, atrás da fileira de lilases. Levo alguns segundos para perceber que o Rolls-Royce foi embora. Assim como os quatro homens.

Acho que devia estar satisfeita, mas fico apenas irritada. Eles lá, se divertindo na brincadeira deles de garotos, enquanto eu estava realizando tarefas importantes, mas não reconhecidas — reabastecendo a casa com suprimentos de comida e bebida. Típico. E ninguém para me congratular pelo meu trabalho de mestre como detetive particular. Bem, existe uma pessoa que vai saber apreciar os meus esforços. Coloco a chaleira no fogo, tiro os sapatos e telefono para minha irmã.

— Grávida! — grita Vera. — A piranha! A sem-vergonha! Mas, veja bem, Nadia, pode ser apenas mais uma jogada. Aposto que não tem bebê nenhum, é só um travesseiro metido por baixo da roupa.

A capacidade de cinismo de minha irmã nunca cessa de me surpreender. E, apesar disso...

— Parece bem real, Vera. Não é somente a barriga, é a maneira como ela fica em pé, o inchaço dos tornozelos. Além disso, ela vem aumentando de peso há bastante tempo. Nós é que não somamos dois mais dois.

— Mas que coisa inacreditável! Muito bem, Nadia, foi ótimo você a ter localizado! — (Vindo da Grande Irmã, é um elogio de verdade.) — Talvez seja bom eu ir até aí ver com os meus próprios olhos.

— Faça como quiser. Em breve, teremos certeza.

Termino o meu chá e começo a retirar as compras da mala do carro, quando escuto um carro parando atrás de mim. Eu me viro, na expectativa de ver quatro homens sorridentes saltando de um Rolls-Royce branco. Mas é o Lada verde, com Valentina ao volante.

Ela estaciona sobre a grama escura, manchada de óleo, e desce do banco do motorista. Sua barriga está enorme; seu esplêndido busto, túmido de leite. Ela ajeitou o cabelo, refez a maquiagem e colocou perfume. Há um quê do antigo glamour e, a despeito de mim mesma, fico contente em vê-la.

— Olá, Valentina. Que bom que você pôde vir.

Ela não diz nada, passa por mim e vai para os fundos da casa, onde a porta da cozinha está aberta.

— Alô! Alô, Volodya! — chama.

Entro em casa atrás dela, e então ela se vira para mim com a boca retorcida e ameaçadora.

— Não tem ninguém aqui. Você disse mentira.

— Ele está aqui, só que saiu. Vai até o quarto ver, se você não acredita. A bolsa dele está lá.

Ela sobe as escadas e abre a porta com tanta força, que ela bate contra a parede com um estrondo. Depois tudo se aquieta. Passado algum tempo, subo para procurá-la. Encontro-a sentada na cama que tinha sido dela, ninando a pequena mochila verde nos braços como se fosse um bebê. Ela me dirige um olhar sem expressão.

— Valentina. — Eu me sento ao seu lado e coloco a mão sobre a mochila, que está pousada sobre a barriga dela. — Que novidade maravilhosa essa do bebê!

Ela não diz nada, e me fita com o mesmo olhar vazio.

— O pai é o Ed? O Ed do Hotel Imperial? — Estou jogando com a sorte, e ela sabe disso.

— Por que você fica metendo o nariz em tudo quanto é lugar? Hein?

— Ele parece uma ótima pessoa.

— É ótima pessoa. Não é pai do bebê.

— Ah, sei. Que pena.

Ficamos sentadas lado a lado, estou virada para ela, mas ela está olhando direto para a frente, concentrada, franzindo a testa, me deixando ver somente o belo perfil bárbaro, as faces rosadas, a boca impassível, a pele radiante de grávida. Luzes variadas pareciam tremeluzir nas profundezas de seus olhos cor de calda de açúcar queimado. Não consigo ler seus pensamentos.

Não sei por quanto tempo ficamos assim sentadas, antes que o ruído do carro parando do lado de fora da casa nos despertasse. O Rolls-Royce branco está estacionado na rua, pois não há espaço no jardim ao lado do Lada e da lata-velha. Quatro homens saltam dele, com sorrisos do tamanho de uma melancia nos rostos, tagarelando numa mistura de línguas. Pela janela eu vejo o meu pai levantar as mãos ao ver o Lada na grama. Ele chama Dubov e aponta, excitado, as idiossincrasias do carro, do ponto de vista da engenharia, enquanto Dubov parece ansioso em saber o paradeiro de sua dona. Eric Pike está agarrando Mike pelo ombro e fazendo grandes gestos com a outra mão. Eles desaparecem da visão, ouço o barulho deles, no corredor e na sala de estar, ecoando pelas escadas.

Faz-se silêncio lá embaixo — repentino e total como se um botão tivesse sido desligado. E, então, apenas uma voz — a de Valentina:

— O pai do bebê é meu marido Nikolai.

Estão todos reunidos na sala de estar quando eu desço. Valentina está sentada, muito ereta, na poltrona bege de moqueta, de frente para a sala, como uma rainha no trono. Dubov e papai estão juntos no sofá de dois lugares. Meu pai exibe um sorriso radiante no rosto. Dubov afundou a cabeça entre as mãos. Eric Pike está sentado numa banqueta junto à janela, curvado, olhando mal-humorado para todo mundo. Mike está no canto, atrás do sofá. Quando eu me aproximo, ele põe o braço sobre os meus ombros.

— Espere um pouco, Valentina — eu me intrometo. — Você sabe que não dá pra ficar grávida com sexo oral.

Ela me lança um olhar fulminante.

— Como você sabe de sexoral?

— Bem, eu sei...

— Nadia, por favor! — interrompe o meu pai, em ucraniano.

— Valenka, querida — diz Dubov, com a voz melosa de amor —, quem sabe se quando você esteve pela última vez na Ucrânia...? Sei que já foi há muito tempo, mas quando existe amor, todos os milagres são possíveis. Talvez este bebê tenha esperado o nosso encontro para nos abençoar...

Valentina balança a cabeça.

— Não é possível.

Há um tremor em sua voz.

Eric Pike não diz nada, mas eu o vejo contando nos dedos sub-repticiamente.

Valentina também está calculando. Seus olhos se movimentam de Dubov para o meu pai, e de volta para Dubov, mas seu rosto nada expressa.

Nesse momento, ouvem-se passos do lado de fora, e a campainha soa alto. A porta não está trancada, e, de repente, Ed Careca irrompe, seguido de perto por Stanislav. O primeiro entra pela sala, sem cerimônia, e vai até onde Valentina está sentada. Stanislav fica em pé na soleira porta, os olhos fixos em Dubov, sorrindo e piscando para afastar as lágrimas. Dubov o chama e, chegando para perto de meu pai, abre um espaço para Stanislav se sentar junto dele no sofá e o abraça.

— E aí? E aí? — sussurra, desmanchando com a mão os cachos escuros do garoto.

O rosto de Stanislav fica vermelho e lágrimas escorrem de seus olhos, como se ele estivesse derretendo sob o calor do toque do pai, mas não diz uma palavra.

Ed Careca está parado ao lado da poltrona de Valentina, com ares de proprietário.

— Agora, Val, vamos! — (Ele a chama de Val!) — Acho que já é hora de contar a verdade para esse seu ex-maridinho. Ele vai acabar descobrindo mais cedo ou mais tarde.

Valentina o ignora. Fixando meu pai nos olhos, ela desliza as mãos pelos seios e pela barriga. Papai fraqueja. Seus joelhos começam a tremer. Dubov estica o braço e coloca a mão grande e carnuda sobre a mão magra e ossuda do meu pai.

— Kolya, não seja bobo.

— Não, eu não sou bobo, você é que é bobo. Onde já se ouviu dizer de um bebê que passou dezoito meses na barriga da mãe? Dezoito meses! Ha ha ha!

— Não importa quem fez a criança, mas quem vai ser um pai pra ela — responde calmamente Dubov.

— O que foi que ele disse? — pergunta Ed Careca.

Eu traduzo.

— Sim, a questão do sangue importa sim. Eu tenho os meus direitos. Um pai tem seus direitos, todo mundo sabe disso. Conta pra eles, Val.

— Você não é pai do bebê.

— Você não é pai do bebê! — repete meu pai, com um olhar de louco. — Eu sou o pai do bebê!

— Só tem uma solução. O bebê tem que ser submetido a um teste de paternidade — anuncia, da porta, uma voz gélida. Vera veio tão silenciosamente que ninguém notou a sua chegada. Agora ela entra na sala e se aproxima de Valentina. — Se é que tem mesmo algum bebê aí!

Ela estende a mão para sentir a barriga de Valentina. Valentina dá um pulo e fica de pé com um grito.

— Não! Não! Sua bruxa doente de cólera, comedora de bebê! Não encosta a mão em mim!

— Quem é essa mulher dos diabos? — Ed Careca se vira para Vera e a segura pelo braço.

Dubov se aproxima e põe o braço sobre os ombros de Valentina, mas ela o repele e vai para a porta.

Ela pára na soleira da porta, remexe dentro da bolsa, procurando alguma coisa, e tira de lá uma pequena chave presa num chaveiro de corrente. Ela atira a chave no chão e cospe em cima. E depois desaparece.

26

Tudo será corrigido

— E então, quem você acha que é o pai? Eric Pike ou Ed Careca?

Estou na cama de cima e Vera na cama de baixo, no quarto que era de Stanislav, e, antes disso, era onde Anna, Alice e Alexandra dormiam quando vinham visitar os avós, e, antes disso, era o quarto que Vera e eu dividíamos quando garotas. De certa maneira, é surpreendente para nós duas estarmos lá, embora, sob outro aspecto, seja a coisa mais natural do mundo. Com uma diferença: Vera costumava dormir na cama de cima, e eu, na cama de baixo.

Através da parede divisória fina, podemos ouvir, no quarto ao lado, o murmúrio baixinho de vozes masculinas: Dubov e Stanislav estão pondo em dia a conversa, depois de dezoito meses de separação. É um rumor gentil, de camaradagem, pontuado por explosões altas de riso. Do quarto de baixo vem o som intermitente do ronco comprido e irritante do meu pai. Mike está na sala da frente, encolhido, sem conforto nenhum, no sofá de dois lugares. Felizmente, ele bebeu bastante vinho de ameixa antes de ir dormir.

— Tem outra pessoa — diz Vera. — Você esqueceu do homem com quem ela morou bem no início.

— Bob Turner? — Essa possibilidade não havia passado pela minha cabeça, e, no entanto, quando Vera diz isso, lembro do envelope pardo e gordo, da cabeça aparecendo na janela, da maneira como meu pai ficou nervoso. — Isso faz mais de dois anos. Não pode ser ele.

— Não pode? — diz Vera, cortante.

— Você acha que ela pode ter continuado a se encontrar com ele depois do casamento?

— Seria tão surpreendente?

— Acho que não.

— Pensando bem, acho que ela poderia ter se saído melhor. Nenhum deles é muito charmoso. Na verdade — diz Vera, meditativa —, ela é bastante atraente, dentro do seu gênero vulgar. Mas uma coisa é dormir com esse tipo de mulher, outra bem diferente é se casar com ela.

— Mas Dubov se casou com ela. E ele parece ser um tipo decente de homem. Dubov ainda a ama. E eu acho que ela o ama de verdade, pelo jeito como veio correndo logo que soube que ele estava aqui.

— E ainda assim ela está disposta a abandoná-lo por papai.

— É a fascinação pela vida no Ocidente.

— Agora ela pensa que, com esse bebê sem sentido, pode voltar a ficar bem com papai — ele é tão obcecado com a idéia de ter um filho.

— Mas, imagina só, abandonar o amor da vida dela por papai e depois descobrir que ele nem ao menos é rico. Tudo o que tem a oferecer é um passaporte britânico, e ainda por cima pago por Bob Turner. Você não sente nem um pouco de pena dela?

Vera fica em silêncio por um momento.

— Eu não posso dizer que sinta. Não depois do incidente com o gravador. Por quê? Você sente?

— Às vezes eu sinto.

— Mas ela tem pena da gente também, Nadia. Ela nos acha burras e feias — e com o peito achatado.

— Uma coisa que eu não consigo entender é o que Dubov vê nela. Ele parece tão... perspicaz. Era de se esperar que enxergasse quem ela é.

— São os peitos dela. Os homens são todos iguais. — Vera suspira. — Você viu como o Ed Careca saiu correndo atrás dela? Que vergonha!

— E você viu o carro de Ed Careca? Você viu o jeito como papai e Dubov ficaram olhando pro carro?

— E Mike também.

Depois que Valentina foi embora, Ed Careca saiu pelo jardim gritando "Val! Val!" num lamento patético, mas ela nem ao menos olhou para trás. Ela bateu a porta e saiu dirigindo o Lada, deixando uma nuvem de fumaça de motor, azul e acre, rodopiando pelo jardim. Ed Careca acenou com os braços e saiu correndo pela rua atrás dela. Então, pulou dentro do seu carro, que estava parado do lado de fora, na rua — um Cadillac americano, anos 50, conversível, verde-pálido, com rabo de peixe e muito cromo — e foi caçá-la. Papai, Mike, Dubov e Eric Pike foram todos para a janela e ficaram olhando estarrecidos enquanto ele se afastava com o carro. Depois beberam da cerveja que eu havia trazido até se fartarem. Passada cerca de uma hora, Eric Pike também foi embora. E aí os outros foram buscar o vinho de ameixa.

— Vera, não passa pela sua cabeça que talvez papai *possa* ser o pai? Há homens da idade dele que tiveram filhos. Ele mesmo falou sobre isso no começo.

— Não seja boba, Nadia. Olhe só para ele. Além disso, foi ele mesmo que levantou a questão da não-consumação. Para mim, Ed Careca é o mais provável candidato. Imagine só ser parente de um homem chamado Ed Careca.

— Eu acho que ele deve ter um outro nome. De qualquer jeito, se papai se divorciar dela, nós não seremos parentes.

— Se!

— Você acha que ele ainda pode mudar de idéia?

— Tenho certeza disso. Ainda mais se ele se convencer de que o bebê é um menino. Concebido por sexo oral. Ou através de algum tipo de trocas mentais e platônicas.

— Não acredito que ele possa ser assim *tão* idiota.

— Claro que pode — diz Vera —, é só ver o recorde de idiotices dele até agora.

Caímos na risada, complacentes. Eu me sinto perto e, ao mesmo tempo, longe de Vera, deitada no escuro na cama de cima. Quando éramos crianças, costumávamos fazer piadas sobre os nossos pais.

Devem ser, pelo menos, três da manhã. Os rumores no quarto ao lado cessaram. Sinto-me sendo tragada pelo sono. A escuridão é confortável, envolvente. Estamos tão próximas que dá para ouvir a respiração uma da outra, ainda assim as sombras cobrem nossos rostos, como num confessionário, de modo que nenhum julgamento, expressão ou vergonha se revela. Sei que talvez nunca vá haver outra oportunidade como essa.

— Papai disse que aconteceu qualquer coisa com você no campo de Drachensee. Alguma coisa relacionada a cigarros. Você se lembra?

— Claro que eu me lembro. — Eu espero que ela continue, mas, depois de algum tempo, ela diz: — Há coisas que é melhor não saber, Nadia.

— Eu sei. Mas conte mesmo assim.

* * *

O campo de trabalhos forçados de Drachensee era um lugar enorme, feio, caótico e cruel. Trabalhadores da Polônia, Ucrânia e Bielo-Rússia obrigados a contribuir com o esforço de guerra alemão, comunistas e sindicalistas enviados dos Países Baixos para serem reeducados, ciganos, homossexuais, criminosos, judeus em trânsito para o extermínio, internos de sanatórios de loucos e combatentes da resistência capturados, viviam todos amontoados em barracas baixas de concreto infestadas de piolhos. Num lugar como aquele, a única ordem era a do terror. E a lei do terror era reforçada em todos os níveis: cada comunidade e subcomunidade tinha a sua própria hierarquia de terror.

E assim era entre as crianças dos trabalhadores forçados, sendo cabeça da hierarquia um jovem magro com cara de sonso chamado Kishka. Ele devia ter uns 16 anos, mas era pequeno para a idade, devido a uma provável infância de fome, e talvez também porque tinha um vício. Kishka era fumante de 40 cigarros por dia.

Embora fosse pequeno, Kishka tinha em volta de si um séqüito de garotos maiores, que cumpriam as suas ordens: entre eles o seu companheiro inseparável, um bruto chamado Vanenko, dois rapazes moldávios grandes e não muito inteligentes, e uma garota perigosa com olhos de louca, chamada Lena, que parecia ter sempre um monte de cigarros — diziam que ela dormia com os guardas. Para manter Kishka e sua gangue munidos de cigarros, as outras crianças eram "taxadas" — isto é, elas tinham que roubar cigarros dos pais e entregá-los a Kishka, que os distribuía para o resto da gangue. As crianças que não faziam isso eram punidas.

De todas as crianças do campo, somente a pequena Vera, tímida e parecendo um ratinho, nunca pagava a taxa de cigarros. Como se permitia uma coisa dessas? Vera se desculpava dizendo que seus pais não fumavam, que trocavam os cigarros por comida e outras coisas.

— Então, você tem que roubar de alguém — disse Kishka.

Vanenko e os rapazes moldávios riram. Lena piscou o olho.

Vera ficou muito aflita. Onde ia encontrar cigarros? Esgueirou-se para dentro das barracas quando não tinha ninguém e revirou os pertences miseráveis guardados embaixo das camas. Mas alguém a pegou e a despachou de lá com um tapa na orelha. Entorpecida pelo desespero, já esperando pela surra, ela ficou num canto do pátio pensando num lugar para se esconder, embora tivesse certeza de que, onde quer que se escondesse, eles a achariam. Então, viu um casaco pendurado num prego perto da porta. Pertencia a um dos guardas — e o guarda estava junto da cerca que limitava o campo, fumando um cigarro e olhando para o outro lado. Rápida como um gato, ela meteu a mão dentro do bolso e achou um maço de cigarros quase cheio. Escondeu-o na manga do vestido.

Mais tarde, quando Kishka veio procurá-la, Vera entregou-lhe os cigarros. Ele ficou maravilhado. Os cigarros do exército tinham muito mais tabaco que os cigarros vagabundos distribuídos entre os trabalhadores.

Se Vera tivesse apanhado um ou dois cigarros, talvez a história tivesse sido completamente diferente. Mas o guarda, lógico, notou a falta do maço. Com seu chicote rabo-de-gato, ele foi pelo pátio pegando os meninos um a um. A falta de cigarros o deixava irritado. Quem tinha visto o ladrão? Alguém devia saber. Se ninguém confessasse, o grupo todo seria punido. Os pais também. Ninguém seria poupado. Em voz baixa, zangado, ele mencionou a existência de um Bloco de Correção, de onde poucos tinham voltado com vida. As crianças já tinham ouvido rumores sobre o tal bloco e ficaram aterrorizadas.

Foi Kishka quem dedurou Vera.

— Por favor, senhor — disse, bajulador, encolhendo-se todo quando o guarda o segurou pela orelha —, foi ela, aquela magricela lá, que roubou os cigarros e distribuiu entre as crianças.

Ele apontou para a pequena Vera, que estava quieta, sentada junto à porta de uma das barracas.

— Então foi você, não é?

O guarda agarrou a pequena Vera pela gola do vestido. Ela não teve a presença de espírito de negar. Começou a chorar. Ele a empurrou para dentro do quarto da guarda e trancou a porta.

Mamãe foi procurar Vera assim que chegou da fábrica e sentiu a sua falta. Alguém lhe disse onde procurar.

— Sua filha é um ratinha ladra — disse o guarda. — Ela precisa de uma lição.

— Não — implorou minha mãe, em seu alemão capenga —, ela não sabia o que estava fazendo. Foram os maiores que a mandaram fazer isso. Para que ela ia querer os cigarros? O senhor não está vendo que ela é uma bobinha?

— Ela é uma boba sim, mas eu preciso dos meus cigarros — respondeu o guarda. Ele era um homem grande, lento para falar, mais jovem que mamãe. — Você vai ter que me dar os seus.

— Sinto muito, mas eu não tenho nenhum. Eu vendi. Eu não fumo, sabe? Semana que vem, quando nos pagarem, o senhor pode ficar com tudo.

— De que me servem cigarros na semana que vem? Na semana que vem você vai inventar outra história. — O guarda começou a bater de leve com o chicote nas pernas delas. Seu rosto e suas orelhas estavam vermelhos e brilhantes. — Vocês, ucranianos, são uns suínos ingratos. Nós salvamos vocês do comunismo. Nós trouxemos vocês para o nosso país, demos comida e trabalho para vocês. E tudo o que vocês querem é nos roubar. Então, precisam aprender uma lição, não é? Nós temos um Bloco de Correção para vermes como vocês. Já ouviu falar do Bloco F? Já ouviu falar de como tratamos bem de vocês lá? Em breve vão saber.

Todo mundo já tinha ouvido falar do Bloco de Correção, uma fileira de quarenta e oito celas de concreto apertadas, sem janelas e meio enterradas no chão, como se fossem caixões perpendiculares, que ficavam afastadas, num dos lados do Campo de Trabalho e Reeducação. No inverno, a chuva e o frio aumentavam o tormento; no verão, a desidratação. Já tinham visto gente sair de lá enlouquecida e esquelética, depois de dez, vinte ou trinta dias. Com mais que isso, diziam, ninguém havia sido tirado vivo.

— Não — implorou a minha mãe. — Tenha piedade!

Ela agarrou Vera e puxou para junto da saia. Elas se encolheram contra a parede. O guarda foi chegando mais perto, mais perto, e pôs o rosto em cima delas. O queixo dele brilhava com uma penugem loura e macia. Devia ter uns vinte e poucos anos.

— Você parece ser um rapaz tão bom — minha mãe implorou, sem fôlego para falar as palavras alemãs. Os olhos estavam cheios de lágrimas. — Por favor, tenha piedade de nós, meu jovem.

— Sim, nós vamos ter piedade de vocês. Não vamos separar você de sua filha. — Elas sentiam o borrifo de saliva que saía de sua boca de dentes tortos enquanto ele tagarelava, excitado com o próprio poder. — Você vai com ela, sua verme-mãe.

— Por que você tem que fazer isso? Você não tem irmã? Você não tem mãe?

— Por que você está falando na minha mãe? Minha mãe é uma mulher alemã, uma boa mulher. — Ele parou por um instante, piscou, mas o ímpeto de sua excitação era muito grande ou lhe faltou imaginação.

— Nós vamos ensinar você a educar sua filha para não roubar. Vocês vão ser reeducadas. E o verme do seu marido, se é que você tem marido. *Todos* vocês serão corrigidos.

* * *

A escuridão paira à nossa volta. E, então, eu ouço um som abafado, uma espécie de choramingo tímido vindo da cama de baixo. Fico parada, tentando compreender o que é aquilo; é um som que eu nunca ouvi antes, um som que eu me recusei a ouvir, um som que nunca imaginei ser possível. É o som da Grande Irmã chorando.

Um dia eu vou perguntar a Vera sobre o Bloco de Correção, mas agora não é a hora apropriada. Ou talvez minha irmã esteja certa: algumas coisas é melhor não saber, pois o conhecimento delas nunca pode ser ignorado. Minha mãe e meu pai jamais me falaram sobre o Bloco de Correção, e eu cresci sem o menor conhecimento da escuridão que espreita do fundo da alma humana.

Como eles viveram pelo resto da vida com aquele terrível segredo trancado no coração? Como cultivaram plantas, e consertaram motocicletas, e nos mandaram para a escola e se preocuparam com as nossas notas nas provas?

Mas eles viveram e fizeram tudo isso.

27

Uma fonte de mão-de-obra barata

— Papai, por favor, tente ser sensato — pede a Grande Irmã, batendo com a caneca de leite na mesa. — Você não pode ser o pai do bebê. Por que você acha que ela saiu correndo quando eu sugeri um teste de paternidade?

— Vera, você sempre foi uma autocrata enxerida — diz meu pai, encharcando os flocos de trigo com a parte de cima, cremosa, do leite e sepultando tudo sob um monte de açúcar. — Me deixe em paz. Vá embora agora para Londres. Vá, por favor! — Suas mãos estão tremendo, mas ainda assim ele tenta encher a boca, e então começa a tossir e lança os flocos de trigo voando sobre a mesa.

— Por favor, tente agir como um adulto pelo menos uma vez na vida. O que aconteceu com o seu cérebro? Você não é o pai do bebê, você próprio é um bebê. Olha só o jeito como se comporta, você se tornou completamente infantil.

— Uma Desordem Infantil! Ha ha ha! — Ele bate com a colher na mesa. — Vera, você está ficando cada dia mais parecida com Lenin.

— Um teste de paternidade é uma boa idéia — intervenho, insidiosamente —, porque aí você vai ficar sabendo não só se é o pai do bebê, mas também se o bebê é um menino ou uma menina.

— Aha. — Ele pára no meio da tosse. — Boa idéia. Menino ou menina. Boa idéia.

Vera me lança um olhar de elogio.

Stanislav e Dubov estão no jardim da frente, envolvidos em seu relacionamento pai-filho sob o capô aberto do Rolls-Royce. Mike ainda está dormindo: ele caiu do sofá e agora está no chão. Vera, nosso pai e eu estamos tomando café no quarto de trás, que agora é a sala de jantar e o quarto dele. A luz do sol penetra obliquamente através das janelas empoeiradas. Papai ainda está com sua roupa de dormir, um traje estranho, confeccionado por ele mesmo de uma velha camisa de lã xadrez que ele aumentou no comprimento com pedaços de flanela de algodão com estampado de caxemira, costurados com linha preta e pontos grandes, e fechado na frente com cadarços marrons de sapato. O traje é aberto no pescoço, e a cicatriz do ferimento antigo, espetada de pêlos prateados, pisca para nós enquanto ele fala.

— Mas... — ele olha desconfiado para mim e depois para Vera, e depois para mim novamente. — ... o teste de paternidade só é possível depois do nascimento da criança. Então, já se sabe se é menina ou menino, e não precisa de teste.

— Não, não. É possível fazer teste de paternidade antes do bebê nascer. *In utero*. — Vera olha para mim. — Nadia e eu pagamos.

— Hum. — Ele ainda parece desconfiado, como se achasse que estamos tentando enganá-lo. (Como se fôssemos capazes de fazer uma coisa dessas!)

Nesse momento, ouve-se barulho na caixa de correio. O correio da manhã chegou. Entre uma pilha de propostas de cartões de crédito, de ofertas surpreendentes de produtos de beleza e saúde e de promessas de fabulosos prêmios a serem ganhos ou já ganhos e esperando para serem reclamados (Papai: "Que sorte que ela tem com esses prêmios!"), todos endereçados a Valentina, há uma carta da sra. Carter para o meu pai. Ela relembra que a audiência do divórcio acontecerá dali a duas semanas, e encaminha a proposta do advogado de Valentina para um acordo pleno e definitivo: não contestar o divórcio e não fazer nenhuma outra reivindicação com respeito às propriedades do meu pai, se a quantia de vinte mil libras lhe fosse oferecida.

— Vinte mil libras! — grita Vera. — Isso é um ultraje!

— De qualquer maneira, você não tem vinte mil libras, papai. Logo, não tem jeito.

— Hum — faz papai. — Talvez, se eu vender a casa e for para um lar de idosos...

— Não! — Vera e eu berramos em uníssono.

— Ou, talvez, vocês duas, Nadia, Vera, quem sabe, possam ajudar um velho bobo...

— Não, não.

— Mas se a matéria for para juízo... — eu estou pensando alto —, de quanto poderá ser a sentença?

— Bem, claro que a sentença pode determinar que ela fique com metade da propriedade — diz a sra. *Expert*-em-divórcio —, se ele for o pai da criança. Se não for, então, calculo que vão decidir por muito pouco ou mesmo nada.

— Está vendo, papai? É por isso que ela está propondo o acordo agora. Porque ela *sabe* que o filho não é seu, e que a corte vai decidir que você não tem que dar nada pra ela.

— Hum.

— É um golpe engenhoso — declara a sra. *Expert*-em-divórcio.

— Hum.

— Eu tive uma boa idéia, pai — digo, colocando carinhosamente mais chá na xícara dele —: por que a gente não telefona para a sra. Carter e diz que você terá prazer em oferecer vinte mil libras por um acordo pleno e definitivo, contanto que Valentina concorde em se submeter a um teste de paternidade, às nossas custas, claro, e contanto que fique provado que o filho é seu?

— Pode existir proposta melhor que essa? — exclama a sra. *Expert*-em-divórcio.

— Pode existir proposta melhor que essa, Nikolai? — exclama Mike. Ele acordou e está de pé na soleira da porta, massageando as têmporas com as mãos. — Sobrou chá no bule? Não estou me sentindo muito bem.

Meu pai olha para Mike, que o encoraja, piscando para ele, e balança a cabeça.

— Hum. OK. — E dá de ombros, em sinal de desistência.

— Pode existir proposta melhor que essa? — pergunta a sra. Carter, ao telefone.

— Mas... vocês têm certeza...?

Olho para o meu pai, concentrado, franzindo a testa ao sorver o chá, as abas de caxemira da extensão da camisola cobrindo parcialmente os joelhos inchados de artrite, as coxas magras e, mais para cima... Eu me recuso a imaginar.

— Sim, certeza absoluta.

* * *

Stanislav leva Dubov até Valentina. Eles desaparecem juntos no Rolls-Royce em alguma hora da manhã.

Já passa de meio-dia quando Dubov volta, sozinho. Seu olhar está sombrio.

— Diz pra gente, onde ela está morando? — pergunto em ucraniano.

Ele abre os braços, as palmas das mãos para cima.

— Sinto muito, mas eu não posso dizer. Eles me pediram segredo.

— Mas... nós precisamos saber. Papai precisa saber.

— Ela está com medo de vocês, Nadia e Vera.

— Com medo da gente? — rio. — Somos assim tão amedrontadoras?

Dubov sorri diplomaticamente.

— Ela tem medo de ser mandada de volta para a Ucrânia.

— Mas a Ucrânia é assim tão amedrontadora?

Dubov considera a pergunta por um instante. Ele une as sobrancelhas escuras, franzindo a testa.

— Neste exato momento, sim. Atualmente, nossa amada terra natal está nas mãos de criminosos e gângsteres.

— É verdade — acrescenta papai, que estava sentado no canto, em silêncio, descascando maçãs. — É exatamente isso o que Valenka diz. Mas, me diga,

Volodya Simeonovich, com um tipo tão inteligente de povo, como isso foi acontecer?

— Ah, é a natureza do capitalismo do Ocidente Selvagem a que fomos submetidos, Nikolai Alexeevich — responde Dubov, com sua voz calma de tipo inteligente. — O modelo dos conselheiros que vieram do Ocidente para nos mostrar como construir uma economia capitalista era do tipo predador do início do capitalismo americano.

Mike capta as palavras "capitalismo americano" e quer entrar na conversa.

— Você está certo, Dubov. É todo esse lixo neoliberal. Os trapaceiros se apossam de toda a riqueza e a consolidam em negócios ditos legítimos. Então, com sorte, algo dessa riqueza pode descer até o resto de nós, mortais. Rockefeller, Carnegie, Morgan. Todos eles começaram como barões da roubalheira. Agora, o sol brilha de suas fundações de milhões de dólares. — (Não há nada de que ele goste mais do que uma boa discussão política.) — Dá pra você traduzir isso, Nadia?

— Não exatamente. Vou fazer o possível. — Faço o possível.

— E há quem diga que esse estágio de gângsteres é necessário para o desenvolvimento do capitalismo — acrescenta Dubov.

— Mas isso é fascinante! — grita Vera. — Você quer dizer que os gângsteres foram levados para lá deliberadamente? — (Ou o ucraniano dela está enferrujado, ou a minha tradução é pior do que pensei.)

— Não exatamente — explica Dubov, com paciência. — Mas as pessoas do tipo gângster que já se encontram lá, cujos instintos predatórios são mantidos em xeque pelo tecido da sociedade civil, uma vez que esse tecido seja rasgado em pedaços, brotam como ervas daninhas em campo recém-arado.

Há algo irritantemente pedante na maneira como ele fala, um pouco como o meu pai. Normalmente me deixaria subindo pelas paredes, mas seu ardor é envolvente.

— Mas você vê alguma saída para isso, Dubov? — Mike pergunta. Eu traduzo.

— A curto prazo, não. A longo prazo, eu diria que sim. Pessoalmente, sou a favor do modelo escandinavo. Aproveita o melhor do capitalismo e do socialismo. — Dubov esfrega as mãos. — Apenas o melhor, Mikhail Gordonovich. Você não concorda?

(O pai de Mike se chamava Gordon. Se existe algum equivalente russo, ninguém sabe qual é.)

— Sim, claro, você pode aplicá-lo num país industrial desenvolvido, com um movimento sindicalista forte, como a Suécia. — (Esse é o território de Mike.) — Mas será que pode funcionar num país como a Ucrânia?

Ele me pede para traduzir. Eu já estou arrependida de ter me envolvido nessa função de intérprete. Nós dois já perdemos a manhã de trabalho e precisamos ir embora. Se continuarmos com isso, o próximo passo será ir buscar o vinho de ameixa.

— Ah, temos aí um grande dilema — suspira Dubov, com profunda emoção eslava, seus olhos parecendo seixos negros, fixos em sua audiência. — Mas a Ucrânia tem que achar seu próprio caminho. No presente, infelizmente, aceitamos, sem questionar, tudo que vem do Ocidente. Algumas coisas, claro, são boas; outras são lixo. — (Contra a minha vontade, eu continuo servindo de intérprete. Mike balança a cabeça. Vera se afasta até a janela e acende um cigarro. Papai continua descascando maçãs). — Quando pudermos deixar para trás as terríveis memórias do *gulag*, então começaremos a redescobrir as coisas que eram boas em nossa antiga sociedade socialista. Então, esses conselheiros serão vistos como realmente são — verdadeiros barões da roubalheira, que pilham nossos bens nacionais e instalam fábricas de propriedade americana onde nosso povo trabalha por salários miseráveis. Russos, americanos, alemães — todos eles — quando olham para a Ucrânia, o que vêem? Nada a não ser uma fonte de mão-de-obra barata.

À medida que se empolga com o tema, ele fala mais e mais depressa, gesticulando com suas grandes mãos. Estou tendo dificuldade em acompanhá-lo.

— Já fomos um dia uma nação de fazendeiros e engenheiros. Não éramos ricos, mas tínhamos o suficiente. — (No seu canto, papai está balançando a cabeça com entusiasmo, a faca de descascar maçãs suspensa no ar.) — Agora, escroques espoliam nossas indústrias, enquanto nossa juventude educada voa para o oeste em busca de riqueza. Nosso esporte nacional é vender nossas mulheres jovens e bonitas para alimentar o monstruoso apetite do macho ocidental. É uma tragédia.

Ele pára. Olha em volta, mas ninguém diz nada.

— *É* uma tragédia — diz finalmente Mike. — E havia muitas na região.

— Eles riem de nós. Supõem que essa corrupção faz parte da nossa natureza. — A voz de Dubov ficou mais calma novamente. — Mas eu diria que é uma mera característica do tipo de economia que nos foi imposta.

Vera esteve todo o tempo de pé junto à janela, mostrando-se cada vez mais impaciente com a conversa.

— Mas, então, Valentina se sentirá totalmente em casa — ela declara. Eu lanço um olhar de "cala a boca" em sua direção.

— Mas, diga-me, Dubov — pergunto e não posso evitar, mesmo agora, que uma nota de malícia se insinue em meu tom de voz —, como você vai conseguir persuadir alguém tão... tão *sensível* como Valentina a voltar para um lugar como esse?

Ele encolhe os ombros, as palmas das mãos para cima, mas um sorrisinho brinca em seus lábios.

— Existem algumas possibilidades.

★ ★ ★

— Homem fascinante — comenta Mike.

— Hum.

— Uma compreensão de economia impressionante, para um engenheiro.

— Hum.

Estamos apenas a meio caminho de casa, e tenho que dar uma palestra às três. Eu deveria estar pensando sobre a Mulher e a Globalização, mas também estou ligada nas coisas que Dubov disse. Mamãe e Vera, no campo de arame-farpado; Valentina, batalhando nos longos plantões com baixos salários da clínica, atrás do bar no Hotel Imperial, dando duro no quarto do meu pai. Sim, ela é ambiciosa, predatória, ofensiva, mas também é uma vítima. Uma fonte de mão-de-obra barata.

— Eu só fico pensando como isso tudo vai terminar.

— Hum.

Eu era da geração sortuda.

* * *

Não sei como Dubov deu continuidade à corte a Valentina nas duas semanas seguintes, mas papai me contou que ele saiu de Rolls-Royce todos os dias, algumas vezes de manhã e outras de tarde. Quando voltava, estava invariavelmente alegre e satisfeito, embora às vezes seu ânimo parecesse mais abatido.

Foi Dubov, também, quem sustentou a decisão de meu pai com relação ao divórcio todas as vezes que ele começava a querer voltar atrás, o que, no começo, era quase todo dia.

— Nikolai Alexeevich — ele dizia —, Vera e Nadia tiveram o privilégio de contar com a sua sabedoria de pai dur ante o crescimento. Stanislav também precisa conviver com o pai dele. Quanto ao bebê, uma criancinha precisa de um pai jovem. Contente-se com as filhas que você já tem.

— Ei, você também já não é tão jovem assim, Volodya Simeonovich — meu pai retrucava. Mas Dubov nunca perdia a calma.

— Realmente, não sou. Mas sou muito mais jovem que você.

Chegou uma carta do advogado de Valentina para a sra. Carter, recusando terminantemente a realização do teste de paternidade, mas concordando em aceitar a soma muito menor de cinco mil libras por um acordo pleno e definitivo.

— O que devo responder? — pergunta meu pai.

— O que devemos responder? — pergunto a Vera.

— O que você sugere? — Vera pergunta à sra. Carter.

— Ofereça duas mil libras — responde a sra. Carter. — É provável que seja essa a quantia que o tribunal vai estipular. Principalmente porque há evidência de adultério *prima facie*.

— Bastante — acrescenta Vera.

— Vou falar com papai — digo.

— Está bem. Se é isso o que vocês querem — meu pai concede. — Estou vendo que está todo mundo contra mim.

— Não seja tão idiota, pai — respondo, sem paciência. — Só quem está contra você é a sua própria insensatez. Dê graças a Deus que há pessoas à sua volta para salvá-lo de você mesmo.

— Está bem. Está bem. Concordo com tudo.

— E quando você estiver na audiência, nada dessa bobagem de "eu sou o pai do bebê". Sem teste de paternidade, nada de "pai do bebê", entendeu?

— Entendi — ele resmunga. — Nadia, você está se tornando um monstro igual a Vera.

— Ora, cala essa boca, papai. — E bato o telefone.

Falta apenas uma semana para a audiência do divórcio, e todo mundo está ficando muito tenso.

28

Óculos estilo aviador com aro de ouro

Só falta um dia para a audiência e ainda não chegou nenhuma resposta do advogado de Valentina sobre a oferta de duas mil libras.

— Eu acho que vamos ter que enfrentar a audiência e ver o que o tribunal decide.

Há um tremor nervoso na voz refinada de rosa inglesa da sra. Carter, ou são meus nervos que estão brincando comigo?

— Mas, o que você está achando, Laura?

— É impossível dizer. Qualquer coisa pode acontecer.

* * *

O tempo está bastante ameno para um dia de novembro. A sala do tribunal, de construção baixa e moderna, com janelas altas e lambris de mogno, está banhada por uma luz de inverno de qualidade cristalina e cortante que faz com que tudo pareça, ao mesmo tempo, penetrante e surreal como num filme. Carpetes azuis e altos abafam o som dos passos e das vozes. O ar-condicionado está ligeiramente quente, e há um cheiro de cera de polir. Até os vasos de plantas nos cachepôs são de um verde exuberante demais para parecer real.

Vera, papai, a sra. Carter e eu estamos sentados numa pequena área de espera designada para nós do lado de fora da sala do tribunal. Vera está usando um *tailleur* de crepe de lã pêssego-claro, com botões de casco de tartaruga, o que pode parecer terrível, mas ela está estonteante. Eu estou com o casaco e a calça que usei no tribunal da imigração. A sra. Carter está vestindo um conjunto preto e uma blusa branca. Papai está com o terno do casamento e a mesma blusa branca, com o segundo botão de cima para baixo costurado com linha preta. O botão de cima está faltando, e a gola se mantém fechada graças a uma estranha gravata mostarda.

Nós todos estamos terrivelmente nervosos.

Nesse momento chega um rapaz de peruca e toga. Ele vai atuar como advogado do meu pai nessa instância superior. A sra. Carter o apresenta. Nós todos apertamos sua mão, e imediatamente esqueço o nome dele. Como será esse jovem que vai desempenhar um papel tão importante em nossas vidas? Ele parece anônimo em seu uniforme de tribunal. Suas maneiras são enérgicas. Ele diz que procurou saber quem é o juiz, e que a reputação dele é "robusta". Ele e a sra. Carter desaparecem numa sala lateral. Vera, papai e eu ficamos sozinhos. Vera e eu ficamos olhando para a porta, imaginando quando Valentina vai chegar. Dubov não voltou para casa desde a noite anterior, e houve um momento constrangedor de manhã, quando meu pai quase se recusou a vir para Peterborough. Estamos preocupadas com o efeito que a visão de Valentina terá sobre a resolução dele. Vera não consegue suportar a tensão e dá uma fugida até o lado de fora para fumar um cigarro. Acabo ficando sozinha com papai, segurando a sua mão. Ele está estudando um pequeno inseto marrom que sobe com dificuldade pelo caule de uma das plantas.

— Eu acho que é um tipo de coccinelídeo — diz ele.

Então, a sra. Carter e o outro advogado voltam, e a porteira nos encaminha para dentro da sala do tribunal, e, no mesmo instante, um homem alto e magro, com o cabelo grisalho e uns óculos estilo aviador com aro de ouro ocupa a cadeira do juiz. Ainda não há sinal de Valentina ou de seu advogado.

O advogado do meu pai se levanta e explica os motivos do divórcio, os quais não são, até onde vai o seu entendimento, passíveis de contestação. Ele relata ao juiz as circunstâncias do casamento, insistindo na diferença de idade das partes e no estado de desolação em que meu pai ficou depois de perder a esposa. Ele menciona uma série de relacionamentos. O juiz, inescrutável por trás de seus óculos estilo aviador, toma nota. O advogado agora entra em alguns detalhes a respeito da medida cautelar e do subseqüente não cumprimento da mesma. Meu pai balança a cabeça vigorosamente, e quando o advogado menciona os dois automóveis no jardim, ele grita:

— Isso! Isso! Eu ficava imprensado na cerca!

O advogado tem um jeito agradável de recontar a história do meu pai, colocando-o no papel de herói, bem melhor do que ele próprio faria.

Ele já estava falando há quase uma hora quando começa um rebuliço do lado de fora da sala do tribunal. A porta abre alguns centímetros, a porteira mete a cabeça e diz alguma coisa para o juiz, e o juiz faz que sim. E aí, de supetão, a porta se abre totalmente, e, na sala do tribunal, entra — Stanislav!

Ele se arrumou um pouco. Está vestido com o uniforme da escola, e o cabelo foi molhado e ajeitado. Carrega uma pasta de papéis que se abre na hora em que ele passa pela porta. Enquanto ele tenta juntar os papéis que se espalharam, reconheço as fotocópias dos poemas do meu pai e as traduções escritas com letra infantil. Meu pai fica de pé num pulo e aponta para Stanislav.

— Foi por causa dele! Tudo por causa dele! Porque ela diz que ele é um gênio e tem que ter uma educação OxfordCambridge!

— Sente-se, por favor, sr. Mayevskyj! — solicita o juiz.

A sra. Carter lança-lhe um olhar suplicante.

O juiz espera Stanislav se recompor e, então, o convida a se aproximar.

— Estou aqui para falar em favor da minha mãe.

O advogado do meu pai se levanta de um salto, mas o juiz faz um sinal para ele se sentar.

— Vamos deixar o jovem falar. E agora, meu jovem, você pode nos dizer por que sua mãe não está representada no tribunal?

— Minha mãe está no hospital — responde Stanislav. — Ela foi ter bebê. O bebê é filho do sr. Mayevskyj. — Ele sorri seu sorriso de covinhas e dente quebrado.

— Não! Não! — Vera se ergue de um salto. — Esse bebê não é do meu pai! É fruto de adultério! — Seus olhos estão chispando.

— Por favor, sente-se, senhorita... senhora... — pede o juiz. Seus olhos encontram os de Vera e se demoram por um instante neles. É o calor da excitação, ou eu a vejo enrubescer? Então, sem mais uma palavra, ela se senta. A sra. Carter escreve alguma coisa correndo num pedaço de papel e o passa ao advogado, que imediatamente se aproxima do juiz.

— Houve uma oferta — diz ele — de vinte mil libras, contanto que ficasse provado, por meio de um teste de paternidade, que a criança era dele. Mas a proposta foi recusada. Uma soma menor, não condicionada a um teste de paternidade, foi proposta. Esta foi recusada pelo sr. Mayevskyj.

— Obrigado — diz o juiz. Ele faz algumas anotações. — E agora — dirige-se a Stanislav —, você explicou por que a sua mãe não está no tribunal, mas não por que ela não está representada no tribunal. Ela não tem um advogado? — Stanislav hesita, murmura algo. O juiz ordena que ele fale alto. — Houve um desentendimento — explica Stanislav — com o advogado. — Ele fica escarlate.

À minha esquerda, alguém tosse alto. A sra. Carter enterrou o rosto no lenço.

— Por favor, continue — pede o juiz. — Qual foi o motivo desse desentendimento?

— Dinheiro — sussurra Stanislav. — Ela disse que não era o suficiente. Ela disse que ele não era um advogado muito inteligente. Ela disse que eu tinha que vir até aqui e pedir mais ao senhor. — Sua voz está falhando e há um brilho de lágrimas em seus olhos. — Nós precisamos de dinheiro, senhor, para o bebê, sabe? Para o bebê do sr. Mayevskyj. E nós não temos onde morar. Precisamos voltar para casa.

Aha! Um silêncio de respirações suspensas toma conta do tribunal. Os olhos da sra. Carter estão fechados como se ela estivesse rezando. Vera está puxando nervosamente um dos botões de casco de tartaruga. Até papai está paralisado. Por fim, é o juiz quem fala.

— Obrigado, meu rapaz. Você fez o que a sua mãe pediu. Não é fácil para alguém tão jovem falar num tribunal. Muito bem. Agora pode ir, vá se sentar. — E então ele se vira para o restante das pessoas: — Podemos fazer um intervalo de uma hora? Acho que há uma máquina de café no saguão da entrada.

Vera dá uma fugida para fumar outro cigarro. É proibido fumar no prédio do tribunal, mas, como na maioria dos prédios desse tipo, há uma área atrás, forrada de tocos de cigarro, onde os fumantes têm licença não-oficial para se congregar. Meu pai recusa o café e pede suco de maçã. No prédio do tribunal não há suco de maçã, então eu saio para ver se consigo encontrar algum numa loja ali por perto.

Há uma banca de jornal mais adiante na rua, e eu estou me dirigindo para lá quando avisto Stanislav desaparecendo por trás de uma esquina. Ele parece estar com muita pressa. Sem ter a mínima idéia de por que estou fazendo isso, eu passo direto pela banca e vou até a esquina para ver aonde ele vai. Stanislav está quase no final da rua. Ele atravessa e vira à esquerda, e vai em frente passando pelo jardim da igreja. Eu o sigo. Agora tenho que correr para não perdê-lo de vista. Quando chego ao lugar onde ele estava, vejo um atalho estreito que contorna os fundos de umas lojas e vai dar num aglomerado de casas geminadas pobres. É uma parte da cidade que eu não conheço. Stanislav não está em lugar nenhum onde possa ser visto. Paro e olho à minha volta, me sentindo uma idiota. Será que ele percebeu que eu o estava seguindo?

E então me dou conta de que a hora está quase esgotada. Volto depressa, parando na banca de jornal para pegar uma caixa de suco de maçã com canudo. Corto pelo estacionamento e me aproximo do tribunal pelo lado de trás. É onde fica o depósito de latas de lixo e a escada de incêndio de metal que sobe pela parede posterior. No nível do primeiro andar, à esquerda, avisto Vera em seu elegante *tailleur* pêssego, encostada na grade, soltando baforadas. Há mais alguém ao lado dela, um homem alto, de terno, sub-repticiamente apagando um cigarro com o pé. Quando chego mais perto, vejo que é o juiz.

A sra. Carter está esperando lá dentro com o meu pai. Ele passou quase a hora inteira no banheiro, e agora está muito agitado, passando da esperança ("O juiz vai dar duas mil libras para ela, e eu vou ficar em paz, só com as lembranças para me confortar") ao desespero ("Eu vou ter de vender tudo e ir morar num lar de idosos"). A sra. Carter faz o possível para acalmá-lo. Ele fica mais tranqüilo quando eu lhe passo a caixa de suco de maçã. Ele fura a vedação de papel laminado com a extremidade pontuda do canudo e começa a sugar vorazmente. Então, Vera retorna e senta ao lado dele. — Pssiu! — diz ela, querendo que ele diminua o barulho que faz ao sorver o suco. Ele a ignora. De repente, no último minuto, Stanislav chega correndo, totalmente sem fôlego e coberto de suor. Onde terá ido?

A porteira abre a sala do tribunal, e todos são convidados a entrar. Alguns momentos depois, o juiz volta. A tensão é insuportável. O juiz toma o seu lugar, limpa a garganta e saúda o nosso retorno. Aí ele comunica a sua decisão. Ele fala por cerca de dez minutos, enunciando cuidadosamente, fazendo pausas nas palavras "peticionário", "sentença", "petição" e "reparação". As sobrancelhas do advogado se erguem um pouco. Eu tenho a impressão de ter notado um movimento no canto dos lábios da sra. Carter. Os outros olham e nada expressam — nem mesmo a sra. *Expert*-em-divórcio. Não conseguimos entender uma palavra do que ele está dizendo.

Ele acaba de falar, e a sala do tribunal está em silêncio. Ficamos sentados, como que encantados, como se a longa ladainha das palavras incompreensíveis tivesse lançado um feitiço sobre o tribunal. O sol baixo envia um raio oblíquo de luz pela janela alta que reflete na armação de ouro dos óculos estilo aviador do juiz e no prateado de seus cabelos, fazendo-o resplandecer como um anjo. Então, o encanto do silêncio é quebrado por um som borbulhante. É papai, sorvendo os últimos resquícios do suco de maçã com o canudo.

É imaginação minha, ou o rosto inescrutável do juiz registra um breve sorriso? E então ele se levanta (todos nós nos levantamos) e caminha em silêncio pelo carpete azul com seus sapatos pretos reluzentes esmagadores de cigarros até cruzar a porta e sair.

* * *

— E, então, o que foi que ele disse?

Nós todos nos reunimos em volta da sra. Carter no saguão, bebendo café da máquina em copinhos de poliestireno, embora cafeína seja a última coisa de que precisamos.

— Bem, ele concedeu o divórcio ao sr. Mayeskyj, que foi o que nós solicitamos — diz a sra. Carter, com um enorme sorriso. Ela tirou o casaco preto e há círculos de suor por baixo de suas axilas de rosa inglesa.

— E o dinheiro? — perguntou Vera.

— Ele não deu nada, já que nada foi pedido.

— Você quer dizer...

— Normalmente, um acordo financeiro é realizado ao mesmo tempo que o divórcio, mas, uma vez que ela não estava representada, nenhuma reivindicação foi feita em seu favor. — Ela está se controlando para manter o rosto impassível.

— Mas, e Stanislav? — Ainda não estou totalmente tranqüila.

— Foi uma boa tentativa. Mas era necessário fazê-la formalmente, com a devida representação. Acho que é isso que Paul está explicando para Stanislav.

O jovem advogado, já sem peruca e toga, está sentado num canto, junto de Stanislav, com o braço sobre o ombro dele. Stanislav está chorando sem parar.

Meu pai acompanhou a discussão com ansiedade, e agora ele bate palmas de satisfação.

— Não ganhou nada! Ha ha ha! Cobiçosa demais! Não ganhou nada! A justiça inglesa é a melhor do mundo!

— Mas! — A sra. Carter levanta o dedo em advertência. — Ela ainda pode fazer uma petição ao tribunal para sua manutenção. Embora nas atuais circunstâncias o mais usual seja dirigir a solicitação ao pai da criança. Se ela souber quem é. E se... e se... — Não dá mais para ela segurar o riso. Nós esperamos. Ela se controla. — Se ela conseguir algum advogado que queira representá-la!

— O que você está querendo dizer?

— Pois é — explica a sra. Carter —, eu não devia estar contando isso para vocês, mas, numa cidade do tamanho de Peterborough, todo mundo do ramo do direito se conhece. — Ela faz uma pausa, ri. — E agora todo mundo sabe quem é Valentina. Ela passou virtualmente por todos os profissionais da cidade. Todos perderam a paciência com ela e com as suas exigências ridículas. Ela não aceitava conselho de ninguém. Enfiou na cabeça que tinha direito à metade da casa e não escutava quem lhe dissesse outra coisa. E aí ela insistiu em obter assistência legal para lutar por isso no tribunal — tão arrogante, desfilando com seu casaco de pele e seus modos de vendedora de peixe, exigindo isso e aquilo. E tudo com assistência legal. As regras são bastante rígidas, vocês sabem. Alguns escritórios deram continuidade àquilo por algum tempo, enquanto estavam recebendo os honorários. Mas se eles não faziam o que ela queria, ela os despedia. É o que deve ter acontecido quando nós oferecemos as duas mil libras. Eu aposto como o advogado dela aconselhou-a a aceitar. — Ela olha para mim. — E é o que eu faria no lugar dela.

— Mas o juiz não tinha como saber disso.

— Eu acho que ele deduziu — disse a sra. Carter, rindo convulsivamente. — Ele não é nenhum bobo.

— Robusto!... — murmura Vera, com um olhar distante.

* * *

Depois das emoções do tribunal, a casa parece fria e tristonha quando chegamos de volta. Não há comida na geladeira e o aquecimento central está desligado. Panelas, xícaras e pratos sujos estão empilhados na pia, e, sobre a mesa, mais xícaras e pratos que nem ao menos foram levados para a pia. Nenhum sinal ainda de Dubov.

Nosso pai perde o ânimo assim que entra pela porta.

— Ele não pode ficar sozinho — murmuro para Vera. — Será que você pode passar a noite aqui com ele? Eu não posso perder outro dia de trabalho.

— Acho que sim — ela suspira.

— Obrigada, minha irmã.

— Tudo bem.

Nosso pai protesta um pouco quando fica sabendo do que combinamos, mas, ao que tudo indica, ele também percebe que as coisas precisam mudar. Enquanto Vera sai para fazer umas compras, eu me acomodo com ele no quarto da frente.

— Papai, vou procurar me informar a respeito de um condomínio especial pra pessoas idosas. Você não pode ficar morando aqui sozinho.

— Não, não. De jeito nenhum. Nem condomínio nem lar para idosos.

— Papai, esta casa é muito grande pra você. Você não consegue limpar tudo. Você não tem como pagar o aquecimento dela. Num condomínio especial, você vai ter um apartamento pequeno e bom só pra você. Com um supervisor geral pra cuidar de você.

— Supervisor! — Ele ergue as mãos num gesto dramático. — Nadia, hoje, no tribunal, o juiz inglês disse que eu posso morar na minha casa. Agora você diz que eu não posso morar aqui. Será que eu vou ter que ir ao tribunal novamente?

— Não seja bobo, papai. Escute — digo, pousando a minha mão sobre a dele —, é melhor se mudar agora, enquanto você ainda pode ter o seu próprio apartamento, com a sua própria porta, que você pode trancar com a sua própria chave, de modo que você pode fazer o que bem entender lá dentro. E com sua própria cozinha, onde você pode cozinhar o que gosta. E seu próprio quarto, onde ninguém pode entrar. E seu próprio banheiro privativo com lavatório, junto do quarto.

— Hum.

— Nós vendemos esta casa pra uma família simpática, colocamos o dinheiro no banco, e os rendimentos serão suficientes pra pagar o aluguel.

— Hum.

Posso ver o seu rosto mudando à medida que falo.

— Onde você prefere ficar? Você gostaria de morar aqui, perto de Peterborough, pra ficar perto dos seus amigos e do Clube Ucraniano?

Ele não se mostra interessado. Era a minha mãe quem tinha amigos. Ele tinha Grandes Idéias.

— Ou gostaria de se mudar pra Cambridge, e ficar perto de mim e do Mike?

Silêncio.

— Está bem, eu vou procurar em Cambridge, para você ficar perto de mim e do Mike. Assim, a gente pode ir visitar você mais vezes.

— Hum. Está bem.

Ele se acomoda na poltrona, de frente para a janela, com a cabeça para trás, pousada numa almofada, e fica em silêncio, olhando as sombras caírem sobre os campos. O sol já quase se pôs, mas eu não fecho as cortinas. O crepúsculo vai entrando aos poucos no quarto.

29

A última ceia

Mike está fora quando eu chego, mas Anna está em casa. Ouço sua voz alegre conversando no telefone do corredor, dando risadas altas e sonoras, e meu coração se enche de amor. Tenho sido cuidadosa para não falar muito com ela sobre papai, Valentina e Vera, e, quando os cito, tenho minimizado as nossas desarmonias. Quero protegê-la, como os meus pais me protegeram. Por que sobrecarregá-la com todo esse fardo velho e triste?

Chuto para longe os sapatos, preparo uma xícara de chá para mim, coloco uma música e me espicho no sofá com uma pilha de papéis. Tempo de adiantar um pouco a leitura. Ouço uma batida na porta: é Anna.

— Mãe, posso interromper um minutinho?

— Claro. O que é?

Ela está usando um jeans apertado e um *top* que mal cobre a região do busto. (Por que ela se veste assim? Não sabe como os homens são?)

— Mãe, eu quero falar com você. — Seu tom de voz é sério.

Meu coração começa a bater com força. Será que eu fiquei tão envolvida com o drama do meu pai que negligenciei minha própria filha?

— Sou toda ouvidos.

— Mãe. — Ela se acomoda na ponta do sofá, junto aos meus pés. — Estive conversando com Alice e Alexandra. Nós saímos para almoçar na semana passada. Era com Alice que eu estava falando ao telefone agora, novamente.

Alice, a filha mais nova de Vera, é alguns anos mais velha que Anna. Elas nunca foram muito chegadas. Isso é coisa nova. Sinto uma pontada de inquietação.

— Ah, isso é muito bom, querida. E sobre o que vocês conversaram?

— Conversamos sobre você e sobre tia Vera. — Ela faz uma pausa, me vendo arregalar os olhos de pretensa surpresa. — Mãe, a gente acha uma bobagem esse seu desentendimento com a tia Vera.

— Que desentendimento, meu bem?

— *Você* sabe. Sobre o dinheiro. Sobre o testamento da minha avó.

— Ah — eu rio —, por que vocês estavam conversando sobre isso? (Como ousaram? Quem contou pra elas? Com certeza, foi a Vera quem abriu o bico.)

— A gente acha que realmente é uma bobagem. A gente está pouco se importando com esse dinheiro. Pra gente tanto faz quem vai ficar com ele. O que *nós* queremos é estar juntas como uma família normal — Alice, Lexy e eu temos nos aproximado.

— Meu bem, as coisas não são tão simples assim... — (Será que ela não percebe que o dinheiro é o que nos separa da fome?) — E não é só o dinheiro... — (Será que ela não se dá conta de como o tempo e a memória fixam tudo? Será que ela não sabe que uma vez tendo sido contada de uma maneira, a história não pode mais ser contada de outra? Será que ela não percebe que certas coisas precisam ser acobertadas e sepultadas, para que a vergonha delas não manche a próxima geração? Não, ela é jovem, e tudo é possível.) — ... mas acho que vale a pena tentar. E Vera? Não é melhor alguém falar com Vera?

— Alice vai conversar com ela amanhã. E então, mãe, o que você acha?

— Tudo bem. — Estendo os braços para abraçá-la. (Como está magrinha!) — Vou fazer o possível. Você precisa comer mais.

Ela tem razão. *É* uma bobagem.

* * *

Há listas de espera em todos os condomínios especiais nas redondezas de Cambridge, mas antes que eu consiga sair para visitá-los, recebo outro telefonema.

— Dubov está de volta. Valentina está de volta com o bebê. Stanislav está de volta.

Sua voz parece animada. Ou talvez agitada. Não tenho certeza.

— Papai, eles não podem ficar todos aí. É ridículo. De qualquer forma, achei que você tinha concordado em pensar sobre o condomínio especial pra idosos.

— Sim, tudo bem. Isso é só uma situação temporária.

— Temporária por quanto tempo?

— Poucos dias. Poucas semanas. — Ele tosse e fala, atabalhoado: — Até a hora de ir embora.

— Ir embora pra onde? Quando?

— Por favor, Nadia, por que você faz tantas perguntas? Eu já falei: está tudo bem.

Depois que ele desliga, eu me dou conta de que esqueci de perguntar se o bebê é menino ou menina, e se ele sabe quem é o pai. Podia ligar de novo, mas sei de antemão que o melhor é ir lá, ver com meus próprios olhos, respirar o mesmo ar, para satisfazer a minha... o quê? Curiosidade? Não, isso é uma avidez, uma obsessão. No sábado seguinte parto pela manhã, cheia de expectativas.

* * *

Quando chego, o Lada está estacionado fora, na rua. A lata-velha e o Rolls-Royce estão no jardim da frente, e Dubov está lá, às voltas com umas barras de metal.

— Ah, Nadia Nikolaieva! — Ele me segura e me dá um abraço apertado. — Você veio ver o bebê? Valya! Valya! Venha ver quem está aqui!

Valentina aparece na porta, ainda de camisola e com uns chinelos felpudos de salto alto. Não posso afirmar que ela pareça feliz em me ver, mas me convida para entrar.

No quarto da frente há um berço de madeira pintado de branco e, dentro dele, um bebê pequenino, profundamente adormecido. Os olhos estão fechados, e não dá para saber de que cor são. Os braços estão por cima da coberta, mãos fechadas em punhos muito pequenos, ao lado das bochechas, polegares para fora, unhas brilhando como diminutas conchas cor-de-rosa. A boca, aberta e gosmenta, respira e suspira e faz um sonzinho de sugar enquanto dorme, e a pele sedosa da moleira sobe e desce no ritmo da respiração.

— Oh, Valentina, como ele é bonito! Ele... ela... é menino ou menina?

— É uma menina.

E então eu noto que a coberta do bebê é toda bordada com rosas miúdas, e as mangas do casaquinho são rosa-bebê.

— Ela é linda!

— Eu também acho. — Valentina irradia orgulho, como se a beleza do bebê fosse uma realização pessoal.

— Você já decidiu qual vai ser o nome dela?

— O nome é Margaritka. É o nome da minha amiga Margaritka Zadchuk.

— Ah, que amor! — (Coitada da criança!)

Ela aponta uma pilha de roupas de bebê cor-de-rosa, cheias de fitas, ao lado do berço, habilmente tricotadas com fio macio de poliéster.

— Ela que fez.

— Que maravilha!

— E é o nome também da presidenta mais famosa da Inglaterra.

— Como?

— A sra. *Tatsher*.

— Ah.

A bebê se espreguiça, abre os olhos, nos vê ali de pé olhando para o berço, e seu rosto se enruga entre o choro e o riso. "Gu gu", ela faz, e um fio de líquido esbranquiçado lhe escorre do canto da boca. "Gu gu". E aparecem covinhas em suas bochechas.

— Ah!

Ela é linda. Ela terá uma vida própria. Nada que aconteceu antes é culpa dela.

Papai deve ter me escutado chegando, porque agora ele entra no quarto sorrindo.

— Que bom que você pôde vir, Nadia.

Nós nos abraçamos.

— Você está com uma aparência ótima, papai. — É verdade, ele engordou um pouco e está vestindo uma camisa limpa. — Mike mandou um abraço. Infelizmente não deu pra ele vir.

Valentina o ignorou quando ele entrou e agora sai do quarto, girando sobre os chinelos de salto sem uma única palavra. Eu fecho a porta e vou cochichar com papai.

— E então, o que você está achando do bebê?

— É uma menina — ele cochicha de volta.

— Eu sei. Ela não é linda? Você já descobriu quem é o pai?

Papai pisca os olhos e faz uma cara travessa.

— Eu é que não sou. Ha ha ha.

De um dos quartos de cima vem um baticum ritmado de *rock heavy metal*. O gosto musical de Stanislav obviamente amadureceu e não é mais Boyzone. Papai olha para mim e leva as mãos aos ouvidos com uma careta.

— Música degenerada.

— Você lembra, papai, como você não me deixava ouvir jazz quando eu era garota? Você dizia que era música degenerada.

De repente me lembro dele invadindo enfurecido o porão e desligando a eletricidade na chave geral. E de como as minhas amigas adolescentes e descoladas se divertiram com aquilo.

— Aha — ele balança a cabeça. — E com certeza era mesmo.

Nada de jazz. Nada de maquiagem. Nada de namorado. Não admira que eu tenha ficado rebelde assim que pude.

— Você era um pai terrível, papai. Um tirano.

Ele limpa a garganta.

— Às vezes, a tirania é melhor que a anarquia.

— E por que tem que haver uma das duas? Por que não pode haver negociação e democracia? — De repente a conversa se tornou séria demais. — Quer que eu peça a Stanislav para abaixar o som?

— Não, não. Não tem importância. Amanhã eles já vão embora.

— Verdade? Vão amanhã? Pra onde eles vão?

— Vão voltar para a Ucrânia. Dubov está fazendo um bagageiro para o teto do carro.

De repente se escuta o ronco do motor de um carro no jardim da frente. É o Rolls-Royce saltando para a vida. Nós vamos até a janela olhar. Lá está o Rolls-Royce palpitando, e um bagageiro robusto, feito em casa, realmente foi fixado nele, cobrindo toda a sua extensão. O capô está aberto, e Dubov está mexendo no motor para fazê-lo funcionar, alternadamente, depressa e devagar.

— Boa regulagem.

— Mas, será que o Rolls-Royce vai conseguir chegar à Ucrânia?

— Claro. Por que não?

Dubov olha para cima, nos vê na janela e acena. Nós acenamos de volta.

* * *

Naquela noite somos seis em torno da mesa de jantar no quarto-sala-de-jantar: papai, Dubov, Valentina, Stanislav, Margaritka e eu.

Valentina prepara cinco porções congeladas de bife com molho de cebola e serve com ervilhas congeladas e batatas ao forno. Ela trocou a camisola, mas está usando os mesmos chinelos felpudos de salto alto, com uma calça elástica com alças que prendem por baixo dos saltos para ficar bem esticada no bumbum (espera só até eu contar para Vera!) e uma blusa pólo de gola rulê bem justa, azul pastel. Ela está de muito bom humor e distribui sorrisos para todos, menos para o meu pai, cujos bifes são despejados na frente dele com um pouco mais de força que o estritamente necessário.

Papai está sentado na cabeceira, cortando tudo meticulosamente em pequenos pedaços e examinando-os de perto antes de colocar na boca. As peles das ervilhas irritam sua garganta, e ele começa a tossir. Stanislav está ao seu lado, comendo em silêncio com a cabeça abaixada sobre o prato. Sinto pena dele, pela humilhação que passou no tribunal, e tento começar uma conversa, mas ele dá respostas monossilábicas e evita o meu olhar. Lady Di e a namorada, no curto espaço de tempo da visita da antiga dona, desaprenderam todo o treinamento cuidadoso que tiveram, e estão espreitando em volta da mesa, uivando por pedaços de comida. Todo mundo cede, principalmente meu pai, que dá para eles a maior parte do seu jantar.

Dubov está sentado na outra ponta da mesa, embalando com cuidado o bebezinho nos braços, alimentando-o com uma mamadeira de leite. Os seios superiores de Valentina só servem, evidentemente, a propósitos de exibição.

* * *

Depois da ceia eu lavo a louça enquanto Valentina e Stanislav sobem para continuar a arrumar as malas. Papai e Dubov se retiram para o quarto da frente, e, depois de alguns minutos, eu me junto a eles. Encontro-os examinando alguns papéis nos quais estão desenhando algo técnico — um carro ao lado de uma coluna e umas linhas retas ligando os dois. Eles põem de lado os papéis, e papai vai buscar o manuscrito de sua obra-prima e se acomoda na poltrona com os óculos de leitura emendados com fita adesiva sobre o nariz. Dubov senta-se de frente para ele, no sofá, ainda ninando a neném adormecida nos braços. Ele abre espaço para que eu me sente ao seu lado.

> *Toda tecnologia para benefício da raça humana deve ser usada apropriadamente e com respeito. Em nenhuma situação isso é mais verdadeiro que no caso do trator.*

Ele lê com facilidade, em ucraniano, parando de tempos em tempos para efeito dramático, a mão esquerda solta no ar como a batuta de um maestro.

> *Porque o trator, a despeito da promessa inicial de liberar a humanidade de uma tarefa extenuante, também nos levou à beira da ruína, por falta de cuidado e uso excessivo. Isso aconteceu ao longo de toda a história, mas o exemplo mais impressionante ocorreu nos Estados Unidos, nos anos 20.*
>
> *Eu disse que foi o trator que abriu as pradarias do Oeste. Mas os que seguiram os pioneiros não se satisfizeram com isso. Eles acreditaram que, se o uso de tratores tornou a terra produtiva, um uso maior dos tratores faria a terra ainda mais produtiva. Tragicamente, não foi o que sucedeu.*
>
> *O trator deve sempre ser usado como um auxílio para a natureza e não como um guia da natureza. O trator deve trabalhar em harmonia com o clima, com a fertilidade da terra e com o espírito humilde dos fazendeiros. Se não for assim, ele provocará desastres, e foi isso o que aconteceu no Centro-Oeste.*
>
> *Os novos fazendeiros do Oeste não estudaram o clima. Verdade, eles reclamaram da falta de chuvas e dos ventos fortes, mas não deram atenção aos avisos. Eles araram e araram, pois quanto mais arassem, acreditavam, mais lucro teriam. Os ventos chegaram e carregaram toda a terra que eles haviam arado.*
>
> *O Dust Bowl, série de tempestades de poeira, dos anos 20, e a extrema privação que veio a partir dele, levou, em última instância, ao caos econômico que culminou com o colapso da Bolsa de Valores dos EUA, em 1929.*

Mas, ainda se poderia acrescentar que a instabilidade e o empobrecimento que se espalharam por todo o mundo constituíram também fatores por trás da ascensão do fascismo na Alemanha e do comunismo na Rússia, duas ideologias cujo embate quase levou a raça humana à destruição.

Assim, eu o deixo com este pensamento, caro leitor. Use a tecnologia que o engenheiro desenvolveu, mas use-a com um espírito humilde e questionador. Nunca permita que a tecnologia seja seu senhor, e nunca a use para obter domínio sobre os outros.

Ele pára com um floreio, e olha para a audiência, buscando aprovação.

— Bravo, Nikolai Alexeevich! — grita Dubov, batendo palmas.

— Bravo, papai! — eu grito.

— Gu gu! — grita a neném Margaritka.

Então, meu pai reúne todas as folhas de seu manuscrito, que estão espalhadas pelo assoalho, embrulha-as num pedaço de papel pardo e amarra com barbante. Ele entrega o embrulho para Dubov.

— Por favor, Volodya Simeonovich. Leve com você para a Ucrânia. Talvez alguém queira publicar isso por lá.

— Não, não — responde Dubov —, eu não posso levar, Nikolai Alexeevich. É o trabalho da sua vida.

— Bobagem! — responde meu pai, com um modesto dar de ombros. — Está finalizado agora. Leve-o, por favor. Eu tenho um outro livro para escrever.

30
Duas viagens

Eu me levanto cedo, de pescoço duro. Ontem à noite, a escolha era entre dividir a cama beliche com Stanislav ou dormir no sofá de dois lugares, e eu escolhi o último. Ainda não clareou totalmente lá fora, o céu está cinza-azulado e cheio de nuvens.

Mas a casa já está cheia de som e movimento. Papai está cantando no banheiro. Valentina, Stanislav e Dubov estão apressados, colocando as bagagens no carro. Eu preparo uma xícara de chá e vou olhar na janela.

A capacidade do Rolls-Royce é espantosa.

Entram dois enormes sacos de lixo de conteúdo indeterminado, que Valentina acomoda na mala com um apertão. Entra a coleção de CDs de Stanislav em duas caixas de papelão e o toca-CDs, imprensado entre dois pacotes gigantes de fraldas descartáveis, embaixo do banco de trás. Entram duas malas e a pequena mochila verde de Dubov. Entra uma televisão (de onde veio?) e uma frigideira funda (idem). Entra uma caixa de papelão com um sortimento de comida congelada e outra de cavalinhas em lata. Entra a pequena fotocopiadora portátil. Entra o Hoover azul de gente civilizada (que, papai me conta mais tarde, ele e Dubov adaptaram para aceitar sacos de lixo comuns), e a panela de pressão da minha mãe (como ousa!). Agora a mala está cheia (slam!) e eles começam a carregar o bagageiro. Sai o berço de madeira pintada do bebê, que foi desarmado e amarrado com corda. Um, dois, três — upa! —, sai uma enorme mala de fibra de vidro, do tamanho de um pequeno guarda-roupa. Sai — não é possível — Stanislav e Dubov lutam sob seu peso, carregando-o pelo jardim — "Dobre os joelhos, Stanislav! Dobre os joelhos!" — o fogão marrom, não-elétrico, que não é de fazer comida camponesa. Mas como vão levantá-lo até o teto do carro?

Dubov construiu uma espécie de guindaste com uma corda grossa e uns lençóis de lona resistentes. Ele pendurou a corda num galho forte do freixo, na rua em frente de casa, e a puxou de modo a que ficasse presa numa forquilha. Ele e Stanislav pousam o fogão ao lado da corda, sobre o berço de lona. Então, Valentina entra no Lada, e Dubov a orienta a se posicionar na frente do fogão, e a outra extremidade da corda é presa no pára-choque. À medida que ela vai se deslocando para a frente — "Devagar, Valenka, devagar!" — o fogão sobe no ar, balança, fica suspenso, controlado por Dubov, até que ele faz um sinal para ela parar. O Lada solta um pouco de fumaça, o motor está falhando, mas o freio de mão segura. Agora o Rolls-Royce é trazido para perto — Stanislav está na direção! — e posicionado exatamente abaixo do fogão, que balança em seu berço. Papai sai para o jardim da frente e está ajudando Dubov a dar as instruções, balançando os braços selvagemente — um pouco para a frente — para trás um pouco — pára!

Dubov faz sinal para Valentina.

— Para trás agora, Valenka. Devagarinho! Devagarinho. PÁRA!

O controle de embreagem de Valentina não é brilhante, e o fogão aterrissa com certo impacto, mas o Rolls-Royce e o bagageiro de Dubov conseguem ampará-lo.

Todo mundo aplaude, inclusive os vizinhos, que saíram à rua para assistir. Valentina desce do Lada, vai saltitando até Dubov com seus chinelos de salto alto (não admira sua falta de controle de embreagem) e dá uma beijoca na bochecha dele — "*Holubchik*!" — Stanislav aperta a buzina do Rolls-Royce — ela tem um som grave e sofisticado — e todo mundo aplaude mais uma vez.

Então, a lona é colocada por cima de tudo que está no bagageiro e amarrada com uma corda, e é isso. Eles estão prontos para partir. O casaco de pele de Valentina é estendido sobre o banco de trás, e sobre ele, enrolada em camadas de cobertas, é colocada a neném Margaritka. Todo mundo troca abraços e beijos, menos papai e Valentina, que dão um jeito de se evitarem sem fazer cena. Dubov senta no lugar do motorista. Stanislav vai na frente, perto dele. Valentina viaja atrás, do lado da neném. O motor do Rolls-Royce ronrona como um gato grande. Dubov engata a marcha. E eles saem. Papai e eu vamos para o meio da rua dar adeus, e eles desaparecem atrás da curva, fora da nossa visão.

* * *

Será que isso é realmente o final?

Há ainda algumas pontas soltas a serem amarradas. Felizmente, Valentina deixou as chaves do Lada no carro, então eu vou buscá-lo para guardar dentro da garagem. No porta-luvas estão os papéis e também — surpresa — os papéis e a chave da lata-velha. Eles não vão ser de muita serventia para o meu pai, pois sua carteira expirou anos atrás, e a dra. Figges se recusa a assinar um formulário autorizando a renovação.

Na cozinha, o fogão elétrico da mamãe foi reinstalado no lugar do de gás e parece estar funcionando, até mesmo a campainha que estava quebrada antes. Há alguma limpeza a ser feita, mas não na mesma escala da última vez. No quarto de Stanislav, encontro um tênis fedido debaixo da cama e nada mais. No quarto da frente há algumas roupas velhas, muito papel de embrulho, caixas vazias, e chumaços de algodão de limpar maquiagem usados. Uma das caixas está cheia de papéis. Dou uma conferida — são os mesmos papéis. Uma vez os enfiei no *freezer*. Entre eles, vejo a certidão e as fotos do casamento. Ela não vai precisar disso lá para onde está indo. Devo jogar tudo fora? Não, ainda não.

— Você está se sentindo triste, papai?

— Da primeira vez que Valentina foi embora, fiquei triste. Desta vez, não tão triste. Ela é uma mulher bonita, mas talvez eu não a fizesse feliz. Quem sabe ela vai ser mais feliz com Dubov. Dubov é um bom sujeito. Talvez, agora, ele vá ficar rico na Ucrânia.

— É mesmo? Como?

— Aha! Eu dei a minha décima sétima patente de presente para ele!

Ele me leva até a sala de estar e vai buscar um arquivo com papéis. São desenhos técnicos, traçados e detalhados com precisão, cheios de anotações matemáticas hieroglíficas, feitos pelas mãos de meu pai.

— Eu requeri dezesseis patentes durante a minha vida. Todas de utilidade. Nenhuma me deu dinheiro. A última é a décima sétima, não tenho tempo para tratar do depósito.

— É sobre o quê?

— Barra de ferramentas para trator. Para que um trator possa ser usado com diferentes ferramentas — arado, grade, borrifador de plantação — , tudo facilmente permutável. Claro que alguma coisa parecida já existe, mas esse projeto é superior. Eu o mostrei para Dubov. Ele entendeu como pode ser usado. Talvez isso vá significar o renascimento da indústria do trator na Ucrânia.

Geniais ou malucos? Não faço idéia.

— Vamos tomar um chá.

* * *

Naquela noite, depois da ceia, meu pai estende um mapa sobre a mesa do quarto de jantar e se debruça sobre ele, apontando com o dedo.

— Olhe. Aqui. — Ele mostra. — Eles já estão atravessando de Felixstowe para Hamburgo. Depois vão de Hamburgo para Berlim. Entram na Polônia em Guben. Depois Wroclav, Cracóvia, e atravessam a fronteira em Przemysl. Ucrânia. Em casa.

Ele ficou muito quieto.

Eu examino o mapa. Ziguezagueando por sobre a rota que ele traçou com o dedo, está marcada uma outra rota a lápis. Hamburgo a Kiel. Então, de Kiel a linha desce para o sul e chega na Bavária. Depois sobe novamente e entra na Tchecoslováquia. Brno. Ostrava. Cruza para a Polônia. Cracóvia. Przemysl. Ucrânia.

— Papai, o que é isso?

— Essa é a nossa viagem. Da Ucrânia para a Inglaterra. Ele percorre a linha ao contrário.

— A mesma viagem em outra direção. — Sua voz sai forçada, rouca. — Veja, aqui no sul, perto de Stuttgart, fica Zindelfingen. Ludmilla trabalhou na montadora de Daimler-Benz. Ludmilla e Vera ficaram aqui por quase um ano. Em 1943.

— O que elas estavam fazendo lá?

— O trabalho da Milla era colocar a bomba de combustível no motor da aeronave. Motor de primeira linha, mas um pouco pesado no ar. Relação sustentação-arrasto fraca. Manobrabilidade fraca, embora alguns desenvolvimentos novos e interessantes no desenho da asa fossem apenas...

— Sim, sim — eu interrompo. — A aeronave não importa. Quero que me conte o que foi que aconteceu na guerra.

— O que aconteceu na guerra? Muita gente morreu: foi isso o que aconteceu. — Ele me fixa com aquele jeito obstinado, com a cara fechada. — Os mais bravos foram os primeiros a perecer. Os que acreditavam em alguma coisa morreram por suas crenças. Os que sobreviveram... — ele começa a tossir. — Você sabia que vinte milhões de cidadãos soviéticos morreram nessa guerra?

— Eu sei. — E o número é tão grande que não dá para assimilar. Naquele oceano incomensurável de lágrimas e sangue, onde estão as marcas, as referências da família? — Mas eu não conheço esses vinte milhões, papai. Fale de você, de mamãe e de Vera. O que aconteceu com vocês depois disso?

Seus dedos se deslocam ao longo da linha a lápis.

— Aqui, perto de Kiel, fica Drachensee. Eu fiquei por um tempo nesse campo. Construindo caldeiras para navios. Ludmilla e Vera vieram para cá perto do final da guerra.

Drachensee: no mapa situa-se ali, sem a mínima vergonha, um ponto preto com linhas vermelhas de estradas saindo dele, como se fosse um outro lugar qualquer.

— Vera me falou de um Bloco de Correção.

— Ah, esse foi um episódio infeliz. Inteiramente causado pelo cigarro. Eu já tinha lhe falado, acho, que eu devo a minha vida ao cigarro. Não foi? Mas não contei que quase perdi a vida também por causa do cigarro. Foi por causa de uma história de Vera envolvendo cigarros. Sorte que a guerra acabou. Os britânicos chegaram bem a tempo, e nos resgataram do Bloco de Correção. Se não fossem eles, com certeza não teríamos sobrevivido.

— Por quê? O quê...? Quanto tempo...?

Ele tosse por um momento, evitando o meu olhar.

— Sorte também que, na hora da libertação, nós estávamos na zona britânica. Outra sorte foi o local onde Ludmilla nasceu, Novaya Aleksandria.

— Por que foi uma sorte?

— Foi sorte porque a Galícia já tinha feito parte da Polônia, e os poloneses tinham permissão para ficar no lado ocidental. Segundo o acordo Churchill-

Stalin, os poloneses podiam ficar na Inglaterra, e os ucranianos eram mandados de volta. A maioria foi enviada para a Sibéria — e morreu. Sorte que Millochka ainda tinha uma certidão de nascimento que mostrava que ela havia nascido na antiga Polônia. Sorte que eu tinha uns documentos de trabalho alemães. Diziam que eu era de Dashev. Os alemães mudaram a escrita cirílica para a romana. Dashev, Daszewo. Os nomes soam como se fossem o mesmo, mas Daszewo é na Polônia e Dashev é na Ucrânia. Ha ha ha. Sorte que o oficial da imigração acreditou. Foi muita sorte em muito pouco tempo — o bastante para uma vida inteira.

Na luz mortiça da lâmpada de 40 watts, as linhas e sombras de seu rosto enrugado são fundas como cicatrizes. Como está velho! Quando eu era jovem, queria que meu pai fosse um herói. Eu tinha vergonha de sua deserção no cemitério, de sua fuga para a Alemanha. Queria que minha mãe fosse uma heroína romântica. Queria que a história deles fosse de bravura e de amor. Agora, como adulta, vejo que eles não foram heróicos. Sobreviveram, só isso.

— Sabe, Nadezhda, sobreviver é vencer.

Ele pisca o olho, e as rugas-cicatrizes nos cantos da boca e dos olhos se intensificam de alegria.

* * *

Quando meu pai vai dormir, eu telefono para Vera. É tarde, e ela está cansada, mas eu preciso falar. Começo pela parte mais fácil.

— O bebê é lindo. É uma menina. Eles a chamaram de Margaritka por causa de Margaret Thatcher.

— Mas você descobriu quem é o pai?

— O pai é Dubov.

— Mas não pode ser ele...

— Não, não o pai biológico. Mas ele é o pai de todas as maneiras que realmente contam.

— Mas você não descobriu quem é o pai verdadeiro?

— O pai verdadeiro *é* Dubov.

— Nadia, você realmente *não* tem jeito.

Eu sei o que ela quer dizer, mas depois que presenciei a maneira como Dubov dava a mamadeira à neném, perdi o interesse pela paternidade biológica. Em vez disso, conto para ela sobre as roupinhas de bebê cor-de-rosa com laços, a calça elástica presa nos calcanhares, a última ceia com comida congelada. Descrevo a maneira como eles levantaram o fogão não-elétrico para colocá-lo no bagageiro, e como todo mundo aplaudiu. Revelo o segredo da décima sétima patente.

— Verdade? — ela exclama, de tempos em tempos, conforme vou contando, e fico pensando o tempo todo se vou ter coragem de perguntar sobre o Bloco de Correção.

— Eu não consigo parar de pensar em como a bebê é linda. Eu achei que ia odiá-la. — (Tinha imaginado que, assim que olhasse para dentro do berço, eu saberia quem era o pai — que a origem espúria irradiaria em seu rosto.) — Eu pensei que ela seria uma versão em miniatura de Valentina, uma gangsterzinha de fraldas. Mas ela é só ela mesma.

— Os bebês mudam tudo, Nadia. — Ouço o som de alguma coisa arrastando do outro lado da linha, e uma inspiração lenta. Vera está acendendo um cigarro. — Eu me lembro de quando você nasceu.

Não sei o que dizer, então espero que ela complete o comentário com algumas lembranças, mas o que escuto é um longo suspiro enquanto ela exala a fumaça e depois o silêncio.

— Vera, conte...

— Não tem nada para contar. Você era um bebê bonito. Agora vamos dormir. Já é tarde.

Ela não me conta, mas eu já pesquisei o assunto.

* * *

Era uma vez uma Bebê da Guerra e uma Bebê dos Tempos de Paz. A Bebê da Guerra nasceu às vésperas do maior conflito de que o mundo teve notícia, num país já devastado pela fome e sufocado pelo domínio insano de um ditador paranóico. Ela chorava muito porque sua mãe tinha pouco leite para lhe dar. Seu pai não sabia o que lhe dizer, e não disse muito. Depois de algum tempo, ele foi embora. Depois sua mãe foi embora também. Foi criada por uma tia mais velha que a adorava e a quem ela também cresceu amando. Mas quando a guerra estourou, a cidade industrial onde a tia morava se tornou muito perigosa, então a mãe veio buscá-la e a levou para uma vila, para ficar com os pais de seu pai, onde ela estaria a salvo. Nunca mais ela viu a tia.

Os avós paternos da Bebê da Guerra eram um casal idoso e excêntrico, com idéias rígidas sobre como uma criança devia ser criada. Eles também tomavam conta da filha da filha, uma menininha roliça e extrovertida chamada Nadezhda, alguns anos mais velha que a prima, cujos pais moravam em Moscou. Tinha o nome da avó e era a menina-dos-olhos dela. A Bebê da Guerra era magra e desanimada, quieta como um ratinho. Ela ficava horas no portão, esperando a mãe voltar.

A mãe da Bebê da Guerra dividia o seu tempo entre a Bebê da Guerra e o pai da Bebê da Guerra, que morava numa cidade grande no sul e raramente vinha visitá-los porque estava envolvido num Trabalho Importante. As visitas da mãe freqüentemente terminavam em brigas com Baba Nadia, e quando a mãe ia embora, a avó contava para a Bebê da Guerra histórias terríveis sobre bruxas e monstros que comiam crianças malcriadas.

A Bebê da Guerra nunca foi malcriada: na verdade, ela raramente falava alguma coisa. Entretanto, de tempos em tempos, ela derramava um pouco de leite ou deixava cair um ovo, e então era punida. As punições não eram cruéis, mas eram incomuns. Ela era obrigada a ficar em pé no canto por uma hora, segurando a casca do ovo quebrado, ou um cartaz que dizia "Hoje eu derramei leite". A prima Nadia fazia caretas para ela. A Bebê da Guerra não dizia nada. Ela ficava silenciosa no canto, segurando os ícones do estrago. Ficava no canto e olhava.

Pior de tudo era quando a mandavam ao galinheiro buscar ovos, porque eles eram guardados por um galo assustador, de olhos que soltavam chispas e crista vermelha. Quando se esticava, batia as asas e gritava, ele ficava quase do tamanho da Bebê da Guerra. Ele avançava e bicava as pernas dela. Não era de admirar que ela deixasse os ovos caírem com freqüência.

Um dia, os ventos da guerra sopraram a mãe da Bebê da Guerra de volta para a vila: ela voltou e não foi mais embora. À noite, a Bebê da Guerra e a mãe se aconchegavam uma junto à outra na cama, e a mãe contava histórias sobre o bisavô Ocheretko e seu fabuloso cavalo negro chamado Trovão, sobre o casamento de Baba Sonia na Catedral das Cúpulas Douradas e sobre crianças corajosas que matavam bruxas e demônios.

A mãe e Baba Nadia ainda discutiam, mas não tanto quanto antes, porque a mãe saía para trabalhar todos os dias nos *kolkhoz* do lugar, onde seus conhecimentos de veterinária eram muito requisitados, embora ela só tivesse completado três anos de estudos. Algumas vezes ela recebia dinheiro, porém, mais freqüentemente, o administrador da fazenda a pagava com ovos, trigo ou legumes. Uma vez ela costurou a barriga de uma leitoa que tinha sido chifrada por uma vaca, com linha preta de pregar botão porque não encontravam em nenhum lugar fio de sutura cirúrgica. A leitoa sobreviveu e, quando ela teve onze leitõezinhos, a mãe ganhou um e levou para casa.

E, então, chegaram soldados na vila — soldados alemães, depois soldados russos, e depois soldados alemães novamente. Uma tarde, o relojoeiro da vila e sua família foram levados embora numa camionete alta e sem janelas, e nunca mais ninguém os viu. Sua filha mais velha, uma menina de 14 anos, bonita e calada, tinha conseguido fugir quando os soldados chegaram, e Baba Nadia a trouxe para casa e a escondeu no galinheiro (o galo assustador havia muito tempo já tinha virado ensopado, e seus pés com esporões, transformados na mais deliciosa das canjas). Porque, embora Baba Nadia fosse uma mulher severa, ela sabia o que era certo e o que era errado, e levar gente embora na camionete alta e sem janelas era errado. Então, uma noite, alguém tocou fogo no galinheiro. Ninguém sabe quem foi. A filha do relojoeiro e duas galinhas que ainda restavam morreram no incêndio.

Por fim, os ventos da guerra sopraram o pai da Bebê da Guerra para casa também. Um dia muito cedo, quando ainda estava escuro, um homem macilento, com uma ferida horrível e supurada na garganta, bateu na porta. Baba Nadia soltou um grito e implorou misericórdia a Deus. Vovô Mayevskyj foi até a vila e subornou alguém para lhe dar remédios que eram só para os soldados. A mãe ferveu uns trapos e limpou a ferida. Ela ficou na cabeceira dele dia e noite, e mandou a Bebê da Guerra ir lá fora brincar com a prima Nadia. De tempos em tempos, a Bebê da Guerra entrava devagarinho no quarto do pai e a deixavam sentar na cama. Ele apertava a mão dela, mas não dizia nada. Passadas algumas semanas, ele ficou bom o bastante para se levantar e andar pela casa. E aí, tão misteriosamente como chegou, ele desapareceu.

Logo depois chegou a hora de a Bebê da Guerra e sua mãe também irem embora. Os soldados alemães entraram na vila, pegaram todas as pessoas saudáveis em idade de trabalhar e as puseram num trem. Eles pegaram a mãe da Bebê da Guerra. Eles iam deixar a Bebê da Guerra para trás, mas a mãe gritou tanto que a deixaram ir também. Era um vagão de carga sem assentos; todo mundo se apertava sobre uns fardos de palha, ou se sentava no chão. A viagem de trem durou nove dias, só com pão velho para comer, e muito pouca água, e apenas um balde no canto do vagão para servir de banheiro. Mas havia um clima de animação.

— Vamos para um campo — disse a mãe da Bebê da Guerra — onde estaremos seguras. Vamos trabalhar, vamos ter comida boa para comer. E talvez seu pai esteja lá.

Para a decepção da Bebê de Guerra, o campo não era um círculo de tendas com cavalos arreados, como a mãe tinha descrito os acampamentos cossacos, mas um aglomerado de construções de concreto com cercas altas de arame farpado. Ainda assim, a Bebê da Guerra e sua mãe tinham uma cama para dividir e comida para comer. Todo dia, a mãe e as outras mulheres eram levadas de caminhão para a fábrica, onde passavam doze horas montando motores de avião. A Bebê da Guerra ficava no campo com as crianças, todas muito mais velhas, e um guarda que falava uma língua que ela não entendia. Ela passava horas olhando por entre os arames da cerca, esperando o caminhão que trazia a mãe para casa. À noite, a mãe estava cansada demais para contar histórias. Apertada contra a mãe no escuro, a Bebê de Guerra ficava ouvindo a respiração dela, até que as duas pegavam no sono. Algumas vezes, durante a noite, acordava com a mãe chorando, mas, de manhã, ela levantava, lavava o rosto e ia trabalhar como se nada tivesse acontecido.

Então, um dia, os ventos da guerra sopraram a mãe e a Bebê da Guerra para um outro campo, e o pai estava lá. Era parecido com o primeiro campo, mas era maior e mais assustador, porque havia muito mais gente além dos ucranianos, e os guardas tinham chicotes. Aconteceu uma coisa terrível naquele campo que era melhor esquecer — melhor nem saber que um dia aconteceu.

E então, de repente, não era mais tempo de guerra, era tempo de paz. A família entrou num enorme navio e navegou pelo mar até um outro país onde as pessoas falavam uma língua engraçada, e, embora eles ainda estivessem num campo, havia mais o que comer, e todo mundo era gentil com eles. E, como que para celebrar a chegada da paz no mundo, outro bebê nasceu na família. Os pais a chamaram Nadezhda, por causa das outras Nadezhdas que deixaram para trás e porque o nome significa “esperança”.

A Bebê dos Tempos de Paz nasceu num país que tinha acabado de sair vitorioso na guerra. Embora os tempos fossem duros, a disposição do país era auspiciosa. Os aptos para o trabalho trabalhariam para o benefício de todos; os necessitados teriam suas necessidades supridas; às crianças seriam dados leite, suco de laranja e óleo de fígado de bacalhau para que crescessem fortes.

A Bebê dos Tempos de Paz ingeriu todos os três líquidos sofregamente e cresceu teimosa e rebelde.

A Bebê dos Tempos de Guerra cresceu e se transformou na Grande Irmã.

Uma saudação ao sol

O complexo de moradias supervisionadas Sunny Bank fica numa rua sem saída nos arredores de Cambridge, ao sul. É um condomínio moderno, baixo, construído para esse fim, com 46 apartamentos e bangalôs cercados de um jardim amplo e bem conservado, com gramados, árvores grandes, canteiros de rosas, e até mesmo uma coruja. Há um espaço comum onde os residentes podem ver televisão (meu pai faz uma careta), tomar café pela manhã ("Mas eu prefiro suco de maçã!") e participar de outras atividades, de dança de salão ("Ah, você precisava ver como a Millochka dançava!") a ioga ("Aha!"). Pertence a um grupo empresarial sem fins lucrativos e é alugado, a preço de custo, àqueles que tenham a sorte de chegar ao topo da lista de espera. A administradora, Beverly, uma viúva de meia-idade, com cabelos clareados e penteado armado, risada gutural e seios enormes, parece de muitas maneiras uma versão mais velha e benigna de Valentina. Talvez por isso Sunny Bank esteja em primeiro lugar entre os condomínios na preferência do meu pai.

— Eu vou para lá — insiste — e para nenhum outro lugar.

Claro que existe uma lista de espera, e Beverly, que demonstra uma simpatia especial pelo meu pai, me explica que a melhor maneira de conseguir uma vaga é através da carta de um médico — ou, melhor ainda, de mais de um. A dra. Figges tem prazer em ajudar. Um condomínio para idosos com supervisão é justamente do que ele precisa. Ela descreve a fragilidade do meu pai, a distância que ele precisa percorrer para fazer as compras na vila, as dificuldades que ele já apresenta para tomar conta da casa e do jardim, suas tonturas e artrite. A carta é simpática, pessoal, tocante. Mas será que isso é o suficiente? A quem mais posso recorrer? Num impulso, escrevo para o psiquiatra do Hospital Distrital de Peterborough. Cerca de uma semana depois chega uma carta em resposta, a quem possa interessar. Na opinião do psiquiatra, o sr. Mayevskyj tem a mente lúcida, nenhum sinal de demência, e está apto a cuidar bem de si mesmo, mas a preocupação que o médico tem é a de que "viver em isolamento, sem contato social regular, possa causar a deterioração de suas condições mentais". Em sua opinião, "um ambiente social estruturado, com supervisão não-invasiva, permitiria ao sr. Mayevskyj viver com independência por muitos anos ainda".

A carta é decisiva para a lista de espera do condomínio, mas me deixa desapontada. Onde estão o filósofo não-paranóico tagarela e admirador de Nietzsche, e sua esposa muitos anos mais moça e criadora de caso? Será que o psiquiatra se lembra da consulta que meu pai descreveu para mim com tantos detalhes, ou sua carta é simplesmente uma resposta pronta a uma questão de rotina, escrita por sua secretária a partir de um breve exame das anotações da ficha? Talvez ele esteja preservando estritamente a privacidade do paciente, ou seja tão ocupado que todos os pacientes se tornam um só borrão indefinido. Talvez ele atenda a tantas pessoas malucas que meu pai nem mesmo se insira na escala. Talvez ele saiba, mas não queira dizer. Tenho vontade de telefonar para ele e perguntar — tenho vontade de fazer a pergunta jamais formulada e reprimida no fundo da minha mente desde quando sou capaz de me lembrar: meu pai é... *normal*?

Não. Deixemos isso pra lá. De que adiantaria?

* * *

Um pouco antes do Natal, Vera e eu passamos alguns dias juntas na casa, limpando tudo e preparando-a para ser colocada à venda na primavera. Há tanto o que examinar, limpar, jogar fora, que não temos quase tempo para conversar intimamente, da forma como eu gostaria. De noite, durmo na cama de cima do beliche, e Vera, no antigo quarto de Valentina.

Vera tem habilidade para tratar com advogados, corretores de imóveis, construtores. Eu a deixo com essa parte. Resta, e fica para mim, resolver sobre os carros, encontrar novos donos para os gatos e separar as coisas que meu pai diz que vai precisar em sua vida nova (todas as ferramentas, para começar, não esquecendo o torno, uma boa trena de aço, e alguns utensílios de cozinha, facas afiadas, e, claro, tem que levar seus livros, e as fotografias, porque, agora que acabou o livro sobre tratores, está pensando em escrever suas memórias, e o toca-discos, e os discos, sim, e o capacete de couro de piloto, e a máquina de costura da mamãe, porque pretende convertê-la para eletricidade usando o motor do abridor de latas elétrico de Valentina, que, por sinal, nunca foi muito bom, e a caixa de marchas da Francis Barnett, que está embrulhada num pano oleado, dentro de uma caixa de ferramentas na garagem, e talvez algumas roupas) e o que mais couber nesse apartamento pequeno (não muita coisa).

Trabalhando juntas assim, percebo que Vera e eu desenvolvemos um tipo diferente de intimidade, baseada não em conversas, mas em praticidades — nós aprendemos a ser parceiras. Podemos tocar pra frente as nossas vidas, agora que tudo o que precisava ser dito foi dito. Bem, nem tudo.

Uma tarde, quando o sol já estava baixo, mas ainda brilhava, nós resolvemos ir até o cemitério visitar o túmulo de nossa mãe. Cortamos as últimas rosas do jardim dela — as incríveis rosas brancas Iceberg, que florescem no inverno — e alguma folhagem sempre-viva, e arrumamos tudo num vaso de cerâmica junto à lápide. Sentamos no banco sob a cerejeira sem folhas e ficamos olhando os campos que se desdobram, sem cercas, até o horizonte.

— Vera, tem mais uma coisa que nós precisamos resolver. — Minhas mãos estão suando, mas mantenho a voz firme.

— Ah, não se preocupe, eu descobri uma conta bancária com bom rendimento e podemos acertar um débito automático a favor da associação do condomínio para cobrir o aluguel e outras despesas. Podemos ambas assinar.

— Não, não é isso. É sobre o dinheiro de mamãe. O dinheiro que ela deixou em testamento.

— Bem, por que a gente não junta tudo nessa conta?

— Está bem.

E então é isso.

— Quanto ao medalhão — eu não me incomodo que você fique com ele, Vera. A mamãe deu pra você.

★ ★ ★

Antes de papai se mudar para Sunny Bank, tenho uma conversa franca com ele.

— Uma coisa, pai: você tem que tentar se entrosar com os outros moradores. Você está me entendendo? No seu apartamento você pode fazer o que bem entender, mas quando estiver com as outras pessoas, você vai ter que tentar se comportar de uma maneira normal. Você não quer que pensem que você é maluco, não é?

— *Tak tak* — ele resmunga, irritado.

Mike acha que estou me metendo demais, mas ele não sabe o que eu sei — ele não sabe o que é ser o diferente, o que fica de fora, aquele sobre quem todo mundo comenta pelas costas. Por precaução, levo embora a camisa de dormir feita em casa, aumentada com pano estampado de caxemira, e compro para ele um pijama normal.

Na véspera do Natal, pela manhã, Mike e eu vamos a Sunny Blank visitar meu pai. Batemos na porta, mas ele não responde; então, entramos assim mesmo.

Nós o encontramos abaixado, de quatro, completamente nu, sobre um tapete colocado no centro do assoalho, de frente para a janela. Felizmente o apartamento dele não é devassado. A mobília, ele empurrou toda para junto das paredes.

— Papai, o que...?

— Psssiu! — ele leva o dedo aos lábios.

Em seguida, ainda abaixado, ele estica uma das pernas magras para trás, depois a outra, e vai abaixando mais até ficar deitado de barriga sobre o tapete. Ele descansa lá por um momento, arfando um pouco. A pele da bunda murcha cai, frouxa, e é de um branco perolado, quase translúcido. Então, ele se levanta do chão usando os braços, se equilibra sobre os pés e junta as palmas das mãos, olhos fechados, como se estivesse rezando. Depois ele se estica todo, atingindo o máximo de sua estatura curvada, estende os braços para fora, tão alto quanto lhe é possível alcançar, respira profundamente, e se vira para nós em toda a sua nudez encarquilhada, velha, jubilosa.

— Estão vendo o que eu aprendi ontem?

Ele levanta os braços mais uma vez e respira profundamente.

— É uma saudação ao sol.

Websites consultados

http://www.battlefield.ru/library/lend/valentine.html

Neil M. Clark (1937), John Deere: He Gave To The World The Steel Plow, em *http://members.tripod.com/~Rainbeau/deere.html*

http://www.deere.com/en_US/compinfo/history

Autor não indicado, Harry Ferguson: The Man and the Machine Yesterdays Tractors Magazine *http://www.ytmag.com/articles/artint262.htm*

Phillip Gooch, A very brief history Charles Burrell & Sons Ltd. Thetford England, em *www.gooch.org.uk/steam/history*

http: //www.jacksac.freeserve.co.uk/valentine_tanks.htm

Leonid Lvovich Kerber, *Stalin's Aviation Gulag: A Memoir of Andrei Tupolev and the Purge Era*, ed. Von Hardesty, Smithsonian Institution Press, revisto pelo Major David R. Johnson, USAF (Força Aérea dos EUA), em *http://www.airpower.maxwell.af.mil/airchronicles/apj/apjoo/winoo/kerber.htm* e pelo dr. Paul Josephson, em *http://muse.jhu.edu/demo/tech/40.1br kerber.html*

Michael Lane em *http://www.steamploughclub.org.uk/history.htm*

http://www.morozov.com.ua

O *site* militar de PIBWL *http://derela.republika.pl/index.htm*
Fontes: 1. Jan Tarczyński, K. Barbarski, A. Jońca, 'Pojazdy w Wojsku Polskim — Polish Army Vehicles — 1918—1939'; Ajaks; Pruszków 1995.
2. A. Jońca, R. Szubański, J. Tarczyński, 'Wrzesień 1939 — Pojazdy Wojska Polskiego — Barwa i broń'; WKL; Varsóvia 1990.

http://www.russianspaceweb.com/people.html

http://www.vintagetractors.freeserve.co.uk.

www.wwiivehicles.com Fonte: The Encyclopedia of Tanks and Armored Fighting Vehicles ed. Christopher F. Foss, 2002

Martin Wilson, Alexander Velovich, Carl Bobrow, Russian Aviation Heritage, em *http://aeroweb.lucia.it/~agretch/RAP.html*

Eugene E. Wilson em *http://www.sikorskyarchives.com/characl.html*

Impresso no Brasil pelo
Sistema Cameron da Divisão Gráfica da
DISTRIBUIDORA RECORD DE SERVIÇOS DE IMPRENSA S.A.
Rua Argentina 171 – Rio de Janeiro, RJ – 20921-380 – Tel.: 2585-2000